永遠の仔㈠再会

天童荒太

幻冬舎文庫

永遠の仔　㈠　再会

目次

強い南風が、雨をはらんだ雲を、内海に向かって払ってゆく。

四国の中央を東西に走る山脈の、上空をおおった雲の切れ間から、光が幾《いく》すじかに分かれて、降りそそぐ。

鈍重な獣がうずくまった印象だった山々が、明るい緑に浮かび上がり、山肌《やまはだ》のそこここに色を散らした山桜や、アケボノツツジ、シャクナゲ、コブシなどの桃色や白い色も、光を受けて輝きはじめた。

しかし、山脈のなかで、ひときわ高くそそり立つはずの山の峰《みね》は、ガスがなおたちこめ、八合目付近から上は望めずにいた。

西日本で最高峰といわれる、その頂上にいたるまでの、ほぼ垂直に切り立った北壁に、いま小さな影がしがみついていた。

十二歳の少女だった。

少女は天をめざしていた。

白いトレーニング・ウェアとキャンピング・ジャケットに身を包み、黒のリュックサックを背負って、手袋はつけず、素手のままだった。

風雪による錆《さび》と、手あかで黒ずんだ太い鎖《くさり》にしがみつき、すべり落ちそうな恐怖と、手の皮がむけそうな痛みに耐え、からだを少しずつ引き上げてゆく。

登りきった果てには、〈永遠の救い〉が待っている、と聞かされていた。

だが視界の先は、雲かガスか、白い流れにおおわれ、見通せない。

少年のように短く切りそろえた髪のあいだから、汗がしたたる。目に入って、幼い頃から仔鹿《こじか》のようだと言われてきた黒目がちの瞳にしみた。

少女は、トレッキング・シューズを鎖の輪のなかに差し入れ、左手で鎖をつかんだまま、右手の腹で汗をぬぐった。

まばたきをして、後方に視線をやる。おり重なる峰々に沿って、雲の群れが波のようにうねり、互いを呑《の》み込むようにして、北へ移動してゆく。

海面からの高さは、すでに千五百メートルを超え、二千メートルに近づいているはずだった。

鎖は、北壁の岩盤に沿って、頂上付近から取り付けられ、これを頼りに登るほかは、足場はほとんど見当たらない。

古くから霊山《れいざん》とあがめられてきた、この山の、もとは修験道者《しゆげんどうじや》のための鎖場《くさりば》だった。

すべり落ちれば、きっと、遥《はる》か下方の岩に叩《たた》きつけられる。なのに多くの人々が、来世だけでなく、現世での悩みの解消と、救いとを求めて、腰の曲がった年寄りでさえ、この危険な鎖場を登ってゆくらしい。

少女は、自分も頂上まで登りきり、人々が語るような〈永遠の救い〉を見いださないかぎり、もっと恐ろしいことをしなければいけないとわかっている。岩に叩きつけられたほうが、いっそ楽かもしれないと思えるほどの、怖いこと……。

少女は、左足を鎖から離し、さらに上の鎖の輪のなかに差し入れようとした。雨上がりで鎖が濡《ぬ》れており、右手がすべって、からだが落ちた。

とっさに左手に力を込めた。左肩《かた》から腰に痛みが走る。右足も鎖から外れそうになり、力を入れると、逆に蹴《け》り出し、不安定に揺れた。

鎖が揺り戻され、岩盤に半身をぶつけた。右手で、飛び出した岩の先端をつかみ、どうにか安定を得る。

鎖に唇を押しつけ、息をつく。口のなかに鉄錆の味が広がった。

とりあえず助かったことで、かえって強く死を想《おも》った。いっそこのまま手を離し

たほうが、どれだけ楽だろうか……。そのとき、

「大丈夫かー」

「平気かー」

下方から、ふたつの声が聞こえた。

少女は、驚き、背負ったリュック越しに下方を見た。

ジーンズに赤いトレーナー、赤のブルゾンを着た小柄な少年が、同じ鎖の、二十メートルほど下を登っていた。

身長は低いが、俊敏そうなからだつきで、目鼻だちのはっきりした童顔が、少女と同じ十二歳ながら、やや年下に見える。髪をスポーツ刈《が》りのように短く切り、上向きの鼻と、反《そ》り気味の顎《あご》が、利《き》かん気の強そうな性格もあらわしていた。

彼は、鎖を両手に握り、

「負けんな、しっかり登れー」

と声を張り上げた。

少女はさらに下を見た。

青いトレーニング・ウェアに、同じ青のウインドブレーカーを着た、やや背の高い、やせた少年がつづいていた。

前髪を長く伸ばし、髪のあいだからのぞく一重《ひとえ》まぶたの切れ長の目は、聡明そうな輝きを宿している。顔色は青白く、眉間《みけん》の憂鬱《ゆううつ》そうな翳《かげ》りが、やはり同い年ながら、逆に少女よりひとつかふたつ年上に見せていた。

彼は、目にかかる前髪を頭を振って払い、

「救いだろ、救いを見つけたいんだろっ」

と叫んで、頂上を指し示した。

少女は、ふたりが追ってきたことに困惑しながらも、顔を前に戻した。

慎重に靴《くつ》先を鎖の輪に差し入れ、両手を交互に伸ばして、からだを引き上げてゆく。二十メートルほど登ったあたりで、視界をさえぎっていた霧状の白い流れがはれた。

陽光が少女の目を射る。目を閉じ、すがるように手を伸ばした。

固い壁にさえぎられた。腕で顔をおおうようにして、光の奥を透《す》かし見る。前方に、大きな岩が立ちはだかっていた。だが、左斜め上に、足がのせられるような形で、平らに削られた岩があった。その先に、道がつづいている。

少女は、左に重心を移し、平らな岩に足をのせ、さえぎられた鎖の先を確かめた。

立ちはだかる大きな岩には、鎖が幾重《いくえ》にも巻きつけられ、板の標識が取り付けられている。標識には、道が延びている方向に矢印が描《か》かれ、『頂上』と記《しる》されていた。

少女は、大きく息をつき、

「着いたよー」

下方に叫んだ。

すぐに、少年たちの歓声がのぼってくる。

少女は岩場の道を進んだ。十メートルも登ると、視界が開けた。暖冬だったためか、四月五日のこの日、雪はどこにも残っていなかった。

植物もなく、ただ石と砂ばかりの頂上らしき場所は、広さが五、六メートル四方ほどの殺風景な空間だった。そこから先は、また下り坂になっている。

少女が入院していた、愛媛県立双海《ふたみ》小児総合病院第八病棟の、退院記念の登山だった。

心をわずらった子どもたちの、最後の登山療法を兼《か》ねている。一般社会へ戻る子どもたちに、自信を持たせて、新学期、あるいは、新学年に送り出すための儀式でもあった。

第八病棟の子どもたちは、日頃から病院近くの小高い山で、登山療法をおこなっており、山登りには慣れている。だが今日は、ふだんの三倍も高い山であり、引率の医師や養護学校の教師たちからは、鎖場は使わず、山肌に沿って螺旋《らせん》状に登ってゆく、安全な迂回路《うかいろ》をとるようにと、命じられていた。

ほかの子どもたちは、素直に指示に従った。

だが、危険な鎖場を登ってこそ、霊山の効果はある、神々も救いの手を差しのべてくれるはずだと、少女は信じていた。だからこそ、医師や保護者たちの目を盗み、列を離れて、命がけで鎖を登ってきた。

少女は、下から吹き上げてくる風を受けながら、〈永遠の救い〉を待った。

いくら待っても、人々が語っていたような〈救い〉は、少しもあらわれる気配はない。

祈りの場としての小さな祠《ほこら》は、頂上の隅に設けられていた。コンクリートで土台を固め、ブロックの壁で囲った二メートル四方程度の祠は、扉が閉ざされている。

本来、祠のなかには、三体の小さな像がまつられているという。その御神体は、いまは七合目にある神社に置かれ、七月一日に、この祠に安置されるらしい。少女はしかし、人間がまつった像を拝むために、登ったわけではない。

「どうしたの……」

少女は、涙をこらえ、空に訴えた。

「救ってくれるんじゃないの……神様の山じゃないの？」

答えらしいものは、返ってこない。

ふたりの少年が登ってきた。

少年たちは、しばらく周囲を見回したのち、苛立《いらだ》った様子で、

「なんだよ。この祠だけしかないのかよ。救いってのは、どうしたんだ」

赤いブルゾンを着た、小柄な少年が言った。

青いウインドブレーカーを着た、細身の少年は、閉ざされた祠の前に進むと、手を合わせた。

「よせよ、ばか」

赤いブルゾンの少年が止めた。

青いウインドブレーカーの少年は祈るしぐさをつづけた。

何の変化もなかった。

「ばかな真似はよせって言ったろ」

小柄な少年が吐《は》き捨てた。

「何かが起きるかもしれないだろ」

細身の少年は言い、すぐに自分に対して、

「……起こるわけないか」

つぶやき、祠を背にして座り込んだ。

少女は、唇を噛《か》み、周囲の山々を見下ろした。

太陽に暖められて空気が変わったせいか、彼方《かなた》の山の姿まで、鮮明に見渡せる。山並みの微妙な形、内側を彩る杉や松やブナなどの深い緑から薄い緑、山桜の柔らかな桃色、コブシの白、下界を走っている道路の線までが、立体的にふくらみ、迫ってくる。

だが、景観がどれほど美しくても、少女の心には届かず、目をそらした。

南東に向かって二百メートルほど先にある、岩の峰が目に入った。さっき見回したときは、何も〈救い〉と呼べるものがあらわれないことに苛立ち、気にもとめなかった。

天に向かって突き刺すような、険《けわ》しくとがった峰は、むだなものをすべて切り捨てた潔《いさぎよ》さがあった。一種、孤独なたたずまいさえ感じさせる。なにより峰の頂上が、いま少女が立っているところよりも、少しだけ高い位置にあるように見えた。

病院内で通っていた、養護学校分教室の担任教師からは、この霊山が西日本で最も高い山だと教えられた。実際、そう書かれた写真集も案内パンフレットも読んだ。

少女は、祠の前から、向かいの峰に向かって下ってゆく道を、試しに進んでみた。道は途中で二手に分かれた。一方は、右側に折れて、下ってゆき、十メートルほど下にある山小屋へ通じていた。登山者が休んでいるのか、人の声が聞こえてくる。山小屋の前を通る道は、安全に整備された迂回路へつづく様子だった。迂回路から頂上をめざしているはずの双海病院の子どもたちや、保護者たちの姿は、まだ見えない。

もう一方の道は、向かいの峰へと、まっすぐに延び、途中で断ち切れていた。

少女は、断たれた崖《がけ》の先端から、首を突き出した。

道は途切れているように見えながら、岩を伝って降りることができた。十メートルほど下から、狭い稜線《りょうせん》が峰に向かって延びている。

少女は、息をはずませ、

「つづいてる。細い道が、向こうの峰までつづいてる。あっちが、本当の頂上だよ」

少年たちの返事も待たず、崖を降りはじめた。

足を踏《ふ》み外せば、麓《ふもと》まで一気に転げ落ちそうな、急な斜面だった。体重を山側に預けるようにして、岩から岩へ、慎重に足を下ろしてゆく。

あとわずかで稜線に降りられるところまで来たとき、最後の岩が高く、足を伸ばしても届きそうになかったため、少女はためらわずに飛んだ。

幅が五十センチもない稜線に落ち、しりもちをついた。上半身が崖側に傾きかけたが、かろうじて手で支えた。

少女は、少年たちを見上げ、

「来ないでいいよ。危ないから、落ちちゃうかもしれないから」

「何を言ってんだ」

赤いブルゾンを着た少年が、怒ったような顔つきで、岩場に手をかけた。

青いウインドブレーカーを着た少年も、つづいて岩場に足を下ろしはじめる。

少年ふたりは、少女と同様に、最後の岩の上から一気に飛び、稜線にしりもちをついた。

彼らが立ち上がるのを待って、

「何もないかもしれないよ。命がけで登っても、何にもならないかもしれない」

少女は言った。

小柄な少年が、唇をとがらせ、

「だったら、自分はどうして登るんだよ」と言った。

少女は答えられなかった。

「迷ってるんだろ」

細身の少年が言った。彼は、自分も迷っているような表情で、

「例のことを、やるべきかどうか、まだ迷ってるんだろ。もっといい方法が見つかるかもしれないと思って……」

「登れよ。登れば、本当にやるべきかどうか、はっきりするさ」

小柄な少年が言った。

少女は、短く迷ったのち、先頭に立って、雨上がりのすべりやすい稜線に、足を踏み出した。

三人は、一列に並び、二千メートル近い高さにある狭い稜線を、足もとだけを見つめて、進んだ。横風を受けると、からだが不安定に揺れた。はずみで蹴った石が、急斜面を転がり落ちてゆく。

めざす岩峰に近づくと、稜線はさらに険しくなり、立って進むことは不可能になった。

三人は、峡谷に向かって大きく傾いた岩盤の先端をつかみ、斜めに這《は》ってゆく恰《かっ》好《こう》で登った。命綱はもちろん、道具も手袋もなく、ささくれた感じの岩を素手でつ

かんでは、からだを引き上げてゆく。

稜線をたどりはじめて二十分近く経《た》った頃、いきなり空気が変わった。

目の前から、立ちはだかる岩が消えた。ただ果てしない空が広がり、三人より高い場所には、何も存在しない。春を迎えた四国山地の山々も、山あいを流れる乳白色の雲海も、すべてが少女たちの眼下にあった。

むき出しの岩が天空に浮かんでいるような頂上の、広さは一メートル四方もなかった。

ただ、一本の標識のみが立っており、『標高一九八二メートル』と書かれている。

三人は、身を寄せ合って、峰の先端に立ち、周囲を見渡した。

世界を見下ろしているに等しかった。吹く風にふれ、誰《だれ》もまだふれていない風だと思うと、少女は心が揺さぶられた。

広大な宇宙の力によって発生し、吹き下ろしてくる、初めての風……。

しかし、いくら待っても、下界にも頂上にも、どのような変化も生まれない。

「どうしたっ」

小柄な少年が声を張り上げた。彼は、空に向けて手を振り、

「苦労して登ってきたんだ。神様の山だろ、何か見せてみろよ」

細身の少年は、標識にもたれて座り込み、

「ここは、普通の人にとっての神の山で、ぼくたちには関係ないのかもしれない」

疲れた表情で、つぶやいた。

小柄な少年が、彼を睨《にら》み、

「じゃあ、どうすんだ」と言う。

細身の少年は、首を横に振り、

「ずっと見捨てられてきた、ぼくたちだから……いまさら、神様が救ってくれるはずがないんだよ。ぼくたちを救えるのは……」

「おれたちを救えるのは……やっぱりおれたち自身ってことか。例のことをやらなきゃいけないってことかよ？」

「……だと思う」

細身の少年がうなずいた。

少女は口を閉ざしていた。無意識に足もとの砂を蹴る。砂は谷へと落ちゆく途中で、風に払われた。

砂の消えたあたりを見やりながら、少女は、少年たちが以前彼女に向かって告げた言葉を、思い出した。

『きっとこの世界が滅ぶときが来る。誰からも本当には愛されていないこの世界は、じきに滅んで、誰も救われない。ただ、もしかしたら、自分たちだけは可能性があるかもしれない。この世界で、捨てられ、否定されてきた自分たちだから、この世界が否定されるとき、初めて浮かび上がるチャンスが、与えられるかもしれない……』

少女は、自分たちを山に残し、いますぐ世界が滅べばいいと思った。下の世界に戻ってゆくことが、つらい。山を下りたあと、三人が離ればなれになってしまうだろうことが、つらい。

なにより、三人が今後もこの世界で生きのびてゆくために、どうしても必要だという計画を、このまま進めてゆくことが、恐ろしかった。

「怖いのか」

小柄な少年が訊《たず》ねてきた。少女の表情に気づいた様子で、

「やっぱり、やめたほうがいいと思ってんじゃないのか？」

少女はあいまいに首を傾《かし》げた。

細身の少年も、心配そうに、

「でも、心の底では、例のことをやりたくないって考えてるから、別の救いを見つ

けに、ここまで登ってきたんだろ」

少女は、今度はきっぱりと首を横に振り、

「こんなところに、願っていた救いがあるなんて、本当は信じてなかったと思う。いくら神様の山だって、登ったくらいで、わたしなんかが、救われるわけないもの。ただ、ほかにすがるものがなかったから……救いが得られるって聞いて、少しだけど気持ちが落ち着いたし……。踏ん切りも、つけたかったんだと思う。ここまで登っても、ほかに救いが見つからないとしたら……やっぱり、あれをやるしかないわけでしょ」

感情が表にあらわれないよう、抑《おさ》えた口調で言った。標識にふれ、

「それに……どうしてもやらなきゃいけないとしたら、誰かに認めてもらいたい、見守ってもらいたいって思ってた。神様の山なら、何かしるしをもらえる気がした。命がけで登りきれたら、あれをやってもいいって許可が、もらえるかもしれないって……」

太陽に向かって立つ少女の左手側から、濃い霧が、谷底から湧《わ》き出すように流れてくる。強い日差しに、霧の粒子がふるえる。

小柄な少年は、強がった笑《え》みを浮かべ、

「大丈夫だよ。神様なんかに見守ってもらえなくたって、おれはやれるよ」

細身の少年は、少女の顔をのぞき込み、

「きみが見守ってくれてれば、ぼくはやれるよ。きっときみを、ぼくたち自身を、救ってみせる」

少女をまんなかにして、ふたりが張り合うように言うのを聞いて、少女はかえって苛立ちをおぼえた。

「わたしは、誰が……。わたしのことは、誰が見守ってくれるの」

胸の底から溢《あふ》れた言葉は、返事をもらえないまま、眼下の霧のなかに吸い込まれた。

少女は、ふたりに、そして太陽に背を向けた。涙を、手の甲でぬぐった。

そのとき、霧のなかに、立ち現れるものがあった。

少女は目を凝《こ》らした。

あの場所は、いまは霧で隠されているが、どんな野生の獣でも立っていることは不可能な、山側にえぐれた断崖《だんがい》のはずだった。

だが、確かに人が立っている。

しかも、その人はからだが光っていた。少女とほぼ同じ背恰好だが、輪郭《りんかく》に沿って淡黄色の光が放たれ、頭部周辺は虹《にじ》色の光彩に包まれている。

少女は、驚き、両手を口もとに挙《あ》げた。

眼下に立っている〈光る人〉も、顔と思われるあたりに、両手を挙げた。

「見て……」

少女は〈光る人〉を指差した。

〈光る人〉も少女を指差し返した。その手の先で、いったん虹が散り、ふたたび多彩な色が、手の形になって結ぶ。

少年たちも、すでに〈光る人〉の存在に気づいている様子だった。

三人は、霧のなかに立つものの姿に見とれた。夢でも、まぼろしでもなく、確かに目の前に立っているこれは、もしかしたら神というものだろうか……。

だとしたら、何を与えてくれるのか。何を告げようとしているのか。

少女たちは待った。すると、

「あれは、きみだ」

背後で、太い声が聞こえた。

「あれは、きみ自身の姿だよ」

少女は、身ぶるいして、振り返った。

いつ登ってきたのか、サングラスをかけた男が、三人のやや下方に立っていた。

男は、少女に人差し指を突きつけ、静かな口調で、

「霧のなかに浮かんでいるのは、きみの影だよ。きみが動くと、あの影も動くだろ」

おだやかな低い声だった。顔は皺《しわ》が深く、黒を基調とした登山着で全身をおおっている。男は、少女と〈光る人〉に交互に顔を振り向け、

「太陽の角度と霧の濃度との関係らしい。霧を、いわば映画のスクリーンのようにして、人の影が映るんだ。ドイツの、ブロッケンという山でよく見られたため、ブロッケン現象と呼ばれている。日本では昔、神や仏の御来迎《ごらいごう》と勘違いされたようだがね。あれは、きみだよ。きみはいま、きみ自身の姿を、目《ま》のあたりにしている」

男は、サングラスの下で、かすかに笑みを浮かべた。

少女のなかに、生理的な嫌悪《けんお》と、怒りがこみ上げてきた。この男を、いますぐ崖から突き落としてやりたい……。

だが、彼女が動きだすより早く、

「うるせえよ」

小柄な少年が叫んだ。

細身の少年も、拳《こぶし》を固めて、

「向こうへ行けよ、行っちまえよ」

細い声を、努めて太くして言った。

サングラスの男は、笑みを浮かべたまま、

「それが、大事なことを教えてくれた人に対する態度かな？　お父さん、お母さんから、社会のマナーを教わらなかったのかい」

「これが教えてもらったことさ」

小柄な少年は、ブルゾンのポケットから、折りたたみの果物ナイフをつかみ出した。刃を抜いて、

「がたがたぬかしてると、ぶっ殺すぞ」

男に突きつける真似をした。

細身の少年は、前髪をかき上げ、

「死にたくなきゃ行けよ、早く行っちまえ」

男の足もとに向かって唾《つば》を吐いた。

サングラスの男は、静かに背を向け、岩陰にでも入ったのか、すぐに姿は見えなくなった。

少女は〈光る人〉に顔を戻した。

「あの人は、わたしなんかじゃない。本当にいるのよ、あの場所に舞い降りてきたの」

〈光る人〉に手を振った。

〈光る人〉も手を振り返す。

「わたしたちに、笑いかけてるでしょ。あの人は、何かを言いにきたのよ」

「そうだ」

小柄な少年がうなずいた。彼は、熱のこもった声で、

「あの人が見守ってくれるよ。きっとあの人は、おれたちがやろうとしていることを、認めるって言うために、現れたんだ。戦えって言いにきたんだ」

「そうかもしれない」

細身の少年もうなずいた。彼は、頰《ほお》を桃色に上気させ、

「やらなきゃいけない理由も、方法もはっきりしてる。あとは、本当にやりとげる力が、あるかどうかなんだ。確かに大変なことだよ、迷うのは当然さ。だからこそ、あの人は、見守っている、頑張れって言いにきたんだ」

小柄な少年は、ナイフをポケットに戻して、

「思い出そうぜ。おれたちが、どれだけひどい目にあってきたか。やらなきゃ、おれたちはだめになるんだ」

細身の少年も、興奮してきた様子で拳を振り、

「何もせずに下の世界に戻ったら、ぼくたちは、きっともう、まともには生きてゆけないよ。自分の手で、それをひっくり返すんだ」

少女は、少年たちの言葉を聞きながら、本当にあれをしたら、自分たちが救われるのかどうか、疑った。

むしろ、本当の意味で、滅んでしまうのではないだろうか……。

少女は、胸の前で、手を合わせた。

〈光る人〉も手を合わせた。

少女は、目を開けたまま、〈光る人〉に祈った。

どうぞ教えてください。本当に、あれをやるべきですか。わたしや、このふたりが救われるためには、やらなければいけませんか？　もし間違っているなら、やめろと言ってください。止めてください。でも、本当に救われるためには、必要だと思われるなら……。わたしたちの存在が認められるためには、やるべきだと思われるなら……。見守ってください。わたしたちを助けてください。

少女がまだ祈っている最中に、風が三人の後方から吹き下ろし、眼下にたちこめていた霧を払った。

〈光る人〉も消えてゆく。

少女はとっさに手を伸ばした。

〈光る人〉も、少女に手を伸ばしかけ、不意に消えた。

風が強くなり、山並みの向こうに去っていた黒い雲の群れが、さらに遠くへ流されてゆく。

気圧が狂っているのか、遥か彼方の雲のなかで、稲妻が光った。音はなかった。つづけて、音のない稲光が長くひらめいた。そのくせ、三人の頭上では太陽が輝いていた。

三人は岩の峰から降りた。

いまから、人を殺すつもりだった。

第一章　一九九七年　春

1

深夜のナース・ステーションで、呼び出しのチャイムが鳴った。

久坂優希《くさかゆうき》は、点滴の輸液を整える手を止め、ナース・コールに駆け寄った。

電光盤で点灯しているベッド番号のボタンを押し、受話器を取る。

「お母さぁん……」

泣いているような、かすれた声が受話器から聞こえた。

「どうしました？」

優希が訊《き》き返すと、

「お母さぁん、来て……」

か細い声が、助けを乞《こ》うように呼ぶ。

優希は、受話器に向かい、

「待っててね、いま行くから」

励ます口調で告げ、受話器を戻した。

彼女は、テーブルで点滴の輸液を調整している、深夜勤のパートナーを振り返り、

「あと、大丈夫よね」

確かめるように訊いた。

年下の看護婦は、眠そうな顔を上げて、はいとうなずき、

「また、甘えっ子のマー君ですか。主任補がいると、いつもお母さん、お母さんって甘えてばかりいるんだから……」

ため息まじりに言った。

優希は、カウンターから出ながら、

「ご両親が早くに離婚して、甘えきれない年頃で、お母さんと別れちゃったからね……仕方ないのよ」

言い置いて、病室に向かった。

暦《こよみ》の上では、立春を十日ほど過ぎていた。

実際は最も冷え込む時期にあたり、夜間はことに暖房を強めている。そのため、消毒薬の臭《にお》いや排泄物《はいせつぶつ》の臭いなどが、暖められて、混じり合い、病棟の廊下の底で、独特の臭気を醸《かも》している。

廊下を渡ってゆくと、その臭気が鼻先に立ちのぼってくるが、優希にはもう慣れた臭いだった。

四人部屋の病室に進み、窓際《まどぎわ》のベッドのカーテンを割り、からだをすべり込ませる。枕もとの電灯のスイッチをひねり、

「どうしました、今村さん、雅之《まさゆき》さん」

優しく語りかけた。

「お母さん……」

皺だらけの手が、差し出された。

ベッドには、やせた老人が横たわっていた。彼は、落ちくぼんだ目で優希を見上げ、

「遅いよぉ」

口をすぼめて、訴えた。

「ごめんね」

優希は、彼の手を握り、

「何があったの?」

「気持ち悪い……」

「おむつ？　さっき換《か》えたばかりよ」

「気持ち悪いんだよ」

老人がすねた表情で言うのに、

「わかった、じゃあ換えるね」

優希は、布団をいったんめくり、上下二部式にわかれた入院着の、下半身の前を、マジックテープをはがして開いた。

枯れ枝のようになった老人の足がむき出しになり、おむつの白さと対照的に映る。

老人は、優希から顔をそらし、

「わざと遅れて、いじめてるんだ」

「そんなことないよ。わたしは、今村雅之さんのこと、大好きだもの」

「マー君」

老人がそう呼んでほしそうに言う。

「マー君は、マー君だけど、今村雅之さんがちゃんとした名前だから、そう呼ばせて。それが、今村さんの治療でもあるからね」

優希は、答えて、患者の恥《は》ずかしさを考慮して、からだを横にし、おむつを外した。汚れていなかった。

優希はいったんおむつを外した。換えたふりをし、新しいままのおむつを、あらためてあてがった。

「はい、できた。どう、気持ちよくなったかしら。さあ、こっちを向いてください」

優希は老人の肩に手を置いた。

老人は、顔を振り向け、

「お水ぅ」

甘えた声で言う。

優希は、サイドテーブルの上に置かれた、プラスチック製の吸飲《すいの》みを取った。老人の細い首の下に手を入れて支え、水を飲ませる。

老人は、すぐに口の端《はし》から水を吐き、

「ぬるいよぉ」

不機嫌に訴えた。

優希は吸飲みを置いた。布巾《ふきん》を取り、老人の口もとや濡れた喉《のど》のあたりを拭《ふ》き、

「冷たいと、からだに悪いから。我慢して」

「嫌《きら》いだよ、もう行ってよ」

「だめよ。わたしは今村雅之さんが大好きなんだから、お世話をさせてちょうだい」

優希は老人の布団を掛け直した。

老人は、口をもごもごと動かし、

「本当に……マー君のこと好き？」

「もちろんよ、今村雅之さんが何をしても、わたしは大好きだから」

老人は、細い腕を布団から出し、

「手ぇ」

優希は、彼の手を握って、電灯を消し、

「いつでもそばにいるから、安心して寝てちょうだい。目を閉じて、ゆっくり息を吸って……吐いて……そうそう」

優希は、老人が眠りに落ちたのを確かめてから、ベッドのそばを離れた。

神奈川県川崎市、ＪＲ川崎駅から北へ約二キロ、第一京浜道路と多摩川の流れにはさまれた場所に建つ多摩桜《たまさくら》病院、地域住民からは一般に桜病院と呼ばれている総合病院の、八階にある老年科病棟だった。

高齢者の一般内科、動脈硬化を基盤とした疾患《しっかん》、あるいは脳梗塞《のうこうそく》などによる脳血管性の痴《ち》呆《ほう》症状を起こした患者たちの、治療とリハビリにあたっている。

介護力を強化した老人病院とは違い、あくまで社会復帰に向けての、高齢者医療を目的としている科だった。

また、提携する大学病院の指導医が、アルツハイマー病を研究課題にしているため、同病の患者も少数ながら受け入れ、脳血管性痴呆の患者とともに、脳代謝改善薬や脳循環改善薬などの薬物治療をおこない、リハビリ等と合わせて痴呆症状の緩和、改善を試み、同様に社会復帰の可能性を求めている。

入院患者は四十二名。うち、脳血管性の痴呆症状を起こしている患者が、軽い症状もふくめて八名。心疾患や代謝障害など、脳以外の身体疾患によって痴呆症状を起こしている患者が五名。アルツハイマー病の患者は、病棟の外れの病室に、四名が入院していた。

優希は、若い看護婦とふたりで、患者の状態観察などに随時回り、定められた時間には、排泄障害を抱《かか》えた患者のおむつの交換に走った。

夜明け前には、床擦《とこず》れが心配される患者の体位を変え、褥瘡《じょくそう》のできている患者の背中や腰は、布で清め、薬を塗《ぬ》った。呼吸器を病んでいる患者の痰《たん》を取り、ひとりひとりの体温や血圧など、バイタル検査も定時におこなった。

そのあいだも、眠れない、喉が渇いた、おしっこが出て気持ち悪い、どこそこが痛いと、ナース・コールはやむことがない。優希たちは、ミネラルウォーターとビスケットを口にする程度でしのぎ、腰を落ち着けている暇《ひま》もなく、病室を行き来した。

やがて夜が明け、看護助手の中年女性が出勤してきて、

「少し雪が舞ってますよ」と告げた。

七時には、朝食が用意され、パートの看護助手ふたりとともに、優希たちは患者の食事の介助に回った。

入院患者の半数は、食堂まで出てこられず、出てこられたとしても、痴呆症状のために、ひとりでは食事ができない患者も多い。仕方なく、手のかかるアルツハイマー病の患者は、家族の了承を得て、食事時間を三十分遅らせている。

八時に日勤の看護婦たちが出てくる頃に、ようやく朝食も終わり、優希は、ナース・ステーションに戻って、夜間の患者の状態について、申し送りをした。

深夜勤のパートナーだった看護婦が、疲れきった表情で早々に帰ったあとも、優希は残って、患者それぞれに対する看護記録をチェックし、パートナーが書き残した部分を補足した。終えると、日勤の看護婦がひとり休んでいたため、モーニング・ケアも手伝った。

「主任補、本当にもういいですから」

気がついた日勤の看護婦が言うのに、

「早くすませたほうが、患者さんの負担も少なくてすむから」

優希は、笑顔で答え、患者たちの体位変換やトイレへの誘導を手伝い、指示が出ている患者を、検査室やリハビリ室へ連れてゆくなどした。

慌《あわ》ただしい午前中の時間が過ぎ、ナース・ステーションに戻ってきたところで、優希は腰にしびれを感じた。思わずカウンターにもたれると、

「大丈夫ですか、主任補」

年下の看護婦が声をかけてきた。

「職業病だからね」

優希は答えた。なんとか腰を伸ばし、

「それに、やっぱり年かな」

苦笑を浮かべた。

相手も、笑って、

「わたしも友だちと会ってるとき、腰を押さえて、アタタなんて……おばさんくさいって、言われちゃいました」

近くにいた別の看護婦が、

「友だち？　彼氏と怪しいことしてて、応《こた》えられなかっただけじゃないの？」

「彼氏を作る暇がどこにあんの。男なんていいのよ。心配なのは、子どもができたとき」

「看護婦は、切迫流産、三割だからね」

「官庁の連中、誰か入ってこないかな。わざとおむつ換えてやらないいんだ」

戻っていたほかの看護婦たちも、そろって笑った。

優希も、ほほえみながら離れ、職員用の洗面所に入った。

鏡の前に立つと、ナース・キャップが少しゆがみ、栗色の前髪がはみ出していた。キャップを直し、ふと気になり、目の下の隈《くま》を指で軽く押した。皮膚《ひふ》の戻りが、遅く感じられる。

幼い頃から仔鹿に似ていると言われた黒目がちの瞳も、曇って、疲れがにじんでいるように見える。ショートに刈った髪や、狭い額から顎へと流れるなめらかな線が、ときに彼女を幼く見せ、数年前までは実際より五歳近くも若く言われた。

だが二十九歳のいま、肌のつやはもちろん、表情も豊かさを失い、ときに三十過ぎに見られることもある。

優希は、吐息をつき、顔を洗うために腰を曲げた。激痛が、腰から頭の先へ走った。慌てて顔を起こす。立ちくらみをおぼえ、意識が遠のいた。


優希は、消毒薬の臭いで、目を覚ました。

目の前に、病棟婦長の内田がいる。

見おぼえのある部屋の様子に、ナース・ステーションの裏の、休憩室だと気づいた。仮眠用に使われているソファに、優希は横になっている。壁の掛け時計を見上げると、すでに夕方近かった。

　身を起こそうとして、内田に肩を押さえられた。

「もう少し寝てな。じき、点滴が終わるところだから」

　枕もとに点滴のスタンドがあり、左腕に針がテープで止められている。

「すみません……わたし？」

「トイレで倒れてた」

　内田が険しい表情で答えた。彼女は、顎の張った、ややいかめしい顔だちで、性格も言葉づかいも男っぽいところがある。

　優希は、横になったまま頭を下げ、

「申し訳ありません、仕事の途中なのに……」

「何が仕事だよ。深夜勤明けで、とっくに帰ってるはずだよ。なのに、モーニング・ケアまで手伝って……朝食もまだだろ」

「ひとり欠勤してましたし、深夜のとき、患者さんに、全然お世話し足りなかったものですから……」

「充分すぎるほど、やってもらってるよ」

「未熟ですから。ほかの人たちより多く働いて、ようやく人なみなんです」

内田は、椅子の上で太い足を組み、

「久坂主任補、あんたの頑張りには、毎度感謝してるし、敬服もしてる。けど、自分のからだのことも考えなきゃ」

「わたしは平気です」

「平気じゃないから、倒れたんだろ。戸塚主任の腎臓《じんぞう》は、長くかかりそうなんだ。あんたにいまダウンされたら、うちは終わりなんだよ」

「自己管理ができてませんでした。それひとつ取っても、わたしが未熟な証拠です。きっと患者さんにも、どこかでミスを犯してるように思います。いたらない点が、幾つもあるはずです」

内田は、あきらめた表情で、

「内科と外科二年ずつで、老年科は開設した当初から担当してもらって、もう四年か……。いまも、事務局で勤務表のことでやりあってきたところだけど、ナースの確保が難しくなってるうえ、若い子はどうしても老年科を嫌って、長くつづかない。そろそろあんたを、小児科にって話もあるんだけどね」

「いえ、小児科は……」

「前にも、小児科を嫌ってたね。実際、あんたのオーバーワークとも言える働きぶりは、老年科の看護を劣化させないためには、絶対に必要なんだよ。事務局も医局も、それは知ってる。だから、ずっとここでやってもらってるんだけど……」

「わたしには、ここが合ってます」

「でもね、前にも少し言ったけど、ほかの看護婦が、かわいそうにもなってんだよ。いくら頑張っても、久坂優希にはかなうわけがないんだから。ところが患者さんは、どうしたって、あんたを基準に考える。ほかの看護婦を、出来の悪い看護婦のように思ってしまうんだよ」

「そのことは、婦長の思い違いです。わたしこそ、患者さんに、だめだ、嫌いだ、あっち行けって、よく言われてますから」

「あんたを、母親のように思って、甘えてるからだろ。子どもに戻って、母親の愛情を求めてるからで、ほかの看護婦に要求するものとは、質が違うよ」

点滴が終わった。内田が、優希の腕から針を抜きつつ、

「わたしも、ついあんたに甘えて、残業や休日出勤を何度も頼んで、ずいぶん利用してきたけど……こんなことがあって、ようやくあんたも人間だったんだって気づくよ」

優希は、渡された脱脂綿で腕を押さえ、

「利用だなんて。わたしは、もっと役に立ちたいんです、患者さんに、必要としてもらいたいんです」

内田は小さく息をついた。柔和《にゅうわ》な目で、優希を見つめ、

「懸命に働いている人間に、手を抜けとは言えないけど、少なくともローテーションは守りなさい。時間になったら、忙《いそが》しくても、帰って休むこと。これは婦長命令だよ」

「……わかりました」

優希は立ち上がった。

ナース・ステーションと休憩室を仕切っていたカーテンが開き、看護学校の研修生が顔を出した。

「あの、久坂主任補に、外線ですけど」

「誰」

優希は訊いた。

研修生が、頭を下げ、

「すみません。受付から回されてきて、主任補のお名前をおっしゃったので……こちらからは、お訊きしませんでした。男の方のようでしたけど」

内田が、からかう調子で、

「たまにはデートでもしてきなよ」

「そんな相手いませんよ」

「放射線科や麻酔科でも人気あるし……あんた、もてるんだよ」

「よしてください」

優希は逃げるようにナース・ステーションへ出た。

デスクの上に置かれていた受話器を取り、

「お待たせしました、久坂ですけど。もしもし……もしもし……」

返事はなかった。

だが、受話器の向こう側に相手がいることは、気配で感じられた。

「もしもし、どなたですか」

とがった声で訊く。一度も答えが返ってこないまま、電話は切れた。

内田が、様子がおかしいのに気づいてか、

「どうした？」

優希は、受話器を置き、

「間違いでした」

「わざわざ受付を通して、呼び出してきたのに？　確か、前もそんなことあったよね」

優希は、うなずき、

「同じ相手かどうか、わかりませんけど……婦長のいらっしゃらないときにも、何度か」

「じゃあ、けっこう多いわけ？」

「二カ月に一度くらいですけど……」

内田が眉《まゆ》をひそめた。

優希は、妙な恥ずかしさをおぼえ、

「電話のあった直後は、気味悪く感じても、あと、何もないんです。だから、忘れて過ごしていると、また掛かってきて……。冷静に考えると、二カ月に一度くらいあるんですけど、どうしようもないですし……」

「どのくらい前から」

「……病院に勤めはじめた頃からです」

「そんな前から……心当たりは」

「いえ、本当の間違い電話もあったかもしれませんし」

「実害は。誰かに尾行されたりとか」

「そういうことは、まったく」

「あんたじゃ、不倫相手の奥さんってわけでもなさそうだし」

「そんな……」

優希は返事に困った。

内田は、笑って、

「人間的なところがあったほうが、みんな、ほっとするんだよ。ともかく注意して。こういう仕事をしてると、患者さんに妙な形で気に入られたり、また逆のこともあるから」

「わかってます」

優希は、休憩室に戻って、使ったソファを直すなど、帰り支度をした。

ナース・ステーションのほうから、内田の声が聞こえてきた。今夜の深夜勤の看護婦がひとり、急に休むことになったため、できれば代わりに出てもらえないかと話している。

誰も答えない様子に、優希は表へ出てゆき、

「わたし、出ますけど」と言った。

内田や、ほかの看護婦たちが、呆《あき》れた顔で振り返った。

「大丈夫です、ゆっくり休ませてもらいましたから、もうこのとおりですよ」

彼女は、右腕を挙げ、力こぶを作ってみせた。

優希は、病院前からバスに乗り、南武線の鹿島田《かしまだ》駅から電車に乗り継いだ。

川崎から立川に向かって走る南武線の電車は、ラッシュ時を迎えて満員だった。武蔵小杉《むさしこすぎ》駅で降りたときには、すでに日も落ち、朝がた少し降っていたという雪は、のちに晴れたた

めか、跡形もなかった。

にぎわう駅前の商店街を抜け、住宅街に入って、街灯もまばらな細い道を、十五分ほど南に下る。築十五年から二十年前後の住宅が、整然と並んだ一角に出た。

狭い道の両側に並ぶ家々の玄関先には、熱心不熱心の差はあれ、寒さに強い植物の鉢《はち》やプランターが置かれ、住人たちが生活を楽しんでいる様子がうかがえた。

玄関脇に、椿《つばき》などの低木を植えている家もあり、紅や桃色の花が咲きはじめている。

しかし、袋小路の突き当たりに、『久坂』と表札の出ている家の周囲には、小さな鉢ひとつ、生活用品らしいものすら、置かれていなかった。

優希の母親が、飾りとなるようなものを嫌っているためだが、周囲が彩りに溢れているだけに、いっそう無機的な印象を与えた。

「あら、優希ちゃん。お帰りなさい」

自宅前で、隣家の主婦と顔を合わせた。夕刊を取りに出てきたところらしい。

優希は、挨拶《あいさつ》を返して、

「岡部《おかべ》さんの椿、咲きはじめましたね。岡部さんのアケボノが咲くと、もう春なんだなあって思います」

五十代後半の、隣家の主婦は、庭木に咲いた花を見て、

「花は、手をかけると応えてくれるから、育て甲斐《がい》があるのよ。うちの子たちとは、大違い」

優希は、苦笑を浮かべ、

「そんなことありませんよ。でも、うちは何もしない家だから、きれいな花を見てると、つくづく羨《うらや》ましく感じます」

隣家の主婦は、夕刊を持った手を大げさに横に振り、

「うちは、子どもが独立したから、こんなことしか楽しみがないのよ。その点、おたくのお母さんのほうが、断然羨ましい……聡志《さとし》ちゃん、春からは検事さんでしょ」

「何がよかったのか、司法研修所で、検察の教官の方に気に入られたらしくて」

「優秀だもの。お母さんも、これで肩の荷が下ろせるって、ほっとしてらした。あとは優希ちゃんのお嫁入りよね。もう、いい相手がいるんでしょ。お医者様？」

「とんでもない」

「嘘《うそ》ばっかり」

「本当ですよ。全然もてないですから」

「どうして。美人だし、性格もいいし……あとは、もう少し女性らしい恰好をすれば、文句なしじゃない」

優希は、相手の視線を受け、ジーンズに厚手のブルゾンという、みずからの服装に目をやった。上に着るものは、季節ごとに変えているが、下は季節を通して、ジーンズかスラックスをはいている。スカートをはくことはまったくなく、フォーマルな席に出る場合も、おおむねパンツスーツで通していた。

「いつでも男の子みたいな服ばかり着て。スタイルもいいんだから、ミニスカートでもはいたら、男どもが群がってくるわよ」

「みんな、吹いいちゃいますよ」

「仕事も大事だろうけど、女は、やっぱり結婚して子どもを産んで、初めて本当の幸せを得られるんだから」

優希は、おどけた表情を作って、

「わたし、女、捨ててかかってますから」

「また、そんなこと。お母さん、早く安心させてあげなきゃ」

「母は大丈夫ですよ。聡志がいれば」

「寂《さび》しそうな顔、ときどきなさってるわよ。孫を早く抱かせてあげなきゃ」

「それは、聡志の役目ですよ」

優希は明るい口調で答えた。そのとき、

「いい加減にしてくれっ」

彼女の家から、激しく言いつのる声が聞こえてきた。

いさかいするような低い声が混じって、

「いつまでも子どもじゃないんだっ」

ガラス製のものが割れる音も響いた。

優希は、慌てて隣家の主婦へ、

「失礼します」

会釈をして、玄関に走った。

ドアに鍵《かぎ》がかかっていなかったため、なかへ入って、

「何やってるの、外まで聞こえてるよっ」

奥に声をかけた。

向かって右手にある居間から、長身の青年が出てきた。

優希を無視して、上《あ》がり框《かまち》の脇から、階段をのぼりはじめる。

「聡志っ」

四つ年下の弟に呼びかけた。

聡志は、階段のなかほどで足を止めて、振り返った。

伸ばした前髪のあいだから、奥二重の暗い目が、優希を見つめ返してくる。端正な顔だちだが、斜《はす》に人を見るような皮肉っぽい目が、ときに生意気な印象を人に与える。

聡志は、何も答えずに顔を戻し、階段をのぼった。

優希は、靴を脱ぎ、居間に進んだ。

和室の八畳間に、電気カーペットが敷《し》かれ、座卓が出されている。たんすと仏壇、ほかにはテレビがある程度で、飾りになるような家具調度類はない。ふだんは、母親の志穂《しほ》の居室であり、夜も彼女が寝室に使っている。

いまは人の姿はなく、つづきの六畳のダイニング・キッチンの床に、志穂がしゃがみ込んでいた。

志穂は、安物のスカートにブラウスを着て、灰色のカーディガンをはおっていた。小柄なからだをさらに縮《ちぢ》め、ガラス製の花瓶《かびん》のかけらを、新聞紙の上に拾い集めている。

「お母さん……」

優希は歩み寄ろうとした。

「来ないのっ」

志穂が険しい声で言った。

優希は敷居《しきい》のところで足を止めた。

「……切っちゃうでしょ、そっちにいて」

志穂は、静かな口調にあらためたが、なお優希のほうを見なかった。ガラスの破片を拾っては、新聞紙の上に落としてゆく。

優希が幼稚園や小学校に通っていた頃には、同級生たちから、つねに憧《あこが》れられた母だった。優希も受け継いだ黒目がちの瞳は、つねに潤《うる》んでいるように見え、長く伸ばした髪が風になびいたおりなど、子どもの優希でさえ美しさに見とれた。

だが、五十四歳になった志穂は、自慢だった髪も短く切って、いまは半分以上が白くなっている。

髪を染めるように、優希は何度も勧めたが、志穂はある時期から一切化粧をしなくなり、外出のときも口紅ひとつ差さない。

更年期のせいか、ここ数年は、鬱《うつ》的な状態が強まり、表情はつねに暗く沈んでいる。十歳以上老《ふ》けて見えることもあった。

優希は、母の固い背中に、苛立ちと悲しみを感じながら、

「聡志と言い合ってる声が、外まで聞こえてたわよ。何があったの」

とがりそうになる声を抑えて、訊いた。

志穂は、それには答えず、

「ぼうっと立ってないで、掃除機を取ってきて」

冷たい口調で言った。

優希は、居間にショルダーバッグを置き、押入れから掃除機を出した。

「花瓶、誰が割ったの」

「……はずみよ」

志穂は、優希から掃除機を受け取り、こまかなガラスのかけらを吸い取りはじめた。

優希は、新聞紙の上に集められたガラスの破片を、燃えないゴミ用の袋に移した。

志穂が掃除機のスイッチを切った。そのままの姿勢で、ぼそりと、

「検事をよすって言うのよ」

優希は、彼女を振り返り、

「……聡志？」

志穂がうなずいた。

優希は、戸惑い、

「検察庁から内定か何か、もらえてたでしょ。もしかして、だめになったの」

志穂は、掃除機を置いて、居間へ戻っていった。力なく座卓の前に座ると、

「自分で断ったって」

優希は、彼女を追って、居間の敷居際に立ち、

「どうして」

「言わないのよ」

「断って、どうするつもり」

「……弁護士になるって」

優希はほっと息をついた。

「なんだ、もっととんでもないことでも考えてるのかと思った」

「とんでもないことでしょ。決まってた検察庁の職を、断ったのよ」

優希は、母親の前に膝《ひざ》を崩して座り、

「そりゃ驚くけど、法曹《ほうそう》の仕事をやめるわけじゃないでしょ。しかも、弁護士よ。みんなが憧れてる職業じゃない」

「弁護士だって、所詮《しょせん》は客商売でしょ。検察庁から誘われてたのに、どうしてわざわざ不安定な道を選ぶの」

「どこかの事務所に入って、お給料をいただきながら勉強を積むわけでしょ。不安定じゃないわよ」

「他人様の人生を預かる仕事なのよ。ミスでもしたら、どうなるの」

「検察官だって、同じでしょ」

志穂は、頭が痛そうにこめかみを押さえ、

「公務員なら、あの子ひとりが責任を負うようなことはないでしょ。お金の心配だって要《い》らないし」

「そんな考え方は、どうかと思うけど」

志穂は、聡志との言い合いも思い出したのか、急に涙ぐみ、

「あんたたちは、わたしがお金や安定なんてことを持ち出すと、すぐに俗っぽいって非難するけど……幸せを願えばこそでしょう。子どもの将来を案じることが、そんなにいやらしい？」

「そんなこと言ってないわよ。ただ、聡志にも、彼なりの事情があるんじゃないの」

「あの子は、わたしを困らせたいのよ。困らせて復讐《ふくしゅう》してるの」

志穂はティッシュペーパーで目頭を拭いた。優希を見ないまま、

「あんたもよ」と言う。

優希は、困惑し、

「……わたしがなんなの」

「じきに三十になるのに、結婚もせず、夜勤夜勤って……幸せを、わざと遠ざけるようなこ

とばかりして、お母さんをいじめてる」

「わからないこと言わないで。わたしは、働きたいから働いてるの。人のためになることが、嬉《うれ》しいのよ」

「もっと自分のために、何かしてほしいのよ。自分を大事にしてほしいの」

「いまの仕事を一生懸命やることが、わたしのためなの。自分を大事にする道なの」

「結婚して、あなた自身の家庭を持ってちょうだい。でないと、お母さん、いつまでもほっとできない……」

「いつも同じことばかり言って、困らせるのは、お母さんのほうじゃない。いじめてるのは、お母さんでしょ」

優希の言葉に、今度は志穂が戸惑ったような表情を見せた。

「わたし？」

志穂が訊き返す。

優希は、相手の目を避《さ》けるように立ち上がり、

「とにかく、聡志もう子どもじゃないんだから、決めたのなら仕方ないんじゃない」

バッグを持ち、居間を出た。

優希は、二階の自分の部屋に入ると、電気もつけないままバッグを放り出し、ブルゾンを

脱いで、闇のなかで大きく息をついた。

顔を両手でぴしゃりと叩き、部屋を出て、向かいにある聡志の部屋の前に立った。

鬱屈《うっくつ》した気持ちを吐き出すような、荒いノックをし、

「入るわよ」

返事も待たずに、ドアを開けた。

聡志は、ベッドの上に、仰向《あおむ》けに寝ていた。

優希は、男にしては整理がゆき届いた部屋に入り、法律の専門書などが並んだ本棚を眺《なが》めながら、

「あんたが花瓶割ったの」

「なんだって」

「聞こえたでしょ」

「はずみさ……少し言い合ってるうちに、手があたっただけだ」

「どうして言い合うの」

「おふくろに聞いただろ」

「多少の言い合いで、花瓶を割るほど興奮して、弁護士になんてなれるの？」

聡志は、少し言葉につまった様子だったが、

「せいぜいばかにしてればいいさ」

乾《かわ》いた口調で言った。

優希は、ベッドのそばに歩み寄り、彼を見下ろし、

「検事になるって、決めてたんじゃないの」

「強《し》いて希望したわけじゃない。研修所に来てる検察の教官が誘ってくれたから、まぁいいかと思っただけさ。けど、自分の思うようにはならない仕事だからな」

「公務員なんだから、仕方ないでしょ」

聡志が、優希をまともに見上げてきて、

「おれはどうだよ」と言った。

優希は、意味がわからず、

「どうって……何よ」

「おれをどう評価してる」

「……大したものなんじゃないの。司法試験、二度目で受かる人、少ないって聞いてるし、だからこそ、検察庁の人にもスカウトされたんでしょ」

「おふくろはそうは思ってない。公務員なら失敗しても安泰だ、ほっとするって言う。ミスや失敗したときのことばかり言い立てる」

「心配なのよ、親として」

「姉貴を見習って、しっかりしろ。おごるな、足もとを見ろ、地道にやれ……。おれはやってきた。自分の道は、自分で開いてきただろ。なのにおふくろはまだ信用しない。おれの実力より、公務員って立場を信用してる」

「そんなつもりじゃないと思うけど」

「このまま法務官僚になって、安泰ってレールに乗ってそのままじゃ、おれって存在はなんなんだっ」

聡志は声を荒くして言った。が、すぐに感情をあらわにしたことを恥じるように顔をそらし、

「公務員なんて、自由はないし、最初は給料だって知れてる。だけど、企業法務に関《かか》わる弁護士なら、若くてもかなりの金が稼《かせ》げる。軌道に乗れば、数年で自分の事務所も開けるんだ」

「そんな簡単にはいかないんじゃない」

「もちろん、当分は他人の事務所にいるさ。コネを作ったり、いろいろと得だからね。けど実際に、研修所を出たとたん、二十四歳で個人事務所を開いた人だっている」

「特別な人よ」

「おれは、その人の事務所に入るんだ」

「……どういう人なの」

「学生時代、ゼミに特別講師で来てて、知り合った。企業法務や商法に強くて、法学部の学生をバイトに雇《やと》って、ひとりで企業顧問《こもん》や民事事件をこなして、のし上がってきた人さ。おれも学生時代、彼のところでバイトをしてたから、よく知ってる。大きい事務所じゃ初めは使い走りだけど、彼は、すぐに大きい案件もまかせてくれるって言ってる。年も、姉貴と同じで四つ違いだし、それなりに気も合ってるからね。司法試験のときも、有効なアドバイスをくれたり、前々から目をかけてくれてた」

「そんな人のこと、話さなかったじゃない」

聡志は、鼻で笑って、

「そっちだって、病院の話をするかよ」

「でも優秀な人なんでしょ。本当にあなたを迎えてくれるの」

聡志は、身を起こして、

「検察の教官が声をかけてきたんだぜ。おれがどんな成績を上げてきたと思ってる。まったく……家族に一番信用がないんだ」

「心配してるんでしょ」

「嫉妬《しっと》じゃないのかよ」

「え……」

聡志は、冷たい笑みを片頰に浮かべ、

「検察に入れば、どこへ飛ばされるかもわからない。最初は下っぱ扱いで、自分で責任を負える自由もない。生活の安定って美名のもとに、何事も我慢しなきゃいけない。そんな人生を、おれが送るのを望んでるんじゃないのか」

優希は、本気で戸惑い、

「どうして。わたしが、なんでそんなことを望むなんて思うの」

「おれが自由でのびのびやってるほうがいいのか。宮づかえの苦労もせず、活《い》き活《い》きと、誰にも縛られずに暮らしてゆくほうがいいのか」

「あなたがそれで幸せなら、いいに決まってるじゃない。どうして、ひねたようなこと言うの」

「姉貴が、そんなふうには暮らしてないからさ」

「わたしが……」

「何かに縛られたみたいに、窮屈に、人につくすことばかり考えて生きてる」

「自分なりに自由にやってるわよ」

「どうして結婚して、家を出ない」

「相手がいないからよ」

「見合いなんて、はなから受けつけない。誰かから誘いがあっても、用があるからと嘘をついてでも、きっと断る。遊びに走ることも、趣味を楽しむようなことも、昔からなかった。姉貴だけじゃない……おふくろもそうだ。ふたりして、息をつめるようにして暮らしてきた。まるで楽しむことを罪だと信じてる、殉教者《じゅんきょうしゃ》か何かのようさ」

「そんなつもりはないわよ。お母さんだってきっと……」

「いい子だよ、姉貴は。おふくろのいい子さ。けど、いい子や殉教者の下にいた者の気持ちがわかるか。おれもこれまでは、おふくろの期待を感じて、知らないうちにも、おふくろがほめそうな道を選んできた。だけど、もういいだろ。ふたりとは違う生き方をさせてもらう」

そのとき、ドアが開いて、

「その弁護士さんに会うわ」

志穂が言った。彼女は、固い表情で部屋に入ってきながら、

「子どもがお世話になるのに、挨拶もしないわけにはいかないでしょ。どのくらい責任を持って預かってくださるのかも、お聞きしたいし」

聡志は、立ち上がり、

「冗談じゃない、子どもじゃないんだぜ」

だが志穂は、毅然《きぜん》として、

「あなたは、いつまでだって、わたしの子よ」

「結果をちゃんと見せてきただろ。どうして、姉貴みたいに認めない。姉貴の病院に、おふくろ、行ったことあるかよ。どうしておれだけ、縛りつけるようなことばかりするんだ」

「あなたが可愛《かわい》いからよ」

とっさに優希は答えた。

志穂の視線を感じた。怒りをふくみ、悲しみも宿し、後悔も入りまじったような、複雑な想いを訴えかけてくる目に思えた。

優希は、志穂から顔をそむけたまま、聡志に向かって、

「その弁護士さんには、わたしが会う。お母さんも、だったらいいでしょ」

「よしてくれ」

聡志は、優希をかわし、志穂を押し退《の》けるようにして部屋を出ていった。

「聡志っ」

志穂が呼んだ。

聡志は階段を駆け降りてゆく。

優希も、志穂の脇を抜けて、階段を降りた。玄関を出ようとする聡志の腕を取って、

「会わないわけにはいかないわよ。お母さんの気性《きしょう》なんだから、わかるでしょ」

「いい加減にしろよ」

「お母さん、あなたの幸せを見届けないかぎり、落ち着かないんだから。からだの調子もよくないし……就職先を変えて不安にさせたんだから、少しはそっちも譲《ゆず》りなさい。それとも、お母さんに会いにいってもらったほうがいいの？」

聡志は、からだを苛立たしげに揺らし、

「この家には、もううんざりだ」

「……何を言ってんの」

「きっと、あのときに壊れたんだよ。おれたちの家族は、とっくの昔に終わってたんだ」

聡志は、彼女の手を振り切って、玄関から走り出た。

優希は、靴をつっかけ追いかけたが、すでに聡志の姿はなかった。

2

二月とはいえ、日比谷公園内の鳥のさえずりは活き活きとして、クスノキやスダジイ、クロマツといった常緑樹が多いため、イチョウやケヤキが葉を落としていても、園内は緑が深く、朝はことに木々の香りが濃かった。

長瀬笙一郎《ながせしょういちろう》は、日比谷公園の前で、煙草をくわえたままタクシーを降り、公園内に入った。官公庁に向かって近道をとる人々と並んで歩き、小音楽堂の前で人波から離れた。ハナミズキ林の脇を抜け、道から一段高くなった、小さな広場に上がる。

古びたベンチが数脚置かれ、周囲にはサルスベリの木が数本植えられていた。サルスベリは、いま葉をすべて落として、幹や枝を風にさらしている。

笙一郎は、煙草を携帯用の灰皿に捨て、一本のサルスベリにふれた。なめらかな幹を撫《な》で、しばし黙想する。まぶたの裏に、ひとりの少女と、ふたりの少年が浮かんでくる。

ため息とともに目を開いた。革《かわ》のロングコートのポケットからハンカチを出し、ベンチに敷いて、コートのまま座った。このあと人の前に出るため、服を汚したくなかった。

新しく煙草を出し、ライターで火をつけた。腕時計で時間を確かめる。余裕はあった。

電車やバスなど、見知らぬ人々に囲まれた閉鎖的な空間が生理的に受けつけられず、タクシーを使うために、つねに早めに出勤している。

三十分のタイマーに時計をセットし、書類鞄《かばん》のなかに収めたヘッドホンステレオの、ヘッドホンを耳に差した。テープの再生ボタンを押し、目を閉じる。

外からは、クラシックでも聞いていると見えるらしい。姿を見かけた知り合いに、朝から高尚な趣味だと、冷やかし半分で言われたことがある。

だが、ヘッドホンから流れてきたのは、市販の漫才のテープだった。リラックスのためであり、ああ言えばこう言う、丁々発止《ちょうちょうはっし》のやりとりが勉強にもなる。彼がいまいる世界より、よほど論理的で、言葉に対して先鋭的な場合も多い。

笙一郎は、聞いているあいだも、煙草を半分も吸わずに灰皿に押しつぶしては、すぐに新しい煙草に火をつけた。

ヘッドホン越しにタイマーの音が聞こえ、停止ボタンを押した。午前八時四十分。実際は四国生まれだが、漫才の影響もあって、崩れた関西弁で、

「ほな、稼がせてもらいまひょ」

頬をぽんと両手で叩いて、立ち上がった。

公園を出ると、大通りをはさんで、法務省の入っている中央合同庁舎6号館がある。高検、

地検の入った同館B棟、隣《となり》に家庭裁判所、さらに南側に弁護士会館がある。笙一郎は、歩道橋を渡り、6号館B棟の前で、黒いコートの前を開き、背広の襟《えり》に付けたバッジを守衛に見せた。

ビルの一階を裏に抜け、旧法務省の赤レンガ棟の前を素通りして、桜田通りに出る。向かいに、警察庁や人事院の入った合同庁舎2号館、その隣に警視庁のビルがあった。

コンクリートの巨大な直方体と広い道路で構成された街は、スケールの差により、人間の卑小さがいっそう際立《きわだ》って見える。通いはじめの頃は、人間の存在など嘲笑《ちょうしょう》しているような街の雰囲気に呑まれた。いまは、人間ひとりひとりを無名の群れに貶《おとし》める街のあり方を、逆に利用する方法も身につけはじめている。

地下道を通り、警視庁の前に出た。立ち番の二十代前半らしい制服巡査に歩み寄り、

「見かけない顔だね、新人？」

軽い調子で話しかけた。煙草を差し出し、

「朝の立ち番はつらいよね、どう一本」

相手は、戸惑った様子で、かすかに首を動かす。会釈にも断りにもなっていない。笙一郎は、コートの前を開いて、ヒマワリをデザインしたバッジを見せ、

「金銭トラブルを抱えたら、なかの相談室には行かないこと。目をつけられて、出世できな

いよ。東弁《とうべん》の長瀬を呼ぶんだ、いいね」

笑顔で、巡査の前をすり抜けた。

玄関を入ると、受付で刑事部捜査第二課長に面会を申し入れた。用件を訊かれ、昨夜逮捕された被疑者への接見と答えた。受付の女性職員が、

「面会指定書をお持ちですか」

と訊ねるのに、笙一郎は、いたずらっぽく眉を上下させ、

「またまた、ご冗談を。民主警察にそんなものが要るわけないでしょ。人権、人権」

待合ロビーを指差した。

彼は、先にトイレへ入り、鏡の前に立った。ともすれば野暮《やぼ》に見られがちな法曹関係者のイメージを嫌い、シルエットが鮮明に浮き立つシルバーグレーのスーツを着ている。

身長は百七十五センチ、やせ気味だが、全体のバランスは整っている。髪を長めに伸ばし、一重まぶたの目に、薄い唇。商売道具の口を閉ざしていると、面差《おもざ》しが鬱的な印象を与えるためか、今年の冬でまだ三十だが、三つか四つ年上に見られることも多かった。

口臭剤で数回うがいをし、煙草くささを消してから、待合ロビーに戻った。ほどなく、第四知能犯捜査の管理官が現れ、

「証拠湮滅《いんめつ》の可能性があるんでね、悪いが接見は不許可だ」と告げた。

笙一郎は、にやりと笑って、

「この程度の事件でですね、弁連の接見交通権委員会に、管理官の名前を記した報告書を上げるのは、正直、面倒なんですよ……もう一度、ご検討いただけませんか」

などと言って粘《ねば》り、十分ほどだが、証券取引法違反で逮捕された被疑者との、接見をかなえた。

被疑者の平泉《ひらいずみ》と笙一郎は、司法研修所で同期だった。所属する弁護士会は違うが、彼のほうから、笙一郎を指名してきた。

「麻痺《まひ》してたんだ……右のものを左に移しただけで、億の金が入る。誰が傷つくわけでもないのにだ。借金もあったしな……魔が差したってやつだよ」

平泉は自嘲《じちょう》気味に言った。

企業の監査役だった彼は、第三者割り当て増資の公表前に、知人の名義で同社の株を購入、増資公表後に売却した、いわゆるインサイダー取引の容疑だった。

笙一郎は、短い接見のなかで、早口に、おおむねの状況を聞き出し、彼の事務所の対応や、彼個人の顧客《こきゃく》のケアについて訊ねた。さらに、弁護士会の綱紀委員会における申立てについても検討しようとしたが、

「いいさ、懲戒は受け入れるつもりだ」

平泉は首を横に振った。すでに覚悟を決めている様子で、

「ただ、誰かと話したかったんだ……」

笙一郎は、かすかに苦笑し、

「研修所時代、それほど親しかったかな」

「本当に親しい奴なんて、この世界にゃいないよ。ほとんどが、肩書《かたがき》や見てくれだけで判断する連中さ。だから、おれ程度でも、企業買収のプロなんて、まつりあげられてた。もともとそんな力はないんだ。半分以上が、事務所とコネの力さ。おれの研修所での成績は、おまえも知ってるだろ」

「昨日何を食ったかも、おぼえちゃいない」

「人のことなんて、はなから気にしてなかったからな、おまえは。いつもひとりで走ってた。おまえの成績なら裁判官にもなれた。なのに、誰もが憧れる大手の事務所の誘いも断って、ひとりで小さな事務所を開いた。ばかな奴だと思ったよ。だけど、独力で企業法務の仕事を取り、外国企業との渉外もこなして、のし上がってきた。行く先々で、おまえが代理人をやってる個人や会社にぶつかるようになって、驚きもしたし、嫉妬もしたが、正直言って羨ましく思った……」

笙一郎は煙草を勧めた。

平泉は、煙を深く吸い込み、

「おれは、本当は弁護士なんて、なりたかなかった。医者か弁護士に……ガキの頃から、そう言われつづけた。必死に司法試験だけをめざして、受かって研修所に入ったとたん、たいていの人間同様、解放された想いで遊び回った。けど、おまえはひとり、人と離れて、商法や企業法務の勉強をしていた。どうして遊ばない、どうしてそこまでやれる……不思議に見てた」

彼は、煙草を消し、笙一郎をじっと見つめて、

「おまえは、どうして弁護士を選んだ。どんな信念や希望があったんだ？」

いっそすがるような目で訊くのに、笙一郎は、柔らかな笑みを返し、

「銭《ぜに》でんがな」

新たに煙草を勧めた。

警視庁を出ると、裁判所合同庁舎へ戻り、地裁の民事法廷に入った。企業間における、債《さい》務《む》不履《ふり》行《こう》の損害賠償請求。笙一郎は原告側の席に着いた。

入廷してきた裁判官は、うんざりと互いの準備書面を見比べて、

「和解の意志は」

と、原告側の笙一郎に訊ねた。

被告《ひこく》側である零細企業の代理人は、弱気な目で笙一郎を見つめていたが、

「ありません」

と突っぱねた。三十分もかからず、次回の期日《きじつ》が決められて閉廷した。

笙一郎は、ロビーで五本つづけて煙草を吸ったあと、売掛金《うりかけきん》の賠償請求の口頭弁論期日のため、今度は被告側の代理人として、隣の法廷へ入った。

こちらの裁判官も、すでに数件の訴訟を扱ったあとらしく、次回の期日を言い渡す際には、小さなあくびを洩《も》らした。閉廷後、笙一郎は、原告側の代理人に笑顔で歩み寄り、

「結局、お互いに時間のむだでしょう？」

と、和解金の提示を申し出た。

昼前、笙一郎は、裁判所を出て、大手町の病院にタクシーを乗りつけた。事務局長の立会いのもと、ある患者のカルテを閲覧《えつらん》した。カルテには、二枚の死亡診断書の写しを発行した控えが、添付されている。控えを取ったのは、生命保険会社であることが記されていた。

笙一郎は、病院のロビーから、自分の事務所に携帯電話を入れた。出た相手は、私立大学三回生の男子だった。

事務所には、数人の法学部の学生をアルバイトに雇い、簡単な事務や、法務局での登録確認など、下調べの仕事を手伝わせている。

笙一郎は、男子学生に保険会社の名前をメモさせ、

「会社が、従業員の承諾なしに、団体定期保険をかけていたケースだ。名目は、遺族補償。むろん、患者の死亡後、保険のことは遺族には知らせず、保険金は会社が独占してる。きみたちのチームは、一応保険会社に連絡して、保険金が幾らだったかを問い合わせてくれ。たぶん答えちゃくれないと思うが。会話はテープに録《と》っておくこと。そのあと、同系の会社における遺族補償の保険金の平均額を、調べておいてくれ」

笙一郎が弁護士会館に戻ると、十二時半を回っていた。五、六軒の食堂が入っている地下に降り、そば屋でかき込むように食事をとってから、午後一時前には、地裁刑事部法廷の被告席に着いた。

信用金庫の貸付課長代理が、架空伝票を操作して金を引き出した詐欺《さぎ》事件だった。被告人は、国立の有名大学を出た三十代前半の男性だった。得た金は、自分の家を買う資金に充《あ》て、近所や親戚からも羨ましがられていたという。

信用金庫の融資先に、笙一郎の顧問企業があったため、その会社の仲介で、弁護を依頼された。弁護費用は、秘密裡《り》に、信用金庫の関連会社から支払われることになっている。

被告人は、罪状認否で、先に笙一郎と話し合っていたとおり、罪を自分ひとりのものと認め、信用金庫側にはまったく落ち度はないと述べた。そのあと深々と頭を下げたとき、傍聴

席から、「パパー」と幼い声が上がり、瞬間、被告人の肩がふるえた。

　閉廷後、笙一郎は、信用金庫側の顧問弁護士と短く話を交わした。人々が散ったあと、ロビーで我慢していた煙草を吸った。味わう感覚でなく、煙を吸い込んでは吐き、すぐに二本目に火をつける。

「じきに肺癌《はいがん》ですよ、長瀬さん」

　笙一郎が振り返ると、ブレザー姿のほっそりした青年が立っていた。片頬に、皮肉っぽい笑みを浮かべている。

　笙一郎は、軽く手を挙げ、

「煙草会社を訴えるためのデータ作りさ。おれの肺のレントゲン写真を提出する」

「日本じゃ絶対に勝てませんね。万一勝っても、賠償額はアメリカの百分の一もない」

　久坂聡志が歩み寄ってくるのに、

「傍聴してたのか」

　笙一郎が訊くと、

「早めに研修所が終わったものだから、勉強させてもらってました」

「あら探しじゃないだろうな」

「それもありましたけどね」

笙一郎はパンチを入れるふりをした。

聡志は、笑ってかわし、

「少しお時間いただけますか。お話ししたいことがあって」

「事務所に連絡を入れる時間なんだ」

「どうぞ。学生は四人ですか、いま」

「六人さ。春休みだから集まってね。チームに分けて、事務と、外での下調べ、別々に動いてもらってる。たまってた仕事がはかどるよ」

「資格者を雇うより、安上がりだし」

「のちのちのパイプもできるしな」

「うまく使われてますよね」

「いい勉強にもなったろ。互いの利益衡量《りえきこうりょう》のバランスがとれてたってやつさ。一般的に言って、利益が得られるなら、人の感情は収まる。幼い頃から、感情より、利益の多寡《たか》で生きるように求められてきたからかな」

「感情がまったくないわけじゃありませんよ。若い者は、とくに不正には鋭いし」

「仕事場に、学生サークルの感覚を保てばいいのさ。感受性は鋭くても、自分の価値観に絶対の自信は持てていない。似た価値観を持った連中が集まった場所に、若い人間はきっと集まる。価値観が似てる連中のなかでなら、嫌われる心配もなく、孤独も救われ、実際ちょっとの頑張りでほめられ、認められる。それが誇りになり、さらに頑張れる」

聡志は、顔をゆがめ、

「なんだか、手の内で遊ばれてたみたいだな」

「否定的に考えるなよ。基本的に人間てものが、そうした存在なんだ。子どもから年寄りにいたるまで、それぞれが価値観の合った集まりを持ち、そのなかで認められることを求めてる。受け入れられると、心が安らぎ、落ち着くこともできる」

笙一郎は、携帯電話を出しながら、

「それに、これからはきみが人を使う側になるんだ。よろしく頼むぜ」

事務所に掛けると、女子学生が出た。保険会社への確認はとれ、保険金の平均額を出す資料を集めている最中だという。ほかに法律相談が三件入っており、ふたつの顧問会社から、すぐに連絡が欲しいと電話があったとのことだった。

笙一郎は顧問先に電話を掛け直した。二件とも、簡単なアドバイスでかたづいた。時間を確かめ、聡志に、

「このあと顧問先で、ひと仕事ある。来いよ。勉強になるはずだ」

笙一郎は、家裁前の交差点でタクシーを拾い、聡志とともに乗った。行き先を告げ、煙草

をくわえる。二箱目だった。

　聡志が、呆れたように首を横に振り、

「電話中も、吸いっぱなしでしたよ」

「法廷は禁煙だからな、ストレスもたまる」

「でも、いいこともあったじゃないですか、さっきの公判」

「いいこと？」

「冒頭陳述を聞くかぎり、構成要件は充分だし、被告も罪を認めているわけですから、弁護側としては、情状面で押すわけでしょ」

　笙一郎は、黙って、相手の言葉を待った。

　聡志は、訳知り顔で笑みを浮かべ、

「日本は心証裁判じゃないですか。好き嫌いが法判断の本質だと、法学の教科書にも書いてある。つまり、最終的には裁判官の個人的な好き嫌いが、裁判を左右するわけですよね。今回も、悪いのは被告だとしても、信用金庫側の管理ミスや検査の杜撰《ずさん》さ、労基法違反すれすれの残業を被告に強いてきた面もあるみたいだし。被告がそれを訴えず、ひとりで責任をしょい込む姿勢は、一方で殊勝だけれど、信用金庫側の信用を保つための裏取引が見え見えで、裁判官によっては、嫌悪を感じるかもしれない。ところが、罪状認否のとき、偶然に子どもが被告人のことを呼んだでしょ……ああいうのは、裁判官の心証にけっこう残るんじゃないですか。いい点数だと思ったな」

　笙一郎は、煙を吐き、

「いい点数？」と訊いた。

「だって、家族や子どもの情状で訴えると、裁判は確実に甘くなるでしょ。天涯孤独な犯罪者より、家族持ちのほうが、刑期が軽い気がするし、被告の家族が涙ながらに情状を訴えたり、被告に幼い子どもがいれば、それだけで点数になるのが現実じゃないですか。だから今回、子どもがタイミングよく被告に向かって呼びかけたのは、ついてるなって」

　笙一郎は、煙を逃がすために窓を軽く開け、

「つきを期待して、いい裁判はできない」

「え……」

「被告の家族には、頼んで来てもらった。奥さんは本当は来るのをいやがった。自分たちに恥《はじ》をかかせたばか亭主だと、なじってね。大理石の風呂を友だちに自慢したり、高級な服を買いあさったりしていたくせに、いざとなると自分が一番だまされていたんだと訴えてた」

「しかし……家族に来てもらえても、子どもが被告人を呼ぶことまでは、予想できなかったでしょ」

「予想はできない。だから計画する」

「計画って……」

「タイミングをはかって、こちらが軽く手を挙げる。奥さんが子どもの背中をつつく。子どもはパパと呼ぶ」

「……本当ですか」

「裁判官の心証に、実際どれだけ影響があるかはわからない。だがうまくいけば、家族全員のためになる。信用金庫側をふくめ、誰も傷つかない。奥さんも承知した。離婚やら借金やら、かたづけたいことも多いそうだ」

「……子どもも、演技をしたってことですか」

「子どもは、母親から命じられたにしろ、あの瞬間は本気で父親を呼んだと思うよ。子どもは、親に愛されるためなら、なんだってする。演技くらいは平気だ。だが愛情を表現する場合は、演技だと自分でも思わなくなる……それが子どもなんだ」

笙一郎は、煙草をタクシーの灰皿に押しつぶし、また新しくくわえて、火をつけた。

顧問先でのトラブルを解決したあと、笙一郎たちは、ふたたびタクシーに乗って、第一京浜道路を線路沿いにのぼり、品川スポーツランドの裏手で降りた。コンビニエンス・ストアの隣に建つ、縦に長い五階建てのテナントビルに入りながら、

「会社の名義を書き替えて、借金を消そうって狙《ねら》ってる連中さ」

笙一郎は、顧問先でのトラブルについて、聡志に説明した。

「倒産しかけた会社を、第三者に買い取らせて、名義を替えたとたん、以前の債権者《さいけん》には一銭も支払わないつもりだ。ただ名義変更には、うちが手続きした財産の仮差押え《かりさしおさ》が邪魔になってる。多少うちには金を出しても、仮差押えを外したいというのが、向こうの狙いだよ。だから最終的には、うちの言い値どおりに金を出すはずだ」

笙一郎はエレベーターを呼んだ。聡志とともに三階までのぼりながら、

「いまの社会は、金と欲の綱の引き合いだ。どんな手段を使っても、より強く引いたほうが、最終的には社会的に認知される。理屈じゃない。子どもの世界と変わらないのさ。先に言いだした奴、声がより大きい奴が、目の前の宝を手にできる。会議でも顔合わせでも、人が集まったところに行ったら、一番に大声でまくしたてろ。相手が言い返そうとしたら、関係ないことでいい、怒れ。相手は萎縮《いしゅく》する」

聡志の肩に手を置き、ぐっとつかむようにした。聡志の表情に、一瞬驚きと不安が走る。

笙一郎は、笑って、手をゆるめ、

「人は怒られると、まず単純に恐れる。総会屋《そうかいや》から聞いたが、社内でやり手と呼ばれている男でも、かすかな暴力の気配だけで、現実的な対応を忘れるそうだ。人を恐れさせるのは、

実際の暴力でも、むろん道徳や法律でもなく、実は幻想かもしれない。怒られる、叩かれる、否定される、その想像におびえる。なぜかはわからんが、もしかしたら、幼い頃に体験した否定的な感情や不安が、よみがえってくるのかもしれないな」

エレベーターが止まり、ドアが開いた。正面が事務所のドアだった。品川駅から歩いて三分と、一等地に建つビルだけに、敷地は狭く、ワンフロアにテナントはひとつだけだった。

聡志が、先に降りながら、

「なんでも、ぼくに教えていいんですか」と言った。

「どうして」

笙一郎は訊き返した。

「教えてもらえてありがたいんですけど……研修所の同期の連中に聞くと、ほかはもっと厳しいし、ぼくは、かなり特別扱いらしくて。何か理由があるのかと……」

「これからはパートナーじゃないか。そろそろ事務所を大きくしたい。だが自分ひとりじゃ限界もある。そこで、きみを選んだんだ」

「嬉しいですけど……」

笙一郎は、『長瀬法律事務所』と書かれた、スチール製のドアを開いた。にぎやかな声が溢れてきた。

入口に近いテーブル周辺に集まった、男女ふたりずつの四人の若者が一斉に振り返り、

「おかえりなさーい」

はずんだ声を上げた。

部屋は十二畳ほどの広さがあった。大きい会議用テーブルがひとつ、奥に事務用デスクを四つ向かい合わせに並べ、パーソナル・コンピューター二台と、電話機も二台置いてある。壁際には本棚、ファイル棚、コピー機やシュレッダーなど、OA機器もそろえていた。一角に、お湯を沸かせる簡単な流し台があり、その隣にトイレがあった。

「ご苦労さん。もうバイトの時間は過ぎてるんだから、帰ってよかったんだぞ」

笙一郎が、デスクのひとつに書類鞄を置きながら言うと、

「短答式試験のシミュレーションをしてたんです。頭数がそろってると、やりやすいし」

男子学生のひとりが答えた。

明るいベージュ色のミニスカート・スーツを着た女子学生のひとりが、椅子から立ち、笙一郎に数枚のレポート用紙とノートを差し出した。てきぱきした口調で、

「こちらが、同系の会社における遺族補償保険金の平均額です。年齢別でも出しておきました。電話は、途中お伝えしたもののほか、単純な法律相談が五件、込み入った新規の相談が四件、うち企業の法務相談が二件ありました」

笙一郎は、礼を言って、受け取った。

真木《まき》広美《ひろみ》という名の、その女子学生は、眉をきれいに整えるなど、モデル風の化粧をし、それが似合った顔だちで、気丈で闊達《かったつ》な印象がある。

「真木君の字は読みやすくて、助かるよ」

笙一郎は彼女にほほえみかけた。聡志を振り返って、

「この、久坂君の字はなかなか個性的でね、彼が学生時代には、一行読むのにも苦労させられた」

学生たちははじけるように笑い、聡志も苦笑を浮かべた。

「もう帰っていいよ、遅くまでありがとう」

笙一郎は言った。若者たちが立ち上がる。

広美だけが、笙一郎の前から離れず、

「わたしの言うことではありませんけど、新規の顧問は、もう少し抑え気味にされたほうがいいんじゃないでしょうか」

はっきりした口調で言った。

笙一郎は、不審に思い、

「みんなに、負担がかかってるのかい」

「いいえ、そうじゃありません」

広美は首を横に振った。

「真木は、先生を心配してるんですよ」

男子学生のひとりが言葉をはさんだ。彼は、からかうような調子で、

「いつか倒れてしまうんじゃないかしら、そしたらアタシどうしよう。長瀬せんせーい」

と、顔を両手でおおった。周囲の若者たちが笑った。

広美は、照れるかと思ったが、すました顔で、

「子どもね」

突き放すように言った。育ちがよいのか、嫌《いや》みに聞こえず、堂々としている態度が、いっそう品のよさを感じさせる。

笙一郎は、彼女にうなずき、

「心配してくれるのは嬉しいけど、四月からは、この久坂先生が入ってきてくれるからね、大丈夫だよ」

聡志の肩を叩いた。

学生が帰ったあと、笙一郎は玄関ドアに鍵をかけ、奥の部屋に聡志を誘った。

八畳ほどのフロアに、大型のデスクを置き、応接用のソファも備えている。笙一郎の仕事

場であり、顧客の相談室を兼ねていた。

笙一郎は、椅子の背に上着を掛けながら、

「ビールでも飲まないか」

立ったままの聡志に言った。

聡志は、慣れた動きで、さらに奥の資料室兼物置に入った。小型冷蔵庫から缶ビールをふたつ取って、戻ってくる。

ふたりは、ソファに向かい合って腰を下ろした。

笙一郎は、この日三箱目の煙草の封を切りながら、

「話ってのを聞こうか」

聡志をうながした。

事務所に戻ってからは、ほとんどひと言もしゃべらずにいた聡志が、ビールをひと口あおると、思いを決めたように、

「こんなこと言いだして、ばかにされるかもしれませんけど……会ってもらえませんか」と言った。

彼の真剣な口調に、笙一郎は、ついからかいたくなり、

「まさか結婚相手じゃないだろうな」

聡志は、冗談には乗ってこず、

「……姉です」

笙一郎は煙草を吸う手を止めた。

「姉が、事務所に挨拶に来たいと言ってるんです。いえ、本当は、母親なんです。検察の仕事を断ったことを、不安がっていて……いつまでも子ども扱いで、まいってるんですけど……」

「お母さんが、うちへの就職を心配なさってるってことか？」

「干渉を受ける気はないんですけど……母親はもともと度を超した心配性だし、からだの調子が悪いものだから、いっそううるさくなってて……。初めは相手にしなかったんですけど、こっちも疲れてきて、一度の挨拶で気がすむならと……すみません」

「謝ることじゃない。親としては、子どもの将来を気にかけるのは、当然だ。心配してくれるお母さんがいることを、喜ぶべきだ」

「……いらっしゃらないんでしたっけ」

「いや、どこかで生きてるだろうが。五年も会ってないからね。で、どうしてお母さんでなく？」

「母親は神経質だし、つまらないことまで訊いて、迷惑をおかけしそうだから、反対してたんです。だったら、姉が代わりに会うと言いだして……。自分としても、母親よりは気が楽だし、母親も、姉が会うならと譲歩してるものだから……。時間は、姉のほうで合わせると言ってるんです」

笙一郎は、火のついている煙草を灰皿に置き、それを忘れ、新たに一本、箱から抜いて、

「お姉さん、確か看護婦をしてるんだよな？」

「ええ、川崎で」

「都合をつけるのは、難しいんじゃないのか」

「なんとかするそうです」

笙一郎は、煙草に火をつけ、すぐに灰皿に置いた。二本の火のついた煙草が並ぶ。それも忘れ、また新しく取ろうとしたところで、

「長瀬さん……」

聡志の視線で、笙一郎は気づいた。

古い煙草を消し、新しいほうを吸って、

「聡志」

人前では使わない呼び方をして、

「あらためて訊くこともなかったが……どうして法曹の世界を選んだ」

「なんですか、いまさら」

「司法試験に受かるには、かなりの勉強が必要だったろ。いろいろ我慢もしたはずだ。何を求めてだ」

「さんざん試験や研修所で訊かれましたよ」

「どう答えた」

「正義感。人を裁くことへの興味。将来の安定を願った部分もあったと答えると、逆に好感を持たれたこともありました。エリートへの憧れや、優越感もふくめて、どれもが理由です。これという強いひとつの理由があったわけじゃない」

「じゃあ、誰のためだった。誰のために、きみはこの仕事を選んだ」

「むろん、自分のためですよ」

「人は、自分のためと言いながら、意識の底では、誰かに尊ばれたいために、あるいは誰かへの面当《つらあ》てのために、大事なことを選ぶこともある」

「ぼく自身のためですよ。誰のためでもない、ぼくの人生ですから」

聡志がむきになって言うのに、

「だったら、挨拶の件は遠慮させてもらおう」

笙一郎は冷たく言った。煙草を灰皿に押しつぶし、

「就職は、ぼくときみとの契約だ。きみが来たいなら、来ればいい。ぼくはきみを認めた。ぼくが信用できるか、一緒に仕事したいかは、きみが判断しろ。それが、仕事のスタートラインだ。お母さんたちを説得することも、仕事のひとつだ」

笙一郎はソファから立った。隣の部屋に進み、

「もう一本どうだ」

冷蔵庫を開けながら、声をかけた。

「失礼しました」

聡志の低い声が届き、部屋のドアが閉まる音が聞こえた。

笙一郎は、夜が更けても自宅のマンションには帰らず、事務所に残った。ソファにだらしなく腰掛け、ビールを飲み、煙草を吸いつづけた。いつか酔いが回り、思わず、

「近づき過ぎたか……」

苦いつぶやきが洩れた。

三月なかばの土曜、笙一郎は、法廷も顧問先の企業も休みだったが、ひとりで事務所に出て、契約書や約定書、法廷での準備書面など、たまっていた書類作成の仕事に没頭した。

聡志が勤めはじめるのは、来週からだった。聡志が説得したのか、彼の姉と直接会うこと

はなかった。だが数日前には、聡志の母親から、聡志には秘密なのだけれどと、笙一郎の事務所に電話があった。

「彼の能力なら、大丈夫ですよ」

笙一郎は聡志のことを保証した。電話だけで終わったことに、笙一郎は心底ほっとした。

書類処理の仕事は、学生たちにはまかせられず、ついたまってしまう。すべて終わる前に、空腹をおぼえて、いったんビルの外に出た。

品川駅へ通じる道路沿いに植えられた桜が、日当たりもよいため、蕾《つぼみ》がはじけそうにふくらんでいた。

つまんで口に入れたいような桃色の小さな粒が、木々の高いところまで連なり、淡い西日を受けて、光を照り返している。ふだんは霞《かすみ》が関《せき》か、顧問先にいる時間のため、笙一郎は久しぶりに落ち着いた気分で、桜並木に見とれた。

ふと、地味なパンツスーツ姿の女性が、こちらに向かって歩いてくる姿が、彼の目に留まった。

顔はまだはっきりしない。だが、シルエットや、内側から漂う雰囲気のようなものに、胸騒ぎをおぼえた。間違いなく彼女だと、訴えてくるものがある。

彼女を実際に見たのは、やはり遠目にだったが、半年ぶりだった。

彼女がどこにいるのかは、比較的早く、聡志と知り合う前から、わかっていた。だが、できるだけ離れていようと努めてきた。彼女を動揺させることを恐れた。以前と変わった自分を見られるのも怖かった。なにより、自分には彼女の前に出る資格がないと信じていた。

彼女の前に出られるのは、自分じゃない。自分は、結局あれを、やれなかったのだから……。

笙一郎はその場から去ろうとした。足がうまく動かず、とっさに隣のコンビニエンス・ストアに入った。雑誌コーナーへ進み、雑誌を取り上げる。ほどなく、パンツスーツ姿の彼女が店の前を通った。メモを手に、何やら探している様子だった。

ボーイッシュに切りそろえた髪も、黒目がちの、つねに潤んでいるような瞳も、笙一郎には、懐かしい以上に、胸を締めつけられる想いがした。

彼女が足を止めた。戻って、コンビニエンス・ストアに入ってくる。笙一郎は商品棚の陰に隠れた。

「すみません」

彼女は店員に声をかけた。笙一郎の事務所が入っているビルの名前を挙げ、

「御存じありませんか」と訊ねた。

若い女性店員は、ほほえんで、

「隣ですよ」と答えた。

彼女は、礼を言って、

「長瀬法律事務所って、隣にあります？」

「ええ」

店員は、うなずき、先に入った笙一郎を捜すように首を伸ばした。

だが聡志の姉は、それに気づかず、店を出ていった。

頃合いを見て、笙一郎は顔見知りの店員の前を素通りし、外へ出た。事務所とは反対方向に走った。

彼女と一緒に病院にいた頃、笙一郎の名字は、いまと違っていた。退院後、離婚した母方の長瀬姓に戻った。

名前の笙の字も、当時は生と書いていた。顔すらおぼえていない父親が、笙の字を選んだ。母親は、そんな字は難しいと、生と書くことですませていた。

彼が笙の字を書くと、母親は、自分たちを捨てた男を懐かしがるのかと、彼を叩くこともあった。

生の字を使うことが、いつか習慣になっていた。生の字が、ただ生きることにも息切れしていた自分に、似合っていると思えた時期もあった。それに、双海病院に入院していた子どもたちは、決して本名などでは呼び合わなかった。

笙一郎は、事務所には戻らず、タクシーを拾って、自由が丘に近い、世田谷区奥沢の自宅マンションに帰った。

五階までエレベーターでのぼり、フロアに降りる。部屋の前に、女が立っていた。胸をつかれ、足を止めた。

女が顔を上げた。真っ赤なセーターに、黒いミニスカートとロングブーツ、モデル風の化粧をした顔が明るくほころんだ。

「おかえりなさい」

笙一郎はつめていた息を吐いた。

事務所へアルバイトに来ている、真木広美だった。

笙一郎は、ゆっくり歩み寄りながら、

「驚いたな……どうしたんだい」

「近くに来たんです。確か先生のお宅、このあたりだったなと思って、ついでに……なぁんて、嘘」

広美は開き直ったように笑った。

「初めから、先生のところに来たんです。事務所に電話しても留守だし、来たら、いるんじゃないかと思って。はい」

彼女は、手に提《さ》げていた洋菓子《ようがし》店の箱を、笙一郎のほうへ差し出した。

「自由が丘の駅前に、おいしそうなケーキ屋さんがあったから。一緒に食べません？」

強引な印象だが、からっとした口調や明るい表情のためか、押しつけがましくは聞こえない。

彼女の父親は通産省に勤め、兄は旧財閥系の商社に入社したばかりだと聞いていた。だが、育ちを誇ったこともなく、むしろエリート的な環境を嫌うような言動をすることのほうが多かった。

しかし笙一郎も、いまは彼女を受け入れられる心持ちではなく、

「せっかく来てくれたんだけど……」

遠回しに断ろうとした。

広美は、えー、と失望の声を上げ、

「わたしをふっちゃうわけですかぁ」

あくまで陽気な声で言った。

笙一郎も、つい笑って、

「そういうわけじゃないけど」

「じゃあ、わたしのこと、好きですか」

「え……好きかな。深い意味じゃなくだけど」

「とりあえずいいか」

広美は安堵《あんど》したように笑った。彼女なりに緊張もし、不安もあったのかもしれない。

「久坂先輩とのことで少し、あったんですよね」と言う。

笙一郎は、何かと思い、言葉を待った。

広美は、肩をすくめ、

「もちろんお断りしたんですけど、今後、久坂先輩も事務所で働かれるじゃないですか。わたし、同じように通っていいのかなって」

笙一郎は、意味を悟り、

「彼に、つきあってくれとでも言われた？」

広美は、白い歯を見せ、

「もてたい人には、もてないんだけどな」

笙一郎は、苦笑を洩らし、

「あいつも早いね。事務所で、このあいだ会ったばかりじゃないか」

「久坂先輩は、有名だもの」

「そう?」

「ですよ。女性に次々声をかけては、すぐに捨てちゃう。まるで女に恨《うら》みでもあるみたいって……。お母さんかお姉さんに、特別なコンプレックスでも抱《いだ》いてるんじゃないかって言う子もいるし。事務所や学校の女の子のあいだには、注意報が出回ってるんですから」

「知らなかったな」

「でも、先生と久坂先輩、とっても仲がいいじゃないですか。家も近いでしょう。確か、東横線で四つかな。雰囲気も兄弟みたいだし」

「……そうでもないけどね」

「事務所、ずっと先生ひとりでやられてきたでしょ。なのに、今回いきなり、彼をスカウトしたじゃないですか。もちろん頭はいいし、優秀な人だとは思うけど……実務経験はないし、女癖《ぐせ》のこともあるから、入れるなら、もっといい人がいたんじゃないかって、けっこうこれも噂《うわさ》になってるんですよ」

広美は、笙一郎の表情に何を見てか、言葉を切った。少し舌を出し、

「出過ぎたこと言っちゃいましたね」

笙一郎は、聞かなかった顔で、

「彼は、今後、すごい戦力になるよ。だから入れたんだ。それから、きみも大切な戦力だ。

彼のことは、問題ない。そんなに女の子に声をかけてるなら、ふられるのも慣れてるだろ。きみさえ問題なければ、変わらず事務所に通ってきてほしい」

「よかった。わたし、ずっと先生の事務所にいたいんです」

「ありがたいね」

広美は、真剣な表情に変わって、

「わたし、久坂先輩に、好きな人がいるからって断ったんです。誰って訊かれたから、長瀬先生と答えました。わたしの場合は、深い意味です」

広美の視線が、笙一郎には息苦しい。

答えに困っていると、いきなり彼女がからだを寄せ、唇を重ねてきた。ほんの一瞬、かすめるようにふれただけで、彼女は離れ、

「いただきぃ」

おどけて言いながらも、耳まで真っ赤になっていた。

彼女は、エレベーターのほうへ駆けてゆき、ボタンを押した。手に提げた洋菓子店の箱に気づき、笙一郎の前に戻ってきて、

「せっかくですから」

と、箱を差し出した。

彼女の手が小さくふるえていた。断ることは、気丈にふるまっている彼女の心を崩すようにも思え、受け取った。

広美がほっと力を抜くのが、感じられた。彼女は、手を振って、タイミングよくのぼってきたエレベーターのなかに駆け込んだ。

笙一郎は、エレベーターが下がってゆくのを見届けてから、部屋の鍵を開けた。

2DKの、殺風景な部屋だった。事務所に泊まることが多いため、実用本位の家具を少し置いてあるだけだ。

書斎に使っている部屋に入り、書類鞄を机の上に放り出して、革張りのチェアに腰を落とした。手に提げた洋菓子店の箱を見る。

甘いものは苦手だった。子どもの頃に食べすぎた。パンや菓子ばかり食べて、命をつないでいた時期があった。いまでは生理的に受けつけず、吐き気さえおぼえる。ごみ箱に捨てた。

このマンションが聡志の家に近いというのは、偶然ではない。何年も前に、調べたうえで、最初はアパートに、金ができてからはマンションを選んで、聡志の家に、いや、聡志の姉の近くに暮らしてきた。

彼女と顔を合わせることは怖かった。だが、彼女をつねに身近に感じていたかった。彼女がそばにいるというだけで、その日一日の息がつける想いだった。

ときに不安になり、実際に彼女の姿を求めることもあった。ただし、遠目から、そっと見つめるだけだった。病院の待合室で、一日粘ったこともある。

翌朝、笙一郎は品川の事務所に出た。

恐る恐るビルに入って、エレベーターは使わず、階段を三階までのぼった。

事務所の前には誰もおらず、誰かが来たことを知らせるようなものも、残されてはいなかった。

聡志の勤め先を、姉として、母親の依頼もあったのかもしれないが、こっそり見にきたのだろう。とりあえずは会わずにすませた。だが、ずっと会わずにいられるだろうか。それを本当に望んでいるのか……自分でもわからなかった。

事務所で書類仕事をかたづけ、夜にはマンションに戻った。留守番電話に用件が入っていた。再生ボタンを押すと、

「久坂です」

聡志の声が流れてきた。声の調子に、とりつくろった明るさがあり、

「別に用はないんですが……誰かから何か聞くことがあっても、気にしないでください。少し冗談を言い合っただけですから」

広美のことを言っているのはわかった。

気が弱いくせに、見栄っ張りで、いろいろと予防線を張っては、自分を守ろうとする。聡志の強さに欠ける性格の一端《いったん》は、笙一郎たちにも責任があるのだろうか……。そう思うからこそ、聡志には気を配りがちなのかもしれない。

聡志が法学部を選んだのは、偶然だった。だが、彼がどの大学に進んだかを知ったのは、偶然ではない。

聡志の姉については、たとえば、どこに勤めているのかなどは、笙一郎みずから調べた。聡志の場合は、興信所に依頼した。

聡志の大学のゼミから、独立して間もない頃、講師を頼まれた。断ろうと思えば、断れたのに、二つ返事で引き受けた。

ゼミで、アルバイト募集の声をかけたのは笙一郎だし、多くの希望者から聡志を選んだのも、彼だった。

こうした行為のひとつひとつが、彼の姉と顔を合わせる危険性を高めるのは、承知していた。だが、やめられなかった。いったん聡志と知り合ってからは、彼を遠ざけることはできなかった。彼の姉とのつながりが強まっていることに、胸苦しさをおぼえながら、喜びを感じてもいた。

しばらくして、電話が鳴った。聡志だろうと思い、受話器を取ると、

「長瀬さんか」

　聞き慣れない男の声がした。

「おたく、弁護士をやってる長瀬さん？」

　職業柄、警戒しつつ、

「どちら様」と訊く。

「本当に弁護士なんだね」

　相手の男は驚いたように言った。かすかに笑い、

「てっきり嘘だと思ってたよ。ちょっと揉《も》めたりすると、すぐにおたくの電話番号をちらつかせて、訴えてやるぞ、なんて言ってたんだ。すぐに来てくれ」

「何を言ってるのかな。お名前は？」

「名前なんて言っても、知るわけないさ。ずっと音信不通の状態だったんだろ。五年前に、会ったきりのようなことを言ってたぜ」

「五年前……」

「おたくが弁護士の事務所を開いたときに会ったと、前に話してた。おたくのほうから、どこかで居場所を調べて、会いにきたんだって……。そのとき、この電話番号を置いていったってさ。誰のことか、わかるだろ。ともかく、すぐに来てくれ」

「だから、なぜ」

「自分の目で確かめてみなよ。ひどい有り様だが、哀《あわ》れといえば哀れなものさ、かわいそうだよ」

「何がどうなってるのか、説明してくれないか」

男は、直接それには答えず、住所を告げた。杉並区下井草……。

「そんな近くに……」

笙一郎はため息をついた。五年前に喧嘩《けんか》別れして以来、あえて居場所は突き止めずにいたのだが……。

「もうおれの手には負えない。籍も入っちゃいないんだし、来てくれないと、警察か病院に連絡するしかない状態だ。どういう病院か、わかるかい？」

電話は、相手方から一方的に切れた。

笙一郎は、しばし迷っていたが、革のジャンパーをはおり、部屋を出た。

タクシーで環状八号線をのぼり、早稲田通りを右折して、近くに着くと、タクシーを降りた。裏通りを歩いて、クランク状の路地を抜け、ようやく男の言った住所を見つけた。古びた木造のアパートが建っていた。

一階の、奥の部屋の前に、男が壁にもたれて座っていた。腹が突き出て、髪の毛は半分以上白かった。

男は、カップ酒を片手に、濁った目を笙一郎に向け、

「長瀬さんか？」

電話と同じ声で言った。

男は、座ったまま、部屋のドアに首を傾け、

「入んなよ」

笙一郎は部屋の前に進んだ。

表札は出ていない。ドアは、端が黒ずみ、腐《くさ》りかけていた。外から見て、六畳程度のひと間と、台所にトイレがあるだけだろうと察せられた。

「誰だって、いつかはああなる可能性がある。だけど、おれなんてひとりだからな……。おたくがいるだけ、あいつは、ましかもしれない」

男の足もとには、空《から》のコップが幾つも転がっていた。だが男は、酔うに酔えないような、冴《さ》えない顔つきで、

「三年だ、一緒に暮らして三年……半年前から、調子が狂いはじめた。牛肉を生のまま出したり……夜中に突然起きて、部屋のなかを歩き回ったり。部屋の隅で、小便をしたこともあった……。おれは、これが放せないし」

男は、手のコップ酒を少し上げてみせ、

「あいつも、朝まで客に飲ませる商売をしてたから、多少おかしくたって、そういうこともあるかと思ってた。けど、限界だ。おれが誰かわからなくなった。怖がるんだ……。おたくのことは、よく話してたよ。最近はずっと、おたくの話ばかりだった。いまの話じゃない。おたくが、子どもの頃のことらしい。山に、登ったのかい？　険しい山だったそうだな。一緒に登ったようなことを言ってた……。少し前までは、ガキに面倒みられるようになったら終わりだって、突っ張ってた。ところがいまじゃ……ときどき、自分が子どもになっちまってる。入りなよ、入って、見てやりな」

笙一郎は、何も答えることができず、黙ってドアのノブに手をかけた。ゆっくりドアを開く。いきなり異臭が鼻を打った。

笙一郎はたたきに踏み込んだ。さらに異臭が強くなる。電気が消されていたが、部屋の窓にカーテンが引かれていなかったため、隣のアパートの明かりが差し、どうにか部屋のなかを見通せた。

部屋のまんなかに、人影があった。手をしきりに上下させている。

目が慣れ、やせ細った人影が、スリップ姿だと見て取れた。

入ってすぐ脇の壁に、スイッチがあるのを見つけた。入れると、部屋の電灯がついた。

とたんに、部屋にいた人物が、かすれた笛のような悲鳴を発して、部屋の隅にあとずさった。

手足を見れば、彼女が本来色白であることがわかる。だが、顔と手が黒褐色に汚れていた。スリップの腰のあたりも、同じ色に汚れている。

笙一郎は畳の上に目を移した。彼女が何を手に取り、こねて、顔に塗っていたのかは、臭気からも明らかだった。

笙一郎は電灯を消した。

腰が抜けたように座り込み、

「お母ちゃん……」

両手で顔をおおった。

3

優希は、テーブルに置かれたバースデー・ケーキに、色とりどりの四本のろうそくを立て、簡易ライターで火をつけた。

花瓶に生けた水仙《すいせん》の白い花が、明るく映《は》える。

「では、みなさん、いいですかぁ」

優希は、周囲を見回し、両手を高く挙げた。ハッピー・バースデーの歌が、調子外れに歌われはじめる。

病棟内の食堂だった。東西に長い病棟のほぼ中央にあたり、テーブルや椅子が可動式のため、談話室や簡単な集会にも用いられている。

食堂に集まったのは、比較的からだの調子がよい老年科の患者十六名と、彼らをサポートする看護スタッフ六名だった。

中央に置かれた大きいテーブルを囲んで、優希の指揮のもと、看護スタッフが率先して歌い、痴呆症状を起こしていない患者たちも合わせて歌う。

痴呆症状を起こしながらも、口だけはあいまいに動かしている患者も、何人かいた。最後の〈ディア・えっちゃーん〉と名前を歌う部分だけは、看護スタッフにうながされて、大きな声を出す者が増え、ばらばらながら勢いのある讃歌となった。

歌が終わると、看護スタッフが拍手をし、内科治療を受けている患者たちも手を打った。つられて痴呆症状を起こしている患者たちも、何人かが拍手をした。

「木原悦子さん、今日で幾つになったのかしら。みんなに教えてあげてください」

テーブルの正面に置かれた車椅子に、深く腰掛けている老女に、優希は語りかけた。老女は、何かを噛むように口をしきりに動かしながら、ゆっくり右手を挙げ、指を四本突き出した。

痴呆症状のない患者たちが笑った。主役の老女は、その笑い声を嬉しく感じたのか、笑みを返した。

「じゃあ、ろうそくを吹き消してくれます？」

優希が勧めると、この日八十四歳になった主役の老女は、心配そうに優希に顔を寄せ、

「お父ちゃまにね、叱《しか》られるから。火遊びしたら、お父ちゃまから、きつく折檻《せっかん》されるからね……」

ささやくように言った。

「ううん、大丈夫。大丈夫だよ」

優希は答えた。彼女のやせた肩に手を添《そ》え、

「お父ちゃまはね、悦子さんが、とてもいい子だってほめてらしたから。これからは何をしても、叱ったりしないって、おっしゃってらした。何をしても、どんな間違いをしても、悦子さんのことが可愛い、大好きだよって」

「……本当」

老女は、すがるような目で、優希を見た。

優希は、うなずいて、

「本当よ。だから、これからは散歩も、リハビリもどんどんやってみよう。そのほうが、お父ちゃまもきっと喜ばれるから。今日はまず、ろうそくを吹いてみようよ」

優希はろうそくを吹き消す真似をしてみせた。

老女も、それを追いかけるように、ゆっくり車椅子から首を起こした。だがうまく息を吹くことができない。優希は、彼女と頬を合わせ、そっと息を吹いた。

ろうそくが消えた。まだ昼下がりで、食堂の電灯もつけているため、明るさに変化はなかったものの、

「おめでとう〜」

食堂内に、看護スタッフだけでなく、患者たちの声と拍手が響き、主役の老女は誇らしげに、周囲の人々を見渡した。

バースデー・ケーキが切り分けられ、患者たちの前に運ばれた。脂肪分を控えた特別製のケーキで、看護婦たちが金を出し合い、注文したものだ。

だが、自分ひとりでケーキを食べられる患者は半数で、あとは看護婦や看護助手たちが介助に回った。しかも全員が食べ終わらないうちに、誰かがフォークを落とし、咳《せ》き込み、また便意を訴える患者も出た。

優希は、スタッフと目配せし、

「みなさん、これで木原悦子さんのお誕生会は終わります。どうもありがとうございました。悦子さんに代わって、お礼申し上げます」

主役の老女は、口をあいまいに動かすだけだったが、看護スタッフと患者の半数ほどが拍手をした。

「では、気持ちが悪くなった人もいるでしょうから、みなさん、病室に戻りましょう。トイレに行きたい方は申し出てください」

優希の指示に従って、スタッフはてきぱきと動き、患者たちを症状や希望に合わせ、病室に、またトイレにと誘導した。

優希は、今日の主役だった老女を、病室のベッドに寝かせたあと、おとなしく車椅子に座ったままでいた六十八歳の男性を、個室まで連れていった。元衆議院議員で、脳卒中の発作を起こした。生命の危機は脱したが、精神活動は低下したままであり、刺激がよい方向に向かわないかと誕生会に連れ出していた。

「ベッドに移りますよ」

八十キロを超す体重の患者を、四十七キロしかない優希が、脇の下に手を差し入れて抱きかかえ、相撲のうっちゃりのような恰好でベッドに移した。患者を寝かせ、両足をベッドへ

上げたところで、優希は額の汗をぬぐった。だが、あくまで笑顔で、

「おむつを換えますね」

ベッドの下に常置されたプラスチックの籠《かご》から、新しいおむつとコットンの濡れタオルを取り、

「お恥ずかしいところを、申し訳ありません」

言葉をかけて、巻きスカート状態になっている下半身の入院着を、マジックテープをはがしてめくった。反応はないが、恥の感覚を尊重して、からだを横向きにしてから、おむつを換えてゆく。

途中で、残っていた排泄物が洩れ、優希の白衣の袖口《そでぐち》を汚した。

「もう少し頑張ってみます？」

優希は、慌てずに訊ね、相手の少しも変わらない表情を見て、

「じゃあ失礼しますね」

乾いたペーパーで、彼の太った臀部《でんぶ》と股間《こかん》を拭き、さらにコットン・タオルで清めた。自分の白衣の袖口も拭き、汚れものはすべてまとめて、プラスチックのバケツに入れた。患者の入院着を戻し、布団を掛けて、

「少し休んでてください」

汚物処理室へとバケツを運び、汚れたおむつやコットン・タオルを、焼却用の処理箱に捨てた。バケツは消毒のため、所定の位置に置く。白衣の袖口を、あらためて消毒液で洗っていたところ、看護実習生のひとりが、泣きそうな表情で駆け込んできた。

「どうしたの」

優希は、答えを聞く前に、実習生のエプロンの前が濡れているのを認めた。尿の臭気も感じ、

「あらあら、誰に？」

「笠岡さんです。あれを持ってくれないと、できないって言われて……」

「あれって？」

「ですから、男性の……」

相手が言いよどむのに、優希は厳しく、

「看護婦になるんでしょ。恥ずかしがってて、どうするの」

「ペニスです。持ってくれないと、おしっこが出ないと言われて。断ったら、ばか野郎って振り返って、ジャーッと」

「恨まないのよ。ご病気なんだから」

「わかってます。自分の力不足が情けなくて……」

実習生の目に涙が浮かんだ。

優希は、彼女の肩に手を置き、

「エプロン脱いで。替えを持ってきてあげる」

「あ、自分で行ってきます」

「エプロンをゆすいで、洗濯ボックスに入れること。顔も直して、笑顔の練習」

優希は、ナース・ステーションへ行き、ロッカーからエプロンを取り、汚物処理室に戻った。途中、エレベーター・ホールの前に、仕立てのよいスーツを着た、三十歳前後の男が立っているのを見かけた。エレベーターを待っているようでもなく、じっと優希のほうを見ている様子が気になった。

汚物処理室へ入って、実習生にエプロンを渡し、

「はい、笑顔」

声をかけた。実習生が笑ったのに、

「お、いいね。男なら惚《ほ》れちゃう」

励まして、廊下に出た。エレベーター・ホールの前を通ったが、先の男の姿はなかった。

午後三時を過ぎたところで、検査やリハビリ、入浴や中庭への散歩などに出ていた患者と、それに付き添っていた看護スタッフが戻ってきたため、病棟内はさらに人の行き交いが激し

くなった。

優希は、心筋梗塞を起こして二度目の入院をした七十七歳の患者の、心電図と酸素吸入の酸素流量を確かめた。記録をつけていると、背後に強い視線を感じた。

病室の出入口のほうを振り返った。エレベーター・ホールの前で見かけたスーツ姿の男が、顔をそらし、廊下を一方に通り過ぎていった。

痴呆症状を起こしている患者が、軽い症状もふくめると、半数近くいるとはいえ、老人ホームとは違い、あくまで治療やリハビリが目的の病棟であり、入院日数の短縮を、スタッフ全員が心がけている。それでも、長期になる入院患者は少なくなく、ほとんどの面会者について、優希は見おぼえがあった。横顔がほんの一瞬うかがえただけだが、男はこれまで面会に訪れたことのない人物に思えた。医療関係者か、製薬会社のセールスマンかもしれない。

「看護婦さん……」

患者に呼ばれ、優希は顔を戻した。

長年、塗装会社に勤めて退職後、妻を二年前に亡くし、息子夫婦との同居を嫌って、古い自宅にひとりで暮らしている男性だった。彼は、窓のほうに視線をやり、

「桜は、どうかな……」と訊ねた。

優希は、ほほえみ、

「心電図は問題ありませんよ。不快な点があれば、おっしゃってくださいね」

声をかけてから、窓辺に寄った。

病院の中庭に植えられた桜が、豊かな花を咲かせている。目を上げれば、多摩川沿いの緑地にも、華やかな桃色の彩りが目に映える。

「満開ですよ。座ってもいいという許可が出ていますから、調子が良ければ、起きて、見られてはいかがです」

男性は、それには答えず、

「孫が、今年就職なんだよ。桜の下での入社式ってのを、見にゆく約束だったのにな……」

「そうですか」

弟の聡志は、一般の会社の入社式の前に、すでに勤めはじめていた。

優希は、三週間前に一度、聡志が勤めるという法律事務所を訪ねてみた。母親に頼まれたためだが、優希自身も気になっていた。

聡志には幸せになってほしかった。彼の人生の方向性を多少なりともゆがめてしまったことに、優希は罪の意識を抱いていた。

訪ねた法律事務所は留守だったが、事務所の入っているビルは立派なもので、外観上はおかしげなところもなく、心配することもないように思えた。

だが、当の聡志自身が、勤めはじめて一週間ほど経った頃、落胆したようなことを洩らした。

母が風呂に入っていたときで、優希が居間でコーヒーを飲んでいると、仕事から帰ってきた聡志が、

「まいったよ……」

と、暗い表情で言った。

事務所のオーナーが、急な電話で顧問先での会議から抜けることがつづき、代わって聡志が顧問先から責められたという。

そのときは、仕事上の愚痴《ぐち》と思って聞き流した。が、三日前、聡志と顔を合わせたとき、「姉貴の病院、空《あ》きのベッドはあるの」と訊ねてきた。

事務所のオーナーの知り合いに、痴呆症状を起こしている病人がいるらしい。事務所に、妙な女の声で電話が掛かってくることがつづいたのち、その日は、消防署から電話があった。自宅のマンションで、ぼや騒ぎがあったらしい。事務所のオーナーは、後始末に追われたのか、やつれ果てて事務所に戻ってきたあと、聡志に、優希の病院のことを訊ねたという。

「何軒か病院や施設を回ったらしいけど、縛りつけて寝かせきりにするところが多くて、いいところがないって言ってた。少しよさそうなところだと、空きがなかったり、年齢制限で

断られたりしたらしくて」

老年科の病棟は、つねに満床《まんしょう》だった。アルツハイマー病の患者が、ひとり亡くなったばかりで、同病のベッドがひとつ空いてはいたが、人手不足もあって、新規の入院を見合わせてほしいと、看護部門から医局や事務局に要求が出されている。また、相手の病状が、どんなものかわからないのでは、何も決められるはずもなく、聡志にも、

「病院に診察に来られたら？」

と答えるにとどめていた。

それが相手にどう伝わったのか、以来、聡志とも顔を合わせていないため、わからずにいた。

優希は、ひととおり患者たちのケアを終え、いったんナース・ステーションに戻った。ちょうど外線からの電話があったところで、

「久坂主任補、お電話です」

看護婦のひとりが、受話器を差し出した。

聡志か、あるいは彼の事務所のオーナーの可能性を考え、受話器を取った。

「もしもし、久坂ですけれども」

返事はなかった。

優希は、何度か呼びかけたが、やはり返ってくる言葉はなく、そのくせ受話器の向こうに人の気配だけは感じられた。

例の無言電話だと気づいて、受話器を叩きつけるように置いた。

目を上げると、アルツハイマー病で入院している老人が、入院着に裸足《はだし》のまま、廊下を横切っていく姿が見えた。

アルツハイマー病の病室は、病棟西側のやや奥まった位置にあり、原則として、肉体的にはなお健康を保っている患者を受け入れている。そのため病室には、出入口にアコーディオン式の扉が備えつけられていた。だが、扉を乗り越えて、徘徊《はいかい》する患者もおり、その老人も、病棟内の廊下をぐるぐると徘徊する癖があった。

優希はナース・ステーションを出た。エレベーター・ホールに通じる方向でもあったため、外出を心配して、患者を追った。

エレベーター・ホールに出ると、前方のロビーのところで、老人がスーツ姿の男に抱きついていた。先に二度ほど見かけた男だった。

老人は、言葉にならない、喜びを表現するような声を上げ、男のからだを撫で回している。男のほうは、どう対処してよいのか、戸惑っている様子に見えた。

優希が歩み寄ると、男は狼狽《ろうばい》した表情を浮かべた。顔を伏せ、遠ざかろうとする。とっさに老人が、男の上着の袖をつかんだ。

「どうなさったの」

優希は老人の肩に手を置いた。

「一郎だよ……前に話した、別れた子どもだよ。迎えにきてくれたんだよ」

老人は言った。

「そう……会いにきてくれたんだ」

優希は話を合わせた。

「別れたときは、まだ五つだったのに。大きくなったなぁ。本当に立派になって、戻ってきた……」

老人は喜びを嚙みしめるように言う。

彼には子どもがないと聞いていた。妻も亡くし、甥《おい》夫婦が入院手続きをとっていた。だが何か事情があったのは察せられて、

「じゃあ、おうちに上がってもらいましょうか」

優希が言うと、老人はうなずいた。

優希は、男にからだを寄せ、

「病室まで一緒に行っていただけますか」

男は困惑した様子だったが、

「お願いします」

優希が老人を片側から支えると、男ももう片側を支えて、ともに廊下を戻りはじめた。

男は、髪がやや長く、一重まぶたで、唇は薄く、整った顔だちだが、少し神経質そうにも見えた。

おぼえはなく、初めて見る人に思えた。なのに、胸が妙な感じにうずく。強く訴えかけてくるものがある。

老人は、男の腕にぶら下がるようにして、

「これからは、一緒に暮らせるんだろ」と言った。

男はうなずくふりをした。老人は満足げにほほえんだ。

病室の、優希の腰までの高さがあるアコーディオン式の扉は、老人がどうやって乗り越えたものか、閉まったままだった。

優希は、扉を開き、四つあるベッドのひとつに、老人を誘導した。男の上着を握って離さないため、

「お子さんは、そばにいてくれるそうだから、心配しないで」

老人に言い聞かせ、ベッドに寝かせた。

ほかの患者が優希を呼ぶので、

「ちょっとすみません」

男を老人のそばに残し、患者たちのケアにあたった。しばらくして、

「確かに戻ってきてしまった……」

男が、笑うような、あるいはすすり泣いてでもいるような声で、ささやくのが聞こえた。

「確かに、大きくなって戻ってきた……会いにきてしまった……」

優希が近づくと、男は口をつぐんだ。

老人は、男の手を握ったまま、眠りに落ちていた。

「ありがとうございました」

優希は男に礼を言った。

男は、老人の手を静かに離し、優希のほうへ振り向いた。

彼の上着の襟のバッジに、優希は気づいた。弁護士会に登録された聡志が、その証《あかし》である金色のバッジを持ち帰ってきたが、同じデザインだった。もしやと思い、廊下に出たところで、彼と向き合い、

「あの、お名前は……」と訊ねた。

男は、迷っていたが、

「……長瀬です」と答えた。

「じゃあ、やっぱり聡志の？」

男は、それには答えず、深く息をつくと、

「前の名前は違ってた」

「え……」

「長瀬ではなく、あの頃は、勝田《かつた》と呼ばれていた……勝田笙一郎。笙の字は、生きると書いていた……」

優希は、おぼえのある懐かしい、しかし胸苦しさをともなう名前を聞いた。

「でも、あの頃は、誰もそんな名前では呼んじゃいなかった。〈動物園〉では、動物らしい名前が、それぞれにつけられていたから……」

男が、顔を上げ、初めてまともに優希を見た。

優希は彼を見つめ返した。遠い記憶が、男の顔に残っている面影とともに、よみがえってくる。

声を上げそうになり、開いた口を、手で押さえた。十七年ぶり……。

男の目の下には、濃い隈《くま》が浮かんでいた。疲れているのか、表情が暗く、

「助けてくれないか」

うめくように言って、顔を伏せた。

優希は、小刻《こきざ》みにふるえる彼の唇を見つめ、

「モウル……？」

かすれた声で呼びかけた。

「本当にあなたなの」

4

窓に引かれたベージュ色のカーテンが、外光によって、オレンジ色に映えている。

六畳の部屋だった。隅に、プラスチック製の衣装ケースが置かれている。ケースはかたかたとふるえ、なかからかすれた声が洩《も》れてくる。

室内にはほかに、大型のたんす、鏡台などが置かれ、中央に布団が敷かれて、枕がふたつ。寝乱れた布団の上には、有沢梁平《ありさわりょうへい》が、裸のまま、あぐらをかいて座っていた。

梁平は、手のひらに、一匹の白いハムスターをのせていた。ハムスターはおびえてじっとしている。彼は、手を軽く握ってハムスターを内に閉じ込め、衣装ケースのなかをのぞいた。

ケースのなかでは、牡《おす》のハムスターが落ち着きなく走り回り、ケースから出ようと試みて

は、すべり落ちることを繰り返していた。奥の一角に、白い綿を敷きつめた場所があり、まだ目の開いていないハムスターの仔《こ》が三匹、身を寄せ合い、か細い声で鳴いている。

梁平は、手の上にのせた牝《めす》のハムスターを、綿を敷きつめているところに戻した。

牝のハムスターは、仔どもたちの周りを、鼻をひくつかせて動き回り、やがて三匹のそばに落ち着いた。仔どもたちは、求めていた匂《にお》いを感じたのか、懸命に這い寄り、母親の体毛のなかに顔をうずめた。

梁平はしばらく仔どもたちの様子を見つめた。

三匹は、互いの頭を押し合い、母親のからだに鼻先をすりつける。生命の意義も、生きてゆくことの意味もわかっているはずがないのに、なんとかして生きのびたいと全身で訴えている。

梁平は、手を伸ばし、最も小さく見える一匹をつまみ上げた。母親は、気づかないのか、気づかないふりをしているのか、無関心のままだった。父親のハムスターは、動きを止め、ケースの底から梁平を見上げた。細いひげをふるわせ、心配げに我が仔を見つめる。だが、結局あきらめたようにそっぽを向き、またケースのなかを走り回りはじめた。

ハムスターの仔は、彼の指から逃れようと、しきりに鳴いた。梁平は、ハムスターの仔のもがく姿を見つめているうち、目の焦点がぼやけてきた。鳴く声が、生きたいと懸命に訴える声に聞こえる。

「本当に、生きたいのか……」

漠然としか形をとらえられなくなった白いかたまりに向かって、つぶやいた。

「無理して生きのびたって、何もありゃしないぜ」

梁平は指先に力を入れた。ハムスターの仔の、細い首の内側を通っている血管の脈動が、指にとくとくと伝わってくる。

ハムスターの仔は力なくもがいた。はかない抵抗が、かえって苛立ちを感じさせる。脈動を断ち切るように、さらに力を込めた。

「梁《りょう》ちゃーん」

高い声が届いた。

「電話よー、伊島《いじま》さん。緊急ですってー」

階段の下から聞こえてくる。

梁平は、肩の力を抜き、ハムスターの仔を衣装ケースに戻した。ハムスターの仔はすぐに母親を求め、母親はその仔を迎え入れた。

梁平は枕もとの服を取り上げた。身につけようとして、鏡台に目がいった。鏡に彼の姿が映っている。

目鼻だちがはっきりして、やや童顔ながら、上向きの鼻と反り気味の顎が、挑発的な印象を見る者に与える。背は高くないが、胸板は厚い。そして、ほぼ全身には……。

梁平は目をそらした。服を放り出し、次の部屋へ進んだ。年配の男女の写真が飾られた仏壇のある部屋を横切り、階段を降りてゆく。

階下は、十二畳の和室だった。部屋の一方に、八人掛け程度の白木のカウンターがあり、カウンターの向こう側は、大型冷蔵庫や食器棚が備えられた調理場になっている。こぢんまりとした家庭料理屋で、客は玄関で靴を脱ぎ、掘りごたつ状になったカウンターの前に座る仕掛けだった。

電話はカウンターの一番端にあった。濃紺のふんわりとしたワンピースを着た早川奈緒子《はやかわなおこ》が、受話器を手に、待っていた。

電話の近くに置かれた花瓶には、ミヤコワスレの紫色の花が飾られている。彼女が花を生けているところに、電話があった様子だった。

奈緒子は、全裸の梁平を見て、

「やだ、何か着て」

受話器を手で押さえて言い、顔を伏せた。

長い髪を上げて髪留めでまとめ、目鼻だちに華やかさはないが、柔和でおだやかな美しさを感じさせる。梁平より三つ年上の三十二歳。表情やはじらうしぐさに、幼さが香るが、全体のたたずまいには落ち着きがあった。

梁平は、わざと見せつけるように彼女の前に立ち、

「見ろよ」

低く命令口調で言った。

「早く電話……」

奈緒子が、困った顔で、受話器を差し出す。

梁平は、受け取らずに、

「よく見ろ。どうだよ」

「どうって……」

奈緒子は顔を上げた。梁平をまっすぐに見て、はにかみながらも、

「素敵《すてき》だよ」

「嘘をつくな」

「本当だよ、本当に素敵だから」

奈緒子は真剣な表情で言った。すぐに、子どものいたずらを受け流す母親のような笑みを浮かべ、

「早く出ないと。服、持ってくるから……」

受話器をカウンターに置き、二階へ上がってゆこうとした。

梁平は、とっさに彼女の手首をとり、自分の股間へ引き寄せた。

奈緒子は、驚いて手を引き、もう一方の手で梁平の締まった臀部を叩くと、「もう」と口の動きで明るく非難し、二階へ駆け上がっていった。

梁平は、受話器を取り上げ、

「もしもし、有沢です」

「伊島だ」

しわがれた太い声が返ってきた。

「事件《やま》がかたづいて〈待機〉になったから、そこだと思った。奈緒ちゃんの声も聞きたかったし。どこに置いてあるのかわからん携帯を鳴らすより、かえって早い気がしてな」

梁平は、気を引き締め、

「出動ですか」

「まったく連休だってのになぁ……」

五月に入ったばかりの、ゴールデンウィークのまっただなかだった。

「ほかの中隊は、前からの本部事件にかかりきりだ。残ってた豊田中隊も、今朝一番に強盗《たたき》で出ていった。早速、うちがお呼びってわけさ」

「事件《やま》は、どんな？」

「一時間ほど前の、九時頃、五歳くらいの男の子を、多摩川の河川敷《かせんじき》へ引きずり込もうとした男がいた。子どもが泣いていたんで、近くを散歩していた老夫婦が呼び止めたらしい」

「まさか、例の連続幼児猥褻《わいせつ》の……」

「男が子どもを放して逃げたところを、旦那のほうが追いかけた。男は、いきなりナイフを出して、相手を刺した。男は逃げたが、とんだ間抜けで、交番の前を通った。巡査が、返り血を浴びていた男を見て、慌てて追いかけた。だが、巡査は配属されたばかりの新米で、結局逃げられちまった」

梁平は、舌打ちをして、拳を握った。

伊島はつづけて、

「ただ新米も、相手の顔はおぼえていた。男は財布も落としていた。男の顔は、例の多摩川沿いでの連続幼児猥褻で目撃された男の特徴と、一致するそうだ」

「やっぱり……」

梁平はカウンターに拳を叩きつけた。

ここ一年近く、多摩川沿いで、幼稚園児から小学校五年生までの男の子が、人けのない場所に誘い込まれるなどして、猥褻な行為を強いられる事件がつづいていた。

性器にふれられたり、逆に手や口によっての行為を強要されるなどの犯行であり、恥ずかしくて訴え出ない子どももいるはずで、実際の被害件数は倍以上だろうと見られていた。

捜査は、所轄《しょかつ》署の生活安全課、地域課などが中心になって進めてきた。だが、被害者が幼いこともあって、証言はばらつき、おおまかな犯人の人相、特徴のほかは、情報も容易に集まらない。これまで大きな外傷を負った被害者が出ていないこともあって、神奈川県警では、特別に捜査本部を設けることはせず、所轄署に警戒にあたらせるにとどめていた。

「だから早く本部事件にすべきだと、中隊長や課長代理に進言してたんです。子どもを狙うような変態は、どんどん犯行をエスカレートさせていくんですよ」

梁平は語気を強めた。

「いまさら言ってどうなる。犯人《ほし》は逃げてるんだ。現場周辺には、緊急配備が敷かれた」

「現場はどこですか」

「いったん本部に来い。犯人《ほし》は凶器を所持して、すでに被害者も出ている。各員、拳銃を携帯、対刃《たいじん》防護服を着用との指示が出た。へたをすると、またしばらく泊まりだ。奈緒ちゃんの顔を、よく見とけ」

梁平は受話器を置いた。背後に、彼の服を抱えた奈緒子が立っていた。

「事件？」

彼女が訊ねる。

梁平は答えなかった。彼女の声も姿も、いまは遠くにしか感じられず、

「殺さないとだめだ……治りゃしないんだ……」

拳でカウンターを叩きながら、つぶやいた。


横浜港内の、波のない平坦《へいたん》な海が、曇った反射板のように、鈍い光を照り返している。

梁平は、春用のグレーの背広にネクタイを締め、横浜港に面した神奈川県警のビルを出て、山下公園へ向かった。

背広で隠された腰の部分には、ホルスターに収めた拳銃を装備し、ワイシャツの下には対刃防護服を着ている。しぜんと胸を張り、肩をいからせた恰好になる。

公園に向かう途中で道を折れ、神奈川県庁の新庁舎に進んだ。ゴールデンウィーク中だが、金曜日で官庁は開き、数台のタクシーが停まっている。一台の後部ドアが開いた。梁平が素早く乗り込むと、タクシーは走りだした。

梁平は、背後を振り返り、

「どの社も来てません」

「ブン屋の連中、今朝の強盗《たたき》の被害が小銭だったから、記事にならないと苛立ってる。そこに、〈待機〉だったうちが出てきたもんだから、さかんに広報をつついてるんだ。じきにばれるだろうが、騒ぎになる前にかたづけないとな」

隣に座った四十代後半の男が、運転手に聞こえないような、抑えた声で言った。

伊島宗介《そうすけ》は、神奈川県警捜査第一課、強行第二班、係長の名をとって久保木《くぼき》中隊と呼ばれている班の主任であり、階級は警部補だった。がっちりしたからだつきで、長年の外回りの結果か、浅黒い肌に皺も深く、日々の生活に疲れた勤労者の雰囲気が、全身からにじみ出ている。

先に、梁平が県警に入って、十一階の捜査第一課室へ上がってゆくと、伊島がすでに待っており、説明の暇はない、県庁前で待つと言われた。梁平は、彼の番号が刻印されている拳銃と、対刃防護服を受け取って、急いで外に出ての、いまだった。

「どんな状況ですか」

梁平は訊ねた。

伊島は、運転手のほうに首を伸ばし、

「窓、開けるよ」

大きな声で断り、窓ガラスを下げた。梁平も自分の側の窓ガラスを下げる。雨の予感を匂わせる、湿っぽい風が流れ込んできた。

「運転手さん、ツツジがきれいだな」

伊島が普通の声で言った。風の音に消されてか、運転手は反応しなかった。

梁平は窓の外に目を走らせた。植え込みのツツジが満開で、薄紫色の花が沿道を鮮やかに彩っている。

「奴が残した財布から出た、これだが」

伊島が声を低めて言う。親指を立て、指紋のことだと示し、

「前科《まえ》はなかったが、これまでの被害者《がいしゃ》のランドセルやズボンのベルトに残されたものと、一致するものが出たそうだ」

梁平の胸の内側が、あらためて熱くたぎってくる。

「じゃあ、間違いなく例の……」

「財布には免許証が入っていた」

伊島が捜査用のメモを開いた。

梁平は黙って読んだ。

〈賀谷《がや》雪生《ゆきお》。昭和45年。東京都大田区鵜《う》の木《き》……〉

「マンションは機捜隊《きそうたい》が押さえた。ふだんは塾の講師らしい。職場も押さえたはずだ」

「被害者《がいしゃ》は」

「重体」

「本部は」

「高津に置かれる。多摩、中原、宮前から応援が出て、駅、主要道路、公園も押さえた。いまは店や家を一軒ずつつぶしにかかっている」

「住宅に潜んでる可能性も？」

「服が返り血で汚れてる。財布も落とした。まず遠くへは行けまい」

「かえって危険ですね」

「そういうことだ」

「実家は」

「本籍は佐賀。共助課《きょうじょか》が佐賀に連絡して、すぐに調べさせた。奴が三歳のときに両親が離婚、奴は母親に引き取られた。母親は翌々年に再婚、養父は四年前に死亡。母親は一昨年また結婚したようだ。母親の話では、実家にはもう何年も帰ってきてないらしい。兄弟は、二つ違いの妹がひとり。結婚して、いまは福岡に住んでる……事件との関係は薄いだろう」

「……離婚ですかね」

「そう言ったろ」

「両親のことじゃなく、結婚してるって奴の妹。今度のことで……」

「さあな。いい相手なら、大丈夫だろう」

「子どもがいなきゃいいんだが……」

「どうして」

梁平は、窓の外に目をそらし、

「かわいそうなことになりますから。離婚しても、しなくても、子どもは大変な想いをするに決まってる」

「子どもの耳には入らんよう、周囲も努力するさ」

「子どもはなんだって知りますよ。隠したって、たいていのことを察する。隠されると、かえって自分が悪いように感じて、傷つきもする。今度の犯人《ほし》が、いったい何人の子どもを傷つけることになるのか……」

梁平は、不意に怒りがこみ上げ、ドアの内側に拳を叩きつけた。運転手が振り向きかけた。

だが普通でない気配を察したのか、すぐに顔を戻した。

伊島が、ため息をつき、

「有沢、早く所帯を持て」

「なんですか、急に」

「犯罪を憎むのはいい。だが、怒りに身をまかせてると、思わぬ怪我《けが》をする。家庭を持って、落ち着け。帰る場所を持つことだ。しぜんと抑制がきくようになる。奈緒ちゃん……待ってるだろ」

　梁平は答えられなかった。息苦しく、話題を変えるつもりで、

「息子さん、今年大学受験ですよね。確か、下のお子さんの高校受験と重なってしまうんじゃないですか」

　伊島は、痛いところを突かれたような顔で、

「いやなこと思い出させるんじゃないよ」

　胃のあたりを、しきりに撫でた。

　タクシーを高津署の手前で降り、ふたりは歩いて署に入った。二階の刑事課の部屋に上がると、上司の久保木のほか、捜査本部の設置を決めた県警捜査第一課の管理官、高津署長、副署長らも集まっていた。

　本部設置のため高津署員が動き回る刑事課の部屋のなかで、次々と駆けつけてきた久保木中隊の捜査員七名に対し、これまでの状況や、被疑者である賀谷雪生についての人物像が説明された。最後に係長の久保木が、斜視気味の目で梁平たちを睨み、

「二次、三次の被害を防ぐことはもちろん、絶対に許しちゃならんのは、川向こうに逃げ込

まれることだ」

川向こうとは、多摩川を越えた、警視庁管内のことだった。境界線となる道路や橋では、すでに地区の所轄署員が検問にあたっている。

「犯人《ほし》が川向こうで犯行を重ねてみろ、あとでどんな嫌みを言われるか、わかったもんじゃない。向こうの手で逮捕でもされてみろ、上だけじゃなく、現場のおまえら自身が笑われるんだ。わかってるな、肚《はら》をすえて犯人《ほし》を逮《と》ってこい」

梁平たちは、高津署の警官に案内され、被疑者が子どもを連れ去ろうとした現場、および被疑者が人を刺したという現場を確かめた。移動中の車内では、これまで猥褻行為の被害にあった子どもたちの証言などの資料を読み、賀谷雪生の免許証写真のコピーを見た。さらに賀谷のマンションも確認したのち、高津署刑事課の捜査員たちと合流した。

地域の家々や集合住宅を、一軒ずつ訪ねて回る捜査のため、主任の伊島が、捜査一課員と高津署の刑事を、あらためて組に分けた。巡査部長である梁平は、高津署の五つ年上の巡査部長と、伊島は同署の巡査と組んだ。

日が暮れる頃から、霧のような雨が降りはじめた。梁平と高津署の江崎《えざき》巡査部長は、傘も持たず、第三京浜道路の北、坂戸二丁目と三丁目にかけてを回った。

「お忙しいところを申し訳ございません、警察の者ですが……」

と、家々や、アパート、マンションなどの各部屋を訪ね、

「何か変わったことはありませんでしたか。ご近所で、不審な人物を見かけたとか。たとえば……」

と、コピー写真も見せ、質問を繰り返した。

話が聞けたところは、地図に赤く印をつけてつぶし、留守宅はしばらくして訪ね直す形をとった。求める人物が決まっているため、ふだんの地取《じど》り捜査のような時間はかからなかったが、連休で外出中の世帯が多く、なかなか地図が赤くならなかった。

手がかりを得られないまま、夜の九時半を回った。霧状の雨は降りつづけ、スーツが湿って、ずっしりと重みを感じる。十一時には捜査本部に戻り、会議に出るよう命じられていることもあって、

「そろそろ晩飯にしておきませんか」

江崎が言った。疲れと空腹からか、薄い笑みを浮かべて、

「この近くに、うまいラーメン屋があるんですよ。ご紹介しましょう」

梁平は、彼から目をそらし、

「自分はまだ腹は減ってませんし……今夜は、あと一時間しか回れませんから」と断った。

江崎は、意外そうに、

「食うのに、十分もかからんですよ」

「十分あれば、一軒はつぶせます」

「……有沢さんは仕事が早いから、三軒はつぶせるでしょうがね」

梁平は、皮肉まじりの言葉を聞き流し、

「江崎さん、どうぞ食べてきてください」

「そう言われてもねぇ……じゃあ、このまま時間まで回りますか」

「いや、自分ひとりで回れますから」

梁平は、江崎を置いて、足を速めた。

江崎が、ため息をつきながら追ってきて、

「何をむきになられてるのかな」と言う。

「むきになってやしません。いまの状況では、つぶしの捜査は急務でしょう」

「ですが……お会いしたときから、妙に苛立っておられたようだし」

梁平は足を止めた。霧雨が、滴《しずく》となって額を流れてくる。手のひらでぬぐい、

「凶器を持った犯人《ほし》が、民家に逃げ込んでいる可能性があるんです。のんびりラーメンを食ってるときですか。いままさに、誰かが傷つけられてるかもしれないんですよ」

感情の高ぶりを、直接相手にぶつける調子で言った。

江崎が梁平を睨み返し、険悪な雰囲気となった。

そのとき、車道をはさんだ向かいの歩道から、

「おーい」

明るい声が届いた。伊島と高津署の若い刑事が、こちらに向かって、手を振っている。道路を越えた久本三丁目からが、伊島たちの担当地域だった。

伊島が、ラーメンをするしぐさをして、一緒に行こうと身ぶりで誘う。

「同じ店ですよ」

江崎が言った。彼は、気をとり直した様子で、

「行って、情報交換といきませんか」と勧めた。

梁平は、かすかに屈辱をおぼえ、抑えた声で、

「本当に腹が減っていないんで。江崎さん、ふたりから話を聞いてきてください」

霧雨にけぶる家並みに向かい、歩きはじめた。

江崎が大きく息をついて追ってくるのを、梁平はあえて無視した。

大通りをひと筋奥に入り、二軒つづけて空振りのあと、『篠塚《しのづか》』と表札が出ている、平屋建ての古い住宅の前へ進んだ。

敷地が広く、庭は常緑樹の緑におおわれ、奥が容易には見通せなかった。

梁平が首を伸ばすと、庭に面した部屋の窓越しに、ぼうっと暗い明かりが灯《とも》っているのが見えた。梁平は門のインターホンを押した。返事はない。さらに数度押した。

梁平は、また首を伸ばし、明かりが灯っている部屋をうかがった。明かりが消えた。梁平は江崎を振り返った。

「どうしました」

江崎が不審そうに訊く。

「明かりが急に消えました。インターホンを押しつづけてもらえますか」

梁平は、庭のほうへ、足音を忍ばせて進んだ。江崎がインターホンを押し、返事がないためか、玄関前から、

「こんばんはー、夜分にすみませんけれども、篠塚さん、急用なんでお願いしまーす」

と、呼びかける声が聞こえてきた。

梁平は、明かりの消えた部屋の前に、そっと歩み寄った。背後で、江崎が玄関ドアをノックする音が響く。

梁平は窓に顔を近づけた。カーテンが閉め切られている。うめき声が聞こえた気がした。

「篠塚さーん、お願いしまーす」

江崎が繰り返し呼びかける。窓の内側から、さっきより大きく、もがき苦しむような声が

聞こえた。つづいて、

「じっとしてろ」

微妙にふるえる、すさんだ印象の声が聞こえた。

梁平は玄関先へ戻った。江崎に顔を寄せ、

「不審者がいます。家の者を監禁している可能性があります」

「賀谷ですか」

「わかりませんが……」

「応援を呼びましょう」

「おっしゃってたラーメン屋の近くに、まだ主任たちがいませんか。どこよりも早く来てもらえるんじゃ？」

「本部へ連絡したあと、行ってみます。五分もかからない。張っててください」

梁平は、江崎を見送ったあと、ふたたび庭へ進んだ。

窓の下に身をひそめると、

「……行ったか？」

内側で声がした。玄関のほうへ誰かが歩いてゆくらしい足音も聞こえた。ドアののぞき穴から、確かめているのかもしれない。やがて部屋のなかに小さな明かりが灯され、カーテンが暗いオレンジ色に浮かび上がった。

「この子を連れてゆく。車のキーは？」

声に、切羽つまった調子があった。

梁平は腰のホルスターに手を伸ばした。

「いいか、いまから紐《ひも》をとくからな。じっとしてないと、もっと痛い目にあうぞ」

若い男の声に思えた。懸命に訴えるような、くぐもったうめき声が聞こえ、

「うるさい」

鈍く肉を打つ音が、窓の外まで響いた。

「泣いたら、いますぐ殺すぞ」

梁平は背後を振り返った。まだ誰も来る気配はない。

額に手をやり、雨の滴と汗をぬぐった。

裏手に回り、勝手口の前で身を起こした。左手に手袋をして、右手で拳銃を抜き、安全装置を外す。勝手口は、古い家のためか、木戸だった。手袋をした左手で、木戸の把手《とって》に手をかける。内側から掛け金が下ろされていた。

左手で、背広の内ポケットからテレホンカードを抜き、木戸と柱のあいだに差し入れた。慎重に、下から引き上げてゆく。小さな音をたて、掛け金が外れた。拳銃を構えた。

木戸をゆっくり引く。暗かった。目が慣れるまで、柱の陰で待った。台所の様子が見えてくる。人の姿はない。耳に神経を集中し、踏み込んだ。奥から、子どもの泣く声が聞こえてきた。

「泣くなっ」

低くさえぎる声が飛んだ。

泣き声がやみ、しゃくり上げる声に代わった。

梁平は、靴を脱いで、台所に上がった。柔道で身につけた摺《す》り足で、板張りの床を進んでゆく。

「早く服を着ろ」

声が高くなり、肉を打つ音がした。

梁平は、台所の敷居から、廊下に顔を突き出した。

廊下は、玄関に向かってまっすぐ延びている。部屋は、廊下に沿って三つ並び、廊下とのあいだはガラス障子で仕切られていた。台所の隣の部屋も、玄関の次の間も、闇に沈んでおり、まんなかの部屋から明かりが洩れている。障子もわずかに開いており、

「言ってることが、わからないのか」

苛立った声と、子どもがしゃくり上げる息づかい、また衣擦《きぬず》れの音などが聞こえてくる。

梁平は廊下に踏み出した。身をかがめ、部屋のすぐ前まで摺り足で進む。障子の隙間《すきま》から室内をうかがおうとした。隙間が狭く、様子がつかみきれない。

「おちんちんを切っちゃうぞ」

若い男の声が聞こえ、子どもが懸命に声を抑えようとする気配が伝わった。

くぐもった別の声が重なる。猿ぐつわでもされているのか、テープか布越しに訴える声に思えた。

「いざとなりゃ、みんな道連れだ。どうせひとり殺したんだからな」

自棄《やけ》になっている感情が、声からうかがえた。

応援を待つ余裕はないと判断した。梁平は、息をつめ、障子を開いて、室内に飛び込んだ。

十畳ほどの和室だった。食料を食い散らかしたごみや残飯のなかに、四十歳前後の女性が、ブラウスにスカート姿のまま、電気の延長コードで後ろ手に縛られ、転がされていた。口にはタオル状のものをつめられている。

その隣には、同年代の中年男性が転がされていた。背広姿で、やはり延長コードで手足を縛られ、猿ぐつわをされている。彼の頬は、刃物で切られたらしく、顔や胸のあたりが血で汚れていた。

梁平は、視線と銃口を、横たわっている男女から、部屋の奥へ移した。

七歳前後と思われる男の子が、裸のまま、涙で顔をくしゃくしゃにして立っていた。梁平に視線を向けているが、焦点は合っていない。

電気スタンドが、男の子の足もとに置かれている。暗い光のなかに、男の子の背後に立っている若い男の姿が浮かんでいた。左手で男の子の髪をつかんだ状態で、驚きに目を見開いている。免許証のコピー写真と同じ顔、賀谷雪生に間違いなかった。

「動くな」

梁平は銃口を賀谷に向けた。

賀谷は、呆然《ぼうぜん》とした様子ながら、なお右手にはサバイバルナイフを握って、男の子の脇腹近くに構えていた。

梁平は、命令口調で、

「警察だ。両手を挙げて、その子から離れろ」と言った。

賀谷は、まだ状況が把握できていないのか、動こうとしなかった。

「両手を挙げろっ」

梁平は強い声を発した。

賀谷が自分の手を見た。右手のナイフを認めて、自分でもびっくりしたような表情を浮かべた。

「少しでも妙な真似をしてみろ……」

梁平は狙いを賀谷の額に定めた。

賀谷は、急に泣きだしそうに表情を崩し、

「待って、待ってよ。撃たないでっ」

ナイフを離さずに、訴えた。

「ナイフを捨てろ。こっちに放るんだ」

「待ってくれよ……」

賀谷は、右手のナイフと子どもまでの距離と、彼自身と梁平との距離を、計り比べるように目を細めた。

梁平は拳銃の撃鉄を起こした。

「わかった、やめてくれ」

賀谷はナイフを畳の上に落とした。

「ゆっくり、こっちに出てこい」

梁平は、拳銃を構えたまま、首を傾けた。賀谷が、両手を頭の後ろで組み、中年の男女を踏み越えてくる。

「隅に座れ」

窓際を顎で示した。賀谷は、指示どおりの場所に進み、頭を両手でおおって、しゃがみ込んだ。

梁平は、縛られている男女を迂回《うかい》して、男の子のそばに立った。

「怪我は……」

訊きかけ、あとの言葉を失った。

男の子の唇は裂けて、血がにじんでいる。凍りついたように動かない目の周りや頬にも、青黒い痣《あざ》ができている。幼い性器は、マジックか何かでいたずら書きがされており、肛門付近も裂傷を負っているのか、臀部から太股《ふともも》のあたりが血で汚れていた。

梁平は、拳銃の撃鉄を戻して腰のホルスターに収め、上着を脱いだ。男の子の肩に上着を掛け、包み込むように抱き寄せた。男の子は抵抗しなかった。彼を座らせ、上着のポケットからハンカチを出し、裂けた唇にあてる。男の子が、痛みのためか、びくりとからだをのけぞらせた。

「大丈夫だ、もう大丈夫だから……」

梁平はささやくように言った。

男の子のそばをいったん離れ、男女を縛っている電気コードをとこうとした。

目の端で、影が動いた。賀谷が少しずつからだをずらし、廊下のほうへ逃げようとしている。

梁平は、落ちていたナイフの柄《つか》を、手袋をした左手でつかみ、賀谷に迫った。賀谷は慌てて うつ伏せた。その脇腹を、警告なしに蹴り上げた。賀谷は、悲鳴を発して、背中を丸めた。無防備になった彼の頭を蹴る。彼が頭を押さえると、背中を、尻を蹴った。

賀谷は這って逃げた。梁平は、彼の突き出た腰を、かかとで押し出すように蹴った。賀谷は、部屋を飛び出し、廊下に倒れ込んだ。

梁平は、賀谷の髪を右手でわしづかみにし、廊下の板に叩きつけた。すぐにまた髪を引っ張り上げ、

「やめて……もうやめてください」

賀谷が訴えるのも聞かず、顔から廊下に叩きつけた。

梁平は、左手に持っていたナイフを、賀谷の前に放り、

「取れ」

部屋のなかには聞こえないだろう、低い声で言った。

賀谷が顔を上げた。鼻と口から血がしたたっている。前歯が一本、廊下に落ちていた。

「ナイフを取れ」

梁平は繰り返した。身をかがめ、賀谷に顔を寄せて、

「おれを刺して、そのあいだに逃げろ」

賀谷は、意味がわからないのか、間の抜けた顔で梁平を見た。

梁平は、右手を腰のホルスターに回しつつ、左手で自分の胸を軽く叩いて、

「ここを刺して、逃げろ。刑務所《むしょ》のなかで、子どもを痛めつけてきた男だとわかってみろ……なかの連中も、たいていガキを持ってるし、どんな凶悪犯も子どもを傷つけたクズだけは許さない。きっと死んだほうがましだと思うくらいの目にあわされるぞ。チャンスをやる。さあ、ナイフを取れ」

賀谷がナイフを見た。

「これが最後のチャンスだぞ」

賀谷が手を伸ばしかけた。

梁平は拳銃を抜いた。

「ナイフを握って、突き出せばいいんだ」

賀谷がナイフの柄にふれた。だが、すぐに手を引き、頭の上で両手を握り合わせ、

「ごめんなさい、許してください」

「ばか野郎っ」

梁平は、賀谷の脇腹を蹴り、彼が仰向いたところを、シャツの襟を左手でつかんで、引き

起こした。

「許して……」

あえぐように開いた賀谷の口に、拳銃の銃口を突っ込んだ。

「謝ったくらいで許されると思ってんのか。これまで何人の子どもを傷つけたっ」

賀谷の歯と銃身があたって、歯ががりがりと鳴った。賀谷がうめき声を上げる。

梁平は、賀谷の脳天に銃口が向くように構え直し、

「おまえには生きてる資格はない」

「やめて……」

銃口の隙間から、賀谷が訴える。

「おまえにもわかってるだろ」

梁平は言った。賀谷の目をのぞき込み、

「おまえも、自分が病気だとわかってるはずだ。いくらやめようと思っても、やめられない。苦しくて、誰かに止めてもらいたいときもある。自分は最低のクズだと思ったこともあるだろう。だが、それでもやめられない。これからも繰り返してゆく。何年刑務所暮《むしよ》らしをしたところで、おまえの病気は治りゃしない。おまえの、子ども時代のことだからだ。おまえもやられたんだろ。だが、復讐はそのときにやるべきだった。もう昔には戻れない。おまえは

きっとまた子どもを傷つける。耐えられるのか、そんな人生に耐えられるか……。おれが終わらせてやる、おまえを救ってやる」

梁平は引き金にかけた指をしぼった。

「有沢っ」

鋭く声が飛んだ。

台所の暗い板間に、伊島の姿があった。光が届かず、梁平のところからはっきりは見えないが、伊島は拳銃を構えているようだった。

「有沢……何をやってる」

伊島が慎重に歩み寄ってくるのに、

「動かないでください」

梁平は言った。

伊島が台所と廊下の敷居際で止まった。

梁平は、伊島から顔をそらし、

「外で待っててください」

「……何を言ってる」

梁平は、賀谷の胸ぐらを、さらに締め上げ、

「向こうを見ててください。お願いします」

「有沢、手を離せ」

「こいつはまたやります。病気なんだ。刑務所《むしょ》を出れば、また子どもを襲う……そして子どもが傷つく。からだだけじゃない。それ以上に、心が傷つく。心が傷ついた子どもは、怒りを別の子どもにぶつけることもある。大人になってから、誰かを傷つけるかもしれない……それがまた、子どもの場合もある。こいつは病原菌です。こいつも誰かにうつされたんでしょうが、どこかで断ち切らないと、終わらない」

「やめろ。そんなクズのために、人生を棒に振る気か」

「見なかったことにしてください。一瞬です。伊島さんには迷惑をかけない」

梁平は、賀谷の上顎に銃口が直角にあたるよう、あらためて拳銃を構え直した。

「有沢、撃つぞっ」

梁平の耳に、伊島が撃鉄を起こす音が聞こえた。

「有沢っ」

梁平は引き金を引こうとした。

瞬間、梁平の背後の部屋から、

「お母さぁん」

か細い声が聞こえた。男の子が、ようやく我に返ったらしく、泣きながら母親を呼ぶ声が高くなり、

「お母さぁん……お母さぁん……」

繰り返される幼い声に、梁平のからだから力が抜けた。

素早く駆け寄ってきた伊島の手が、梁平の右腕に置かれた。

梁平は銃身を賀谷の口から抜いた。左手も離した。賀谷は、いつのまにか気を失っており、床に崩れ落ちた。

インターホンが鳴り、表玄関のドアがノックされた。

「有沢、玄関を開けろ。表を張ってた高津署の連中だろう」

伊島が言った。彼は、抑えた声で、

「いまのことは黙ってろ。おれは何も見ていない。おまえが正当に逮捕したところしか、見ていなかった。わかったな」

梁平は、奥歯を嚙みしめてうめき、銃床《じゅうしょう》を廊下に叩きつけた。

5

連休のあいだぐずついていた空が、休みが明けて月曜を迎えたとたん、晴れ渡った。関東地方は七月上旬の暑さになると言われている。

梁平は、神奈川県警本部から歩いて五分もかからない地方検察庁に、伊島とともに呼ばれた。

ふたりは、賀谷雪生に対する公判の担当が予定されている、立会い検事の部屋へ通された。応接用のソファに、勧められるまま腰を下ろした。彼らの向かいには、立会い検事と並んで、特別捜査本部の捜査に専従している、本部事件係検事も同席していた。

「もちろん、有沢巡査部長が単独で乗り込んだことは、無謀《むぼう》であったと思います」

立会い検事の質問に、伊島が身を乗り出して答えた。

「ただ何度も申しますが、有沢巡査部長が飛び込んでいなければ、手遅れになった可能性があります。わたし自身、いまも自問しつづけているんです。もし自分が有沢君の立場だったなら……主人夫婦が殺され、七歳の子どもが逃走のための人質になることが予想されたとしても、応援が来るまで待つべきだったか、待っていられたのかと……」

まだ三十代前半の立会い検事は、もどかしそうな表情で、首を横に振り、

「そのことは承知しています。問題は逮捕の状況なんですよ。公判で相手方に、逮捕の際、違法行為があったと主張されることは、本当になかったのかどうか」

「ありませんでした」

伊島がうなずいた。

梁平は答えなかった。検事ふたりの視線は感じていた。だが、ここに腰を下ろして以来、ずっと顔を上げずに、ほとんどしゃべらずにいた。

賀谷雪生の逮捕から四日、逮捕の状況については、上司や監査官から何度も質問を受けてきた。そのうえ検察庁から呼び出されて、いい加減うんざりしていた。いっそ事実を語ってしまおうかとさえ思ったが、テーブルの下で、伊島が靴をぶつけてくるので、

「……ありませんでした」

顔は上げずに答えた。いま事実を語れば、これまで嘘をつき通してくれた伊島にも、なんらかの処分が下されるのは間違いない。

検事たちは詳しい説明を期待している様子だったが、梁平はそれ以上答える気はなかった。

代わって伊島が、身ぶりも入れて熱心に、

「高津署の江崎巡査部長たちに玄関を張ってもらい、自分は裏口に回りました。開いていた

勝手口からのぞくと、有沢巡査部長の声が聞こえました。慎重に進んでゆくと……有沢君が、ナイフを持った被疑者を取り押さえていたわけです。単独で室内に飛び込んだ点をのぞけば、立派な現行犯逮捕であったと思いますが」

「被疑者は、有沢巡査部長が、無抵抗の被疑者に暴力をふるったと述べています。これは事実に反するんですね」

立会い検事が訊ねた。

伊島は、大きく首を傾《かし》げて、

「あり得ません。そばにいた被害者の家族は、なんと言ってますか」

「危ないところを刑事さんに助けられたと、感謝していますが」

「だったら、問題ないじゃないですか」

「しかし、ふたりが廊下に出たあとのことは、目撃していないそうですしね」

「犯人《ほし》が、逮捕時に不当な暴力があったと訴えることは、ありがちなことですよ。そうでしょ？」

伊島は、実際の捜査にあたっている、本部係検事のほうを見た。

伊島より年上の本部係検事は、黙ってソファに身を預けて、動かない。

若い立会い検事は、いらついた表情で、

「そういう手合いもいるでしょうが、今回は被疑者の顔に傷があります。前歯が一本折れている。逮捕時、彼が廊下に倒れていたのは、高津署員も見ています。廊下の血は彼のものだし、髪の毛も多く抜けていた。彼は、有沢巡査部長に髪の毛をつかまれ、廊下に顔を叩きつけられたと申し立てている……状況は合ってるんですよ」

「どうなんだ、有沢」

伊島が梁平を見た。テーブルの下で、また靴先をぶつけてくる。

「おまえの口からはっきり言え」

梁平は、テーブルに置かれた冷めたコーヒーの表面を見つめ、

「たぶん、揉み合ったときのものでしょう」

と答えた。係長や捜査一課長、監察官にも語ってきたことを、繰り返す形で、

「相手はナイフを所持しており、家族の身の危険も頭にあって、余裕がありませんでした。逮捕術が未熟であったことは認めます」

「押さえつけたあと、拳銃を突きつけましたか。自分を刺して、逃げるようにと勧めましたか」

立会い検事が訊ねた。

梁平は、首を横に振り、

「逮捕した者に、そのようなことを勧めるはずがありません」

「拳銃を彼の口のなかに入れた？」

「いいえ」

「実際に被疑者に手錠をかけたのは、伊島警部補だったそうですね。有沢巡査部長が制圧したのに、これはどうしてですか」

「老兵に花を持たせてくれたんですよ」

伊島は人がよさそうに笑った。彼は、薄くなった髪をしきりにかいて、

「しかしわかりませんな。卑劣な変質者ですよ。精神鑑定が必要とも言える相手です。刑事が、ナイフで刺して逃げろと言ったなんて……妄想《もうそう》もいいところだ。どうして、そんな供述に振り回されるんです。むしろ我々が心配なのは、苦労して逮捕した犯人《ほし》が、精神鑑定の結果、起訴見送りなんてことになりはしないかってことです。奴だって、それを狙って嘘八百並べてるに違いないんだ。よく注意してください」

「言われるまでもありませんね」

立会い検事が不快そうに答えた。

すると、ずっと黙っていた本部係検事が、のっそりとソファから身を起こし、

「子どもをひどい目にあわせてきた野郎だ、許しゃしないよ」

「ええ、もちろんそうでしょうが」

伊島がうなずいた。

本部係検事は、ハンカチを出して鼻をかみ、そのまま二つにたたんで、

「今日は、また暑いな」

同じハンカチで、額の汗を拭いた。彼は、窓の外に目をやりながら、

「今回の被疑者には、誰だって腹が立つ。まして子どもの傷ついた姿を目の前で見たら……おれなら、もっと徹底的にやったかもしれん。うちは、一番下の子が遅くにできたから、まだ小学三年だ。今回の事件は他人事《ひとごと》じゃなかった。よく逮捕してくれた。え、有沢君よ」

「はい……」

梁平はあいまいに返事をした。

本部係検事は、事務官がいれたコーヒーを音をたててすすり、

「だがな、顔は外から見えるんだ。しつこいくらい教えられたろ。逮捕術の授業で、顔はよせと、叩き込まれなかったか？　だから手柄を立てたはずが、賞も出ない。こうして呼びつけられもする。こっちだって、せっかく起訴してぶち込もうってときに、逮捕の仕方に問題があったなんてことで、水を差されたくない」

「申し訳ありません」

「誰もが憎んでる犯人《ほし》だ。奴の利益になるようなニュースを流して、読者や視聴者を敵に回すマスコミもいないだろう。言動も怪しい。刑事が自分を刺して逃げろと言ったなんて、確かに妄想に違いない。妄想以外に信じたくもない。だろ？」

本部係検事が梁平を睨んだ。

「はい……」

梁平は目を伏せた。

「有沢君よ、腹を立てるのはいい。指示待ち刑事が増えてるなかで、犯罪に対する怒りを表に出して、積極的に動く若手が、もっと増えてほしいと思ってる。だが、人に迷惑はかけないようにしなきゃな。伊島警部補をはじめ、きみを買ってくれてる人間が、大勢いるんだ。いいね」

梁平は深く頭を下げた。

梁平と伊島は、検察庁を出て、県警本部に戻った。道の途中で、梁平は伊島から一度だけ、背中をどやしつけるように叩かれた。

捜査第一課室に上がると、久保木係長が、ふたりを呼び、

「問題はなかったんだろうな」と訊いた。

「大丈夫です」

伊島が答えた。

久保木は、うなずき、

「じゃあ、有沢は病院へ行ってくれ」

「病院？」

梁平は訊き返した。

「賀谷の野郎、篠塚家に侵入したときの供述を変えないんだ。子どものほうが、家のなかに誘い込んだと、繰り返してやがる」

「ヨタばかり飛ばしやがって。そんなの裏を取れば一発でしょうが」

伊島が吐き捨てた。

「取れればな」

久保木が言った。

伊島は、意外そうに、

「子どもにまだ訊いてないんですか。蜂谷《はちや》たちは、何のために病室につめてるんです」

「しゃべらないんだとさ、ひと言も」

「傷は問題ないという診断でしたでしょ」

「精神的なショックだろうってことだ。医者にも親にも、事件前後のことは、まったく話さないそうだ」

「で、有沢がどうして」

「その子が呼んだそうだ」

梁平は、久保木を見つめ返し、

「子どもが、自分を？」

「どうして、自分を……」

「服を掛けてくれた人、どこ……そう言ったらしい。おまえのことだろ」

「わからん。ともかく、話を聞き出すきっかけになるかもしれん。この部分をつめておかんと、どうにもならんからな」

「わかりました。溝の口中央病院ですね」

梁平が出ていこうとすると、

「いや、マスコミが嗅《か》ぎつけたんで、提携関係にある病院に移った」

「どこです」

「多摩桜病院だ」

梁平は息をつめた。

「川崎駅から北へ二キロほどのぼったあたりだが、わかるだろ……どうした？」

久保木が不審そうに梁平を見た。

梁平は、ようやく息をついて、

「本当に、自分が呼ばれたんですか。行かないとまずいですか……しかし、行っても、本当にしゃべってくれるかどうか……」

意味のない言葉を並べた。

久保木と伊島が、並んで眉をひそめている。

「わかりました。行ってきます」

梁平は、頭を下げ、逃げるように部屋を出た。

強い日差しの下、横浜スタジアムの脇を通って、関内《かんない》駅まで早足で歩いた。駅構内に入ってから、ためらった。少し戻って、駅前の電話ボックスに入った。暗記している番号を押し、

「はい、多摩桜病院です」

電話に出た受付に向かって、

「老年科のナース・ステーションをお願いします」と告げた。

内線につながれ、

「はい。老年科です」

若い女性の声が返ってきた。

「看護婦の、久坂優希さんをお願いしたいんですが」

「どちら様でしょうか」

「お世話になっている鈴木と申します」

当たり障《さわ》りのない偽名を使った。しばらく待たされたのち、

「もしもし……久坂ですけれど」

やや警戒した感じの声が返ってきた。いつものように返事はせず、彼女の声に耳を傾けた。

「もしもし？　もしかして同じ方かしら？」

彼女の声に険しさが増してくる。

梁平は受話器を置いた。

駅の構内に戻った。

彼女は病院に出ている。引き返すべきじゃないか……行ったふりをしてごまかせないか……。考えながらも、ホームにのぼり、到着してきた電車に乗った。

電車内はまだ冷房が入っていないため、むし暑く、多くの乗客が上着を脱ぐなどしていた。梁平は、濃紺の背広を着ていながら、むしろ寒けに似たものを感じていた。

「小児科だ、会うはずがない……」

口のなかで繰り返し、自分に言い聞かせた。

川崎駅前からは、タクシーに乗った。国道一号線を北上し、病院から少し離れたところで降りた。歩いて病院に近づき、裏門から病院の敷地へ入ってゆく。なるべく病院関係者に会わないよう、裏手の廃棄物集積場や焼却炉の前を横切り、非常用出入口から、一階の外来棟に入った。冷房が効いており、ひんやりとした空気が、消毒薬の臭いとともに流れてくる。

小児科は二階だった。老年科は八階とわかっている。

梁平は、非常階段を見つけて、二階に上がった。階段と二階の病棟は、スチール・ドアで仕切られている。ドアを開けると、子どもたちの泣き声、甲高《かんだか》く叫ぶ声、また幾らか笑い声も聞こえた。

廊下を進んで、看護婦の姿を見るたびに、胸が高鳴り、人違いとわかってほっとした。ナース・ステーションで、若い看護婦に警察手帳を示し、例の男の子の病室を訊ねた。

個室の病室の前には、同じ久保木中隊の、蜂谷と清水《しみず》の両巡査部長がいた。

「まったく表情がねえんだよ」

梁平より四つ年上の、蜂谷が言った。

ひとつ年下の清水は、疲れた表情で、しきりに耳の裏をかいている。口をきこうとしない子ども相手に、手柄にもならない裏づけ捜査で、やる気を失っているのだろう。

「あのとき現場で、おまえ、あの子に何か言ったのか」

蜂谷が訊いた。

「おぼえがありません」

梁平は正直に答えた。

「服を掛けてくれた人はどこかかって言った以外、うんともすんとも言わねえ。お手上げだよ」

「なかには、ひとりで？」

「母親が一緒だ。おれたちは、交代で戻ってこいと連絡があったから、帰るぞ。こいつはおまえの事件《やま》だ、最後までちゃんと面倒をみるこった」

梁平は、ふたりが去るのを見送ったあと、どこかで時間をつぶして帰れないものかと考えた。何も聞き出せなかったと報告すればいい。病院に長くいるだけ、彼女と会う確率が高くなる……。

だが、病室の前を離れられなかった。梁平はドアをノックした。細い声が返ってくる。ドアを押し開いた。

ベッドに横たわっている男の子の姿が、目に入った。パジャマ姿で仰向けになり、じっと天井を見上げている。

母親らしい女性が、ベッド脇の椅子から立ち上がった。

「あの、どちらの……」

「神奈川県警の者です」

母親の顔に、梁平は見おぼえがなかった。

あのとき、顔を確認する余裕などなかった。母親のほうも同じらしい。表情に苛立ちの色があらわれる。

梁平は、説明に困って、

「あのときの者です。大変なことでした」

「あのときの……？」

母親が眉根を寄せる。

梁平はうなずいた。

彼女よりも先に、男の子が反応した。ベッドから勢いよく上半身を起こし、梁平を見た。

「大変だったね」

梁平は男の子に言った。

男の子は答えなかった。黙って梁平を見つめ返してくる。

「じゃあ、あのとき助けてくださった……」

男の子の母親が、口もとを手で押さえた。梁平に頭を下げ、

「お礼もできないままでしたけれど、本当にありがとうございました」

「いえ、もっと早くなんとかできていればよかったんですが……」

「淳《じゅん》ちゃん、刑事さんにお礼を言いなさい。あのとき来てくださった方よ」

男の子は、今度は急にうつ伏せて、布団を頭からかぶった。

「なんだかもう、ずっとこの調子で……。お医者様は、時間が解決してくれるだろうとおっしゃるんですけど」

母親は困ったような笑みを浮かべた。そのあと、やや言いにくそうに、

「助けてくださった方に、こんなことを申し上げるのは、心苦しいんですけれど……警察の方々が何人も見え、繰り返し同じことを訊かれてゆきます。マスコミも、家だけでなく、この子の学校にまで行ってるそうです。正直、困ってます。この子はもちろんでしょうけど、わたしたちも、早く事件を忘れたいと思ってるんです。なのに、こんな状態ではとても……。あなたには、お礼を申し上げたいと願っていましたけれど……今後はもう、警察に呼ばれることはもちろん、こちらへ来られることも、遠慮していただけないでしょうか。何もなかったことにしたいんです。この子のためにも……」

「なかったことになんて、できませんよ」

梁平は、母親にではなく、ベッドの上のふくらんだ布団に向かって言った。

「どういうことでしょう」

母親の表情が険しく変わった。

「泣きましたか」

梁平は訊いた。

「え……」

「彼は、泣きましたか」

「……淳一《じゅんいち》ですか。ええ、あのときに」

「事件の夜以降にです。病院に運ばれて以後、彼は泣きましたか」

「さあ、どうだったか」

「何もなかったことになんて、できるはずがありません。何もなかったことにしたら、もっと傷が深くなる」

梁平はベッドに歩み寄った。ふくらんでいる布団に手を置き、

「何をされたか、おぼえてるだろ。あいつに何をされたか、おぼえてるね」

布団越しに、いやいやと首を振る動きが伝わった。

「あんなひどい目にあったんだ。忘れられるはずがない」

「何を言ってるんです、やめてください」

母親が止めようとした。

梁平は、無視して、布団をはいだ。男の子は背中を丸めた。

「きみはひどいことをされた。悪いのは、あいつだ。きみじゃない。あいつがすべて悪いんだ、何もかもあいつのせいだ」

男の子は、シーツに顔を押しつけたまま、

「ばか野郎……どうして殺さなかったんだよ……」

うめくように言った。

梁平は、彼の耳もとに顔を寄せ、

「殺したかったよ……本当に、殺してやりたかった」

「ちょっと、あなた」

母親が割って入ろうとした。梁平は、片手で彼女を押し返し、なお男の子に向かって、

「でも、おれが殺したんじゃだめだ。淳一君、きみがやらなきゃだめだ。きみがあいつに怒れ。きみは少しも悪くない。すべて、あいつが悪いんだ。きみがやっつけるんだ」

梁平は男の子の腕を取った。

「やめてください。何をする気ですか」

母親が慌てて止めようとするのに、

「お願いです」

梁平は彼女に頭を下げた。男の子に向かって、

「来るんだ」

腕を引いて、起こした。

「痛いよ」

男の子が顔をしかめる。

「逃げるな。いま逃げたら、だめだ」

無理やりベッドから下ろし、足もとのスリッパを取って、男の子の足にはかせた。母親が止めようとするのを、強引に押し切って、男の子を病室から連れ出した。

「誰かっ。先生、看護婦さん、誰か来て」

母親がナース・ステーションのほうへ走った。

梁平は、反対方向に進み、階段に通じているスチール・ドアを押し開いた。

男の子を連れて階段を駆け降り、非常用出入口から中庭へ出た。男の子はほとんど抵抗しなかった。引かれるままに足を動かす。意志を失っている様子だった。

梁平たちは、中庭を抜けて、廃棄物の集積場や焼却炉などのある、病院の裏手へ進んだ。一角に、大型の廃棄物が積み上げられている場所があった。古いデスクやベッドのマット

レスなども捨てられている。手前には、廃棄物を隠す意図で植えられたらしい、数本のハクモクレンの木が並んでいた。

「ここで待ってるんだ」

梁平は、一本のハクモクレンの木の下で、男の子の手を離した。

廃棄物のなかからマットレスを担ぎ上げ、別のハクモクレンの木に立てかけた。ハクモクレンは、ちょうど開花の時期らしく、白い大型の花を幾つも咲かせ、甘い香りを周囲に漂わせていた。

梁平は、男の子の手を引いて、マットレスから五メートルほど離れると、足もとの砂利《じゃり》から小石を拾い、

「あれが、あのときの男だ」

男の子に言って、小石を渡した。

「思い切り、ぶつけてやれ」

だが男の子は、手から石を落とした。首をうなだれ、寒そうに両手で自分の肩を抱く。

梁平は、黙って石を拾い上げ、男の子の隣で振りかぶり、

「この野郎っ」

叫んで、石をマットレスに投げつけた。

石はまともにマットレスにあたり、鈍い音とともに跳《は》ね返って、地面に落ちた。

梁平は、また足もとの石を拾い上げ、

「ちくしょう」

マットレスにぶつけた。本気になった。

感受性の強い子どもに、演技など通じないことは、みずからの子ども時代の経験でわかっている。子どもに見せる演技ではなく、自分のために、自分の世界のなかで、

「死んじまえ、くそ野郎っ」

石を投げた。マットレスに、かつて憎んだ大人たちを重ねた。

何度か繰り返し、また拾おうとしたときだった。

梁平より先に、小さい手が石を拾い上げた。

梁平が見ていると、男の子は、梁平から顔をそむけて、石を手に構え、試すようにマットレスへ向けて投げた。

力はなかった。石は弱々しくマットレスにあたって、地面に落ちる。

梁平は、声はかけず、彼に石を差し出した。

男の子は、受け取り、ふたたび石を投げた。さっきより力がこもっていた。だが声は出ない。

梁平は静かにささやいた。

「叫んでやれ。あの野郎に、汚い言葉をぶつけてやれ」

梁平は、一歩さがって、石を渡した。

男の子は、腕を振り上げ、石を投げると同時に、

「……ちくしょう」

小さく声を出した。

梁平はすぐに石を渡した。男の子はつかんで投げた。

「ちくしょうっ……」

声が大きくなった。投げる力も強くなる。

「ばか野郎っ」

声に涙が混じる。

「死んじまえ……おまえなんて、死んじまえっ」

男の子は、か細いからだを精一杯使って、本気で相手を殺すような勢いで、石をマットレスにぶつけはじめた。荒い息をつき、全身に汗をびっしょりかきながら、ちくしょう、ちくしょう、と石をぶつけてゆく。

梁平は、男の子の後ろ姿に何も言わず、石を拾っては渡しつづけた。

いつか母親と看護婦とが背後に来ているのに気づいた。彼女たちも、男の子の怒りを発散するエネルギーに気圧《けお》された様子で、声もかけられず立ちつくしている。

男の子は、ついに力つきたのか、投げた石がマットレスに届かなくなった。

「ちくしょう……ばか野郎……」

うめくように言って、しゃがみ込んだ。手をだらりと下げ、声を上げて泣きはじめた。

梁平は彼を抱きしめてやりたかった。だが我慢し、背後の母親を振り返った。母親を目でうながした。

母親は、梁平の視線に気づいて、こちらへ駆け寄り、男の子を抱きしめた。男の子が母親にしがみつく。泣き声がいっそう高まった。

マットレスを立てかけていたハクモクレンの木から、大きな花びらが、ぽろりとはじけて地面に散った。

6

優希は、患者を後ろから支えて、中庭を散歩している途中、子どもの叫び声を聞いた。病院では珍しくもないが、声に憎しみがこもっているようで、気になった。

「なんなの……」

細い足で頼りなげに立っていた患者が、不安げに声のするほうを振り返った。

長瀬笙一郎の母親、まり子は、心理学的なテストにおいて、「痴呆」あるいは「認知障害あり」と判定され、また検査の結果、大脳皮質の萎縮や海馬《かいば》周辺部での血流の低下が確認され、年齢がまだ初老期であることから、アルツハイマー病と診断された。

ひとつ空いていたアルツハイマー病の病床は、看護者の不足で、しばらく新しい患者は受け入れないことになっていた。だが、無理を承知で優希が頼んでみると、日頃の彼女の働きが評価されたのか、ほかの看護スタッフが味方になってくれたこともあり、入院が許可された。

長瀬まり子は、目が大きく、鼻すじも通り、やや派手な印象の顔だちをしていた。若い頃には、きっともてただろうと、ほかの看護婦からは言われている。本当にもてていたのだと、まり子自身や彼女の息子から、優希は十七、八年前に聞いていた。

しかし、五十一歳という現在のほうが、当時よりも、肌につやも張りもあるように見受けられる。あの頃は、濃い化粧によって肌が荒れ、表情の端々《はしばし》に疲れがにじんでいた。男たちとの関係から生じる苦労や焦《あせ》り、また子どもに対する負い目や苛立ちもあったのだろう、美しい顔も、ときにすさんで見えた。

いまの彼女は、日々の暮らしの緊張や責任、人生の目標などといったものから解放され、表情から険しさも構えも失《う》せて、愛らしい幼子《おさなご》のようにさえ見える。

実際、痴呆症状を起こした患者たちの多くが、病状が進むにつれ、表情が幼子のように変化してくる。わがままも増え、思うようにならないとむずかり、担当の看護婦をわざと困らせたり、手を挙げることもある。そんな態度にも、邪気のないすねや甘えが感じられ、懸命に愛情と保護を求めていることが伝わる。

「誰かが怒ってる、誰かが泣いてるよ……」

まり子は、子どもの声が気になるのか、病院の裏手に足を向けようとした。

「行ってみます？」

優希は訊いた。彼女自身も、子どもの悲痛な声が気になり、確認したかった。

まり子の足どりはおぼつかなかった。それでも肉体的な機能は、比較的保たれている。精神の機能に関しては、正常に思えるときと、奇妙な言動をとるときとが、交互に繰り返されている。

とくに食事の際は気をつけていないと、食事を手で直接食べようとして、味噌汁にまで指を入れることがある。無理に手を押さえると、むずかって声を上げ、殴《なぐ》りかかってくる。だが、介助者が丁寧に食べさせようとすると、素直に口を開けて、受け入れる。彼女はことに優希の介助を好んだ。優希の姿を認めると、にこにこと上機嫌に笑う。

まり子の手首には、痣があった。彼女をマンションの部屋に引き取った笙一郎が、仕事に出るとき仕方なく、彼女をベッドや机の脚に縛りつけていた痕《あと》だった。入院時に、笙一郎は、「ひどい子どもだよな」と、自分を責めるように言った。優希は、彼を責められなかったのはもちろん、安易な慰めも言えなかった。

優希は、まり子と一緒に、病院の裏手に進んだ。

医療廃棄物は鍵のかかるスチール製の物置に収容しているが、大型の廃棄物は業者が取りにくるまで外に出してある。廃棄してあったはずのマットレスが、ハクモクレンの木に立てかけられ、パジャマ姿の男の子が石を投げつけていた。

叫び声を発しながら、力一杯石を投げている男の子の背後では、地味な背広姿の男が、石を拾って、彼に渡していた。

優希は男の子には見おぼえがあった。子どもが何人も傷つけられていた事件は、多摩川沿いで発生していたため、優希も関心を寄せ、つらく感じていた。

犯人が四日前に逮捕されたと聞いたときは、心底ほっとした。だが二日前、被害にあった男の子が提携病院から転院してきたと知って、驚いた。

どんな様子か、小児科の看護婦と顔を合わせたとき、訊ねてみた。男の子は、ほとんど表情がなく、担当医や看護婦の語りかけにも答えないとのことだった。夜も、いきなり悲鳴を上げるなどの夜驚《やきょう》がつづいて、眠れないらしい。看護婦が慰めに布製の人形を与えたところ、人形を殴ったり蹴ったりしたあと、布を引き裂いたという。

　優希は、じっとしていられず、今朝、小児科をのぞいてみた。知り合いの看護婦から、男の子をプレイルームで遊ばせるところだと教えられ、絨毯《じゅうたん》敷きの広い部屋を、廊下からガラス越しに見た。すでに騒ぎははじまっていた。問題の男の子はすぐにわかった。彼は、看護婦から渡された絵の道具を放り捨て、画用紙を破っているところだった。看護婦の制止を無視して、部屋の隅で積木《つみき》をしていた幼い子どものひとりを捕まえ、後ろからのしかかった。自分が被害にあったときのことを、反復しているかのようだった。優希も部屋に飛び込み、ほかの看護婦ふたりと引き離した。

　だから優希は小児科がいやだった。こうした患児《かんじ》を何人も、十七、八年前に間近に見てきたため、あまりにつらく感じる。

　男の子は、怒りを内にためず、表に出したほうがいいはずだった。不当に傷つけられた子どもは、怒りや憎しみを内にためていると、ときに自分を責めるようになる。自分がだめな子だから、ひどい目にあった……自分が悪い子だったから、傷つけられるような目にあったと……。今回の事件の場合、男の子は、両親を危険な目にあわせたのも、自分のせいだと、罪悪感を抱く危険性があった。

優希は、老年科の病棟婦長を通じて、小児科の病棟婦長に、精神科医を呼んだほうがよいという考えを伝えてもらった。小児科の病棟婦長も同意見のようだったが、小児精神科医そのものの数が少ないこともあって、小児科内ではしばらく様子を見るつもりだと聞いた。

だが、いま優希の目の前で、男の子は怒りを表にあらわしている。

ちくしょう、ばか野郎と叫んで、石を投げつづける男の子の姿は、痛々しい。本当に怒りを吐き出すことで、癒《いや》されるのかどうか、科学的裏づけはまだない。だが、出口はきっと必要に思えた。相手のほうが悪かったのだと認め、自分をあらためて尊ぶためにも、怒りをあらわすべきだった。それに、男の子は実際の人物を殺すわけではない……。

わたしたちと違ったところだと、優希は思った。

わたしたちも、マットレスにすべきだった……。

「ようし、やっつけろっ」

まり子が言った。小さい声だが、拳も握って、

「そいつは悪い男だ。負けるな、ぶっ殺せっ」

彼女自身が怒りを発散しているような、活き活きした表情をしていた。

男の子が、ついに疲れ果ててか、泣きながらしゃがみ込んだ。涙を流せている。出口が生

まれ、怒りに代わって、涙が噴き出している。泣く声は悲しかったが、生きている証にも聞こえる。傷つけられたら痛いと叫ぶし、優しくされたら嬉しいと笑う、単純ないきものがここにいるよと、訴えているように聞こえる。

母親らしい女性の腕に抱かれて、男の子はさらに泣いた。

そう。怒りや憎しみを表に出すだけでは、きっとだめなのだろう。最後には、ああして、ぬくもりに包まれないかぎりは……。最も受け入れてほしい相手の腕に、抱きしめられ、包んでもらわなければ……。

まり子がいきなり拍手をした。音は小さいけれど、何度も手を叩いて、

「よくやった、よくやっつけた」と言った。

男の子に石を渡していた男が、拍手に気づいて、こちらを振り向いた。童顔ながら、精悍《せいかん》な印象だった。

優希と目が合い、男の顔が強張《こわば》った。優希を見つめ返す瞳が、微妙にふるえている。彼の動揺した態度が、優希にも伝わり、なぜか不安をおぼえた。

男は、口を開きかけたが、何も言いださず、背中を向けた。そのまま歩み去ろうとした瞬間、

「笙一郎」

まり子が叫んだ。

男が反応して、足を止めた。振り返り、優希ではなく、入院着姿のまり子を見つめた。

優希は、突然、男の顔に見おぼえがある気がした。

まり子は、優希のそばを離れ、おぼつかない足どりで前に進みつつ、

「笙一郎、もう山から下りてきたの？　いけないって言われてた鎖場を登ったんだろ。危ないのに、ばかだねえ。で、どうだった、頂上は。きれいだったの？　ほら、こっちに来て、話してちょうだい」

彼女は男に向かって手招きをした。

男の表情がゆがんだ。恐れをあらわしていた。まり子と優希を交互に見比べ、あとずさる。

まり子が、さらに、

「笙一郎、どうしたのよ」

不審そうに呼びかけたとき、男は駆けだした。すぐに病棟の角を曲がって、見えなくなった。

優希の記憶のなかの少年が、男の面影と重なった。

まさかそんなはずがない……人違いだ。

いま見た男のことは、忘れようと思った。忘れなくてはいけない。

7

横浜駅の隣の反町《たんまち》駅を西口に出て、商店街からふた筋《すじ》奥に引っ込んだ静かな通り沿いに、早川奈緒子の店はあった。

二階建ての木造住宅で、外観は民家と変わらない。木戸の門柱に、球形の電灯が灯され、表面に『なを』と達筆で書かれている。それが唯一、店らしさを表現している程度で、提灯《ちょうちん》も看板も出ていない。

いまは、その電灯も消え、玄関に通じるわずかな庭も、闇に沈んでいる。これで、なじみ客には閉店とわかる。なじみ客しか来ない店だった。

梁平は、伊島と並んで、店のカウンターの前に座っていた。カウンターのなかには、奈緒子が和服姿で立っている。彼女は、氷を内に包んだガラス製の徳利《とくり》を、伊島のほうに差し出した。

伊島は、それを受けて、

「ともかくよかった、子どもがちゃんと話してくれて」

先から繰り返している話をまた口にして、盃《さかずき》を干《ほ》した。かなり酒が入っており、顔色も赤《しゃく》銅《どう》色に変わっている。

奈緒子が、梁平のほうへも徳利を向け、

「どうします」と訊いた。

梁平は、カウンターに両肘《ひじ》をつき、顔を伏せ気味にしていたが、目だけを上げ、

「飲むに決まってるじゃないか」

盃を取り上げ、奈緒子の注《つ》ぐ酒を受けた。彼は、ネクタイを取り、ワイシャツの袖を肘までまくって、伊島以上に酒を過ごしていた。

「何がきっかけになるか、わからんもんだ。結果的には、おまえがしたことがよかったんだろうな」

伊島が言った。

「おれは、何もしちゃいませんよ」

梁平は吐き捨てた。酒をひと息に干し、盃をカウンターに置いた。

賀谷雪生から暴行を受けた男の子は、梁平が去ったあと、事件のことを母親に話しはじめたという。母親は捜査本部に電話をし、高津署員と伊島が駆けつけた。

捜査員たちが予想していたとおり、家から遊びに出ようとした男の子が、玄関前で出くわした賀谷に、ナイフを突きつけられ、家のなかへ押し戻されたということだった。賀谷は、

洗濯をしていた母親と男の子を縛って、仕事から帰ってきた父親を待ち受け……と、その後のことは、彼の両親から聞いた話と一致した。だが、男の子が話せたのはそこまでで、実際に暴行行為を受けたところは、おぼえていないと首を横に振った。

「ともかく話してくれてよかった。賀谷が家に入ってくるところはしっかりしてるから、問題はないだろう」

「……問題ないって、なんですか」

梁平は言い返した。伊島のほうは見ずに、

「受けた被害のことは、思い出せないんです。少なくとも口に出せていない……彼の傷が癒《い》えたわけじゃない」

「おまえは、男の子の怒りを導き出したんだろ」

伊島は、梁平のしたことを、男の子の母親から聞いたようだった。梁平自身は、事情聴取を果たせなかったことを係長から叱責《しっせき》されたきり、何も報告しないでいた。

「一度や二度、怒りをあらわせても、傷が癒えたなんて、とても言えやしませんよ。ひどい目にあったことに変わりはないんだ」

「警察の手には負えんことだろう。院外の精神科医に来てもらうことになったと、担当医も話してた」

「彼だけじゃだめです。両親もカウンセリングを受けなきゃ。彼らにも恐怖や不安が残ってる。それが子どもに伝染する。なにげなく、子どもを責める言葉を吐く場合もある。彼らにその気がなくても、子どもは責められていると感じることだって……」

梁平は、首を横に振り、奈緒子に盃を突き出した。

奈緒子が酒を注ぎ、梁平は一気にあおった。しばらく無言の間がつづいた。

「そろそろ三回忌だね」

伊島が、雰囲気を変えようとしてか、明るい声で奈緒子に言った。

「法要には、早川さんに世話になった人たちが、大勢集まるよ」

「みなさんには、ふだんからお世話になって……」

奈緒子が頭を下げる気配が、目を伏せた梁平にも伝わった。この店は、彼女の父親がはじめたと聞いている。

彼女の父親は、元神奈川県警の警察官で、伊島の上司だったらしい。十五年ほど前、強盗を逮捕したときに胸を刺され、障害が残ったために退職して、もともと料理好きだったこともあり、自宅の一階を改造して店を開いたという。こぢんまりと、なじみの客だけを相手にする店だった。なじみといっても、ほとんどが警察官であり、地回《じまわ》りもしぜんと遠慮し、店は地味ながら長くつづきそうに思われていた。だが二年前、彼が心不全で急死した。奈緒子の母親は、その五年前に脳溢血《のういっけつ》で亡くなっていた。

奈緒子には、五つ年上の兄がいたが、父親との折り合いが悪く、早くに家を出ていた。北海道で乳製品の会社に勤め、結婚して子どもも三人おり、店を継ぐ意志はなかったらしい。

奈緒子が七年前に結婚していたことは、梁平も伊島から知らされていた。伊島がこの店に彼を連れてくるようになって、三度目のときだ。だが詳しいいきさつは、梁平が、店にひとりでも通いはじめて三カ月後、いまから半年前に、奈緒子自身から、ひとつ布団のなかで聞いた。

奈緒子の相手は、彼女が勤めていた広告代理店の同僚だった。外では愛想のいいエリート社員だが、内では自立心に欠ける依存的な性格で、姑《しゅうとめ》が万事仕切っている家だったという。結局二年で別れ、以来、奈緒子は家に戻って、店を手伝っていた。

父親の死後、店をたたむことも考えたらしいが、伊島をはじめ、なじみ客たちが応援を約束してくれたため、ともかくひとりではじめてみて、二年が経ったところだった。

「早川さんの三回忌を終えたら……そろそろふたりのことも考えなきゃな」

「伊島さん……」

奈緒子が止めようとしたが、伊島は、手のなかで盃をもてあそびながら、

「腰を落ち着けて、人生と向き合うことだ。有沢だけじゃなく、ふたりに言えることだ。ふ

たりとも、人生におよび腰になってる。仕事に逃げて、いまは本当には人生を引き受けていない。確かに家庭を持つのは重苦しい面もある。自由も少しは失うだろうさ。だが、ふたりだから、気づくこと、見えることも多い。人生が豊かになり、深くもなる。人と生きることに背中を向けてちゃ、真に生きてるとは言えんぞ」

梁平は、空の盃に目を落として答えた。

「おれは別に、背中を向けてなんていませんよ」

「いや、向けてる。おれが思うにだな……おまえは自分を偽ってる。まだ本当の自分を生きちゃいない。本当の自分を生きることを、怖がってるんだ」

梁平は、胸のむかつきをおぼえ、

「わかったようなこと言うんじゃねえよ」

小さく吐き捨てた。

伊島が目をとがらせる気配が伝わった。

「やめてください。ふたりとも、お酒がだいぶ入ってる」

奈緒子が割って入った。

彼女は、これで最後と、伊島に徳利を差し出しながら、

「だいたい有沢さんには、別に想いをかけてる方がいらっしゃるんですよ」と言った。

梁平は思わず彼女を見上げた。

奈緒子は、いつもと変わらない笑顔で、

「そうよね？　ずっと想ってるのよね」

梁平にいたずらっぽくほほえみかけてきた。

伊島が帰ったあとも、梁平は飲みつづけた。そのあいだ奈緒子は、洗い物をし、戸締りなどをしていた。

梁平は、奈緒子に支えられて、二階へ上がった。彼は、独身寮を出て、野毛山公園の近くにアパートを借りている。だが、ほとんど帰ることはなく、事件を追っている最中は、県警や所轄署の宿直室、もしくは道場などで寝て、事件が終わると、奈緒子の家に泊まるようになっていた。

奈緒子が布団を敷くあいだ、梁平は衣装ケースを利用したハムスターの巣をのぞいた。目が開いたハムスターの仔どもの動きを眺めつつ、

「こいつら、どうするんだ」

奈緒子に訊いた。

「どうするって……誰かにあげるしかないかしら」

「捨てちまうのか」

「いやな言い方しないで。もらっていただくの」

「同じさ、親から引き離すんだ。だから、飼うのはやめとけって言ったんだ」

「わたしがもらわないと、つがいの二匹、殺すしかないって、お客さんに言われたんだもの。突き返したら、後味が悪いじゃない」

奈緒子は言い返すように答えた。布団を敷き終えたところで、息をつき、

「それに、ひとりだと、いきものが家のなかにいるのって、やっぱり安らぐから……」

梁平は衣装ケースをもとに戻した。奈緒子を見ずに、

「おれが何か言ったのか」

「え……」

「別に想ってる女がいると……さっき主任に言っただろ。何か知ってるのか」

「あ、やっぱりいたんだ？」

奈緒子がおどけたような声で言う。軽く手を打ち合わせ、

「あてずっぽうだったんだけど、そうかあ、やっぱりいたのかあ」

梁平は彼女を振り返った。

奈緒子が顔をそむけた。一瞬見えた表情が、泣きだしそうにゆがんでいた。奈緒子は、背中を向けたままで、鼻唄を歌いながら、帯をときはじめた。

梁平は、立って、後ろから奈緒子を抱いた。

奈緒子はあらがった。本気に感じられた。

梁平は、胸に痛みをおぼえ、その痛みから逃れるように、いっそう強く彼女を抱き寄せ、ともに布団の上に倒れ込んだ。からだを入れ替え、彼女を押さえ込む。両手をとらえて、唇を求める。

「梁ちゃん、いやだ……」

奈緒子が、首を振って逃れたあと、

「代わりなんて、いやですよ」

笑みを浮かべて言った。

梁平は、彼女を見つめ、

「代わりなんかじゃない」

首筋に唇を押しあて、着物の乱れた裾《すそ》から手を入れた。彼女の肌に爪《つめ》を立て、膝を閉じようとするのを許さず、下着をはぎ取った。

みずからも、彼女に体重を預けてベルトを外し、ズボンと一緒に下着を取った。右手で、奈緒子の両手をつかんで頭の上で押さえ、左手を彼女の膝の下に差し入れ、脚を引き上げる。彼女の割れた脚のあいだに、からだを割り込ませ、

「梁ちゃん、着物が……」

奈緒子が訴えるのも聞かず、彼女に押し入ろうとした。

「梁ちゃん、痛い……」

奈緒子が低く叫んだ。

梁平は、動きを止めず、無理に押し入った。彼女の首筋から胸もとへ、嚙みつくように唇を這わせ、実際に嚙みもして、足先で畳を蹴り、彼女のなかへ深く入った。

彼女の内側のぬくもりを、確かに感じていながら、自分の感覚だけでは信じられず、

「……感じるか」と訊く。

奈緒子は、痛いのだろう、眉をしかめて答えなかった。

「……感じないのか」

梁平は、不安をおぼえ、動きを止めた。

奈緒子は、涙のにじんだ目を開き、梁平を見上げて、

「……感じるよ」

笑みを浮かべた。

梁平は、しばらく彼女を見つめ、ふたたび突き入るように動いた。

「おれは、いるのか……」

「いるよ、ここにいる……」

奈緒子は自分の下腹部に手を置いた。

梁平は、彼女の顔を見つめ、静かに動いた。

「ここに、ちゃんといるから」

奈緒子が優しく告げた。

梁平は、彼女を抱き起こし、つながったまま着物を脱がせた。自分もシャツを脱ぎ捨て、彼女のからだを通して自分の存在を感じるために、荒くしぼるように抱きしめた。


翌朝、梁平は、捜査本部ではなく、神奈川県警本部のビルに向かった。賀谷雪生の事件の処理には、高津署があたることになり、梁平たちは、〈在庁当番〉で、次の事件に備えるよう申し渡されていた。

午前八時、十一階の大部屋に上がり、自分のデスクについた。スチール製のデスクの上には、電報が置かれていた。表紙に花の写真が印刷されている。最も廉価《れんか》な祝電らしい。

間違いだろうと宛名《あてな》を見ると、県警の住所につづいて、『神奈川県警察本部　刑事部捜査第一課　有沢梁平様』とある。

「ついさっき届いたところだ」

伊島の声がした。トイレへ行っていたのか、ハンカチで手を拭きながら、部屋に入ってくるところだった。

「昨夜は飲み過ぎて、申し訳ありません」

梁平は頭を下げた。

伊島は、軽く手を振り、

「酔ってて何もおぼえちゃいない。何かあったとしても、お互い様だ」

「……すみません」

「それより、何か祝いごとでもあったのか」

「心当たりはないですけど」

梁平は祝電を開いた。

『キリン』

冒頭に書かれていた。

息をつめ、目を閉じる。片時《かたとき》も忘れたことのない名前だった。実際にはこのままでなく、英語での呼び名だった。誰もが知っているものではない。ごくかぎられた人間のみが知る、ある一時期の、彼の呼び名だった。

梁平は、電報をたたみ、

「すみません、ちょっと……」

伊島に断り、部屋を出た。

はやる心を抑えて、トイレまでゆっくり歩き、個室に入って、鍵をかけた。

電報をあらためて開いた。

『キリン』

と書かれたあとには、

『再会を祝す。十二時、山下靴店にて』

梁平は、ふたをした便座の上に、腰を落とした。

差出人の名前とおぼしきところには、思っていたとおり、

『モグラ』とあった。

梁平は、正午まで、たまっていた書類仕事も手につかず、いらいらと時を過ごした。事件が起こらないことを願いながらも、一方で、やはり何か事件が起きて出動命令が下ることを祈っていた。いや、たとえ出動の声がかからなくとも、自分で判断できることだった。会いたくなければ、無視すればよい。

正午五分前、伊島から昼食に誘われた。電報を無視するチャンスだった。梁平は、用があるのでと、誘いを断った。

梁平は、県警のビルを出て、山下公園に足を向けた。

空は青く晴れ渡っていた。波のない横浜港内の海が、鈍く輝いている。潮《しお》の香りがほとんどしない公園内を歩き、『赤い靴はいてた女の子』の像の前へ進んだ。

少女の像のそばに置かれたベンチに、シルバーグレーの仕立てのよいスーツを着た、細身で、髪を伸ばし気味にした、三十歳前後の男が座っていた。

男は、クラシックでも聴いているのか、耳に小型のヘッドホンを差し、一重まぶたの聡明そうな目を海に向けている。

梁平は、離れたところから、男の横顔を見つめた。

彼女のことは、遠目から何度も見てきた。自宅の近くや、病院に通うところを張り込み、ときに尾行もして、見守ってきた。だが、この男には、十七年間、一度も会うことはなかった。

しかし、不思議なほど違和感がない。ずっと思いつづけてきたためだろう。

十七年間、彼女はもちろん、この男のことも、ひとときたりとも忘れたことはなかった。成長していれば、きっとこんな男になっているだろうと、想像していた。現実の姿は、予想をほとんど裏切っていなかった。

男が、気配を感じたのか、顔を上げた。

梁平を認めて、表情が固くなる。だが、すぐに表情をゆるめて、

「さすがに刑事だな」

と、ほほえんだ。彼は、ヘッドホンを耳から外し、

「わかったんだな、暗号」

梁平は、彼に歩み寄りながら、

「暗号にもなってやしない。山下靴店の意味なんて、小学生でもわかる」

「頭をしぼって考えたんだがな」

「クラシックか……。変わらず、高尚な趣味を持ってるんだな」

「聴くか」

彼がヘッドホンを差し出してきた。

梁平は、隣に腰掛け、ヘッドホンを耳にあてた。関西弁による漫才が聞こえた。梁平は薄く笑った。ヘッドホンを彼に返して、

「モウル」

モグラの英語名で呼びかけた。相手の姿をあらためて見直し、

「いまは、なんて名乗ってるんだ」

「長瀬笙一郎」

「長瀬……？」

「あのあと、母親が正式に離婚したんだ」

「何をやってる、いま」

「所属は、東京弁護士会だ」

梁平は驚いた。考えもしなかった。

「かたき同士ってことか」

笙一郎が、笑って、

「ほとんど企業法務と民事さ。おまえの仕事とはぶつからない」

梁平は、彼が差し出す名刺を受け取り、

「どうして、おれがここにいるとわかった」

「昨日、病院に行ったんだろ。多摩桜病院」

梁平は恐れていたことがあたったと思った。

「……おまえたち、前から会ってたのか」

誰のことか言わずとも、笙一郎はわかっている様子で、首を横に振り、

「彼女と会ったのは、ほんの一カ月前だ。本当だ。こんなことで、おまえに嘘はつかない。十七年間、おまえと同じで、彼女には会わずに来た……。おふくろが病気になったんだ。あ

の病院に入院した」

「偶然、会ったってことか？」

「いや、偶然とは言えない。そんなものは本当はないんだ。おれはそう思うようになった」

「……どういうことだ」

笙一郎は、答えず、上着のポケットから煙草を出した。火をつけかけたところで、思い出したのか、

「大丈夫か」

梁平を気にするように見た。

「何が」

「煙草、拒否症状は出ないのか」

梁平は、苦笑し、

「あの頃も、ふかせる程度にはなっていた」

「女が吸っているのを見ても、平気になったのか」

「とっくに治ってる。それに、おまえは男だ」

笙一郎が、うなずき、煙草に火をつけた。

梁平は、彼が吸うのを横目で見て、

「じゃあ、あの病院にいたのは、やっぱりおまえのおふくろさんだったんだな。なんだか似てる気がした。むろん年はとったが、相変わらずきれいだった」

「よせよ」

「本当さ」

「病気なんだ。ぼけてる」

「……そうか。筌一郎と呼ばれたよ。山の話もしてた。まさかと思った」

「彼女も、まさかと思ったそうだ。おまえのことさ。ずいぶん迷ったようだ。だが、抑えきれなかったんだろう。おれに電話してきた。人違いだと思うけどって、おまえらしい男と会った状況を、堰《せき》を切ったようにしゃべった。彼女は、おれと十七年ぶりに会ったばかりで、すぐまたおまえと会うなんて、偶然過ぎるから、絶対に人違いだと、何度も言った。だが、おれはそうは思わなかった。おまえはどう思った」

「なんのことだ」

「彼女を見たあと、すぐに妙な電報が届いた。やっぱり、と感じたんじゃないのか」

梁平は、正直に、

「感じたよ」と答えた。

筌一郎は、煙草をしきりに吸いつつ、

「おれは、一カ月後だからこそ、おまえに違いないと思った。彼女と十七年ぶりに会った日から、おまえが現れるのは、明日だろうか、あさってだろうかと考えていた。遠くない日に、きっとおまえが現れると信じていた。一カ月の差を、彼女は驚いていたが、おれには遅過ぎるくらいだった」

「おれは、おまえと彼女が会っていたなんて、知っていたわけじゃない」

「こっちだって、おまえがどこにいるか、知りはしなかった。時期が来てたんだ。おふくろのことは、言い訳だった。会わずにはいられない、ぎりぎりのときに来てたんだ。おふくろが病気になったのは、たまたまだが、彼女の病院に行かなきゃいけないわけじゃなかった。全国を探し回れば、もっといい病院もあっただろう」

「だが、おれがあの病院に行ったのは、偶然が重なっただけで……」

「違うね」

笙一郎が、煙草を捨て、靴で踏みつぶした。

梁平が見つめていると、彼は、また新たにくわえて火をつけ、

「おまえもぎりぎりの時期だったはずだ。本当は、もうおまえと彼女は会っているんじゃないかと、疑ってたくらいだ。まだだった。だったら、いつだろう。明日か、一年後か。いつかはわからない。が、おまえもきっと我慢しきれなくなる。そう信じてた。変わってい

たら、別だ。昔のおまえと変わっていたら、二度と現れないことも考えられる。だが、あの日、あんなことをしでかした、おれやおまえが、やすやすと変わることはできないことも、信じていた。変われたなら、どれだけ楽だったろうな……」

「かもしれない」

梁平はうなずいた。

足もとに鳩が集まってきた。きょときょとと、男ふたりを見上げている。

笙一郎が、鳩の群れに向かって、煙草の吸いさしをはじき、

「つきあいのある新聞社の社会部記者に問い合わせて、神奈川県警内の記者クラブから、捜査第一課の名簿リストを送ってもらった。おまえの名前を見つけた。幸か不幸か、名前は変わっていなかった。あのあと、養子に行ったんだろ」

梁平は、飛び立った鳩の影を見上げて、

「親戚だからな。名字は一緒だった」

「ジラフ」

笙一郎が、キリンの英語名で、梁平のことを呼んだ。

梁平は彼に視線を戻した。

笙一郎は、また煙草をくわえる途中で、

「おまえは、あの病院に、彼女がいることを知っていた……そうだろ。彼女がどこに住んでいるのか、何年に看護学校を卒業して、あの病院の何科に勤めているのか……すべて知っていたんだろ」

梁平は、その口調から、笙一郎もまたなんらかの形で久坂優希のことを調べ、十七年前に別れてからこれまでのことを、おおむね知っていることを理解した。

笙一郎は、煙草に火をつけずに、海のほうへ目をやり、

「おれは知らないふりをすればよかった。彼女から、病院でおまえらしい人物を見たと言われても、聞き流せばすんだ。なのに、調べずにはいられなかった。おまえの班が今日は当番だということまで記者クラブで聞いて、連絡することを選んだ……。おまえも、来なくてもよかった。おれは、ジラフではなく、キリンと電報に打ってもらった。おまえの言うとおり、子どもでもわかる陳腐な暗号だ。だからこそ、意味不明の奇妙な祝電だと、無視することだってできたはずだ。おれは二度と連絡しなかったかもしれない。だが、おまえは来た。誰からの知らせかわかっていながら、来ることを選んだ」

梁平は答えられなかった。笙一郎の言うとおりだった。すべて、自分で選んできた。

警察官になるのなら、香川県警でも警視庁でもよかった。しかし、彼女のいる神奈川を選んだ。神奈川県警に受かっていなければ、やはり神奈川県下で暮らせる、別の職業を選んで

いただろう。

「どうして祝電にした」

梁平は訊いてみた。足もとに目を落とし、

「……気持ちは、弔電《ちょうでん》じゃなかったのか」

笙一郎からの答えはなかった。代わりに、苦い煙が流れてくる。

梁平は、鈍い光を照り返す海に、視線を上げた。

あのときの海に比べ、なんて醜《みにく》いのだろうかと思う。

「会ってしまったんだな」

梁平はつぶやいた。胸の底から深く息を吐いて、

「おれたち……会ってしまったんだな……」

それが現在のことか、十八年前に初めて三人が会ったときのことを言っているのか、梁平自身も意識していなかった。

目の前に広がる波は平坦だった。彼方は、すぐに埠頭《ふとう》にさえぎられていた。かすかに油くさい臭いが流れてきた。

第二章　一九七九年　五月二十四日

1

車窓から見える海は、五月の柔らかな日差しを受け、おだやかにたゆたっていた。

四国松山から、海岸沿いに走る国道を、南西に二十キロほど下り、伊予灘《いよなだ》のほうへ右折すると、小さな漁師町に出る。

その漁師町から、約五百メートル、町道を西へ進んだところで、突き当たりに二階建ての病棟が並ぶ病院が現れた。

少女が入院することになっている、愛媛県立双海《ふたみ》小児総合病院だった。

病院は、正面に四国山地へつづくなだらかな山々を見上げ、裏手は瀬戸内の海に面している。

少女が父親から聞いた話では、昭和十年代に、結核専門の療養施設として開設された病院だという。戦後の結核患者の減少により、公立施設として療養所からの転換を求められ、ちょうど少女が生まれたのと同じ昭和四十三年に、小児専門の病院として生まれ変わったらしい。

　少女の乗った車は、プラタナスの木が沿道に植えられた町道を進み、終着点に開かれた門からなかへ入った。

　病院の玄関前に、車止めのロータリーがあり、横手に大きく駐車場がとられている。駐車している車のナンバーは、愛媛県内ばかりでなく、四国のほかの三県、また広島や岡山などの山陽地方のものも見受けられた。少女が乗っている車も、瀬戸内海をはさんだ対岸の、山口ナンバーだった。

　車が病院の玄関前に停まった。

　助手席のドアが開き、少女の母親が先に降りた。彼女は、茶系の落ち着いた色のスーツを着て、長い髪をアップにまとめ、顎の小さい、ほっそりとした顔だちをしている。眉間《みけん》に皺を寄せ、後部席に座っていた少女を、窓越しにのぞいて、

「優希」

　と、少女のことを呼んだ。

　久坂優希は、弟の野球帽を目深《まぶか》にかぶり、シートに腰を下ろしたまま動かなかった。

「どうしたんだ、優希」

　運転席から、父親の雄作《ゆうさく》が振り返った。

雄作は、背が高く、やせ気味だが、肩幅があり、がっちりして見える。地味な灰色の背広を着て、同系色のネクタイを締めていた。髪は丁寧に七三に分けており、顔は面長《おもなが》、目ははっきり見開かれているものの、目尻が下がっているため、柔和な印象を抱かせる。

「大丈夫だよ。怖いところじゃない。ちゃんとした病院だよ」

彼が優しく言った。さらに目尻を下げて、優希にほほえみかけ、

「話しただろ。先にお父さんたちが見学したけど、病棟もきれいだし、看護婦さんも優しい人たちばかりだった。心配しないでいい。少し休めば、すぐに帰ってこられるさ。空気のきれいなここで、のんびり過ごせばいいんだよ」

「優希、何してるの、早く出なさい」

母の志穂が後部席のドアを開けた。優希に向かって険しい声音《こわね》で、

「ぐずぐずしてないで。先生方も待ってるんだから」

「そんな、厳しく言ってどうする」

雄作が志穂の言葉をさえぎった。病院のほうに首を振り、

「優希だって、いきなり海を渡ってこんなところまで来たんだ。不安なんだよ」

志穂は、雄作を無視して、優希に顔を近づけ、

「何日も前に決まってたことでしょ。優希も納得したはずよ。ここでしっかり病気を治して、

もとのあなたに戻ってちょうだい。甘えてないで、早く降りなさいっ」

優希は動かなかった。志穂がじれた様子で手を伸ばしてきた。黒い長袖シャツで隠している、左腕の前腕部をつかまれた。優希は小さく声を上げた。

志穂が、手を引き、

「傷が痛む？」

優希は、顔をしかめただけで、答えなかった。

「もう、なんとか言いなさいっ」

志穂の声が高くなる。

雄作が、深々とため息をつき、

「優希、とにかく降りなさい」

静かな口調で言った。

優希は目を上げた。雄作がうなずくのを見て、ようやくからだをずらして、車から降りた。

志穂がドアを閉め、雄作は車を駐車場に回した。

優希は志穂に右腕を取られた。病院の玄関口へ引かれてゆく。初夏の陽気に、額から汗が噴き出す。不快で、かぶっていた帽子を脱いだ。

ガラス張りの玄関ドアに、彼女の姿が映っている。髪はショートカットよりも短かった。

昨日、彼女がみずからハサミで切ったものだ。長さは一定でなく、何カ所かは地肌が透《す》けて見えている。

「かぶっていなさい」

志穂が腹立たしげに言った。優希から野球帽を奪い取り、強引に彼女の頭にかぶせる。

優希は、黒い綿ズボンと、黒い長袖シャツを着て、野球帽までかぶっているため、近くからでも少年と間違えられそうな姿だった。

「ぼうっとしてないで」

志穂に右手を引かれ、優希は病院のなかへ入った。

玄関ロビーに踏み込んだとたん、子どもの泣き声やぐずる声、それをあやそうとする母親の声などが聞こえてきた。薬品のものらしい刺激臭が鼻先に流れてくる。

ロビーはさして広くなかった。正面に受付があり、向かって右側には、料金を支払ったり薬を受け取ったりするためのカウンターがつづいている。向かって左側には、長椅子が六脚ほど並び、椅子から見上げる位置にテレビが吊《つ》られていた。

平日の午後だが、待合ロビーは込み合っていて、長椅子はほとんど座る余地がなかった。病気や怪我をしているらしい子どもに、保護者が付き添っている。子どもは、小学校低学年から幼稚園児が多く見られ、赤ん坊も何人かいた。

優希は、志穂に引かれるまま、待合ロビーに進んだ。

一番奥の長椅子の端が、ほんの少しだけ空いており、

「ここに座ってなさい」

志穂に押さえつけられるようにして、優希は腰を落とした。

志穂の席はなく、彼女は優希の脇に立った。

優希は、待合ロビーにいる子どもや、その母親だろう保護者たちを見回した。泣く元気も失っている子どもが多い。母親たちのなかにも、子どもをあやす気力さえ失っているらしい人が、何人かいた。

優希は、診療科目などが書かれた掲示板のほうに、目をそらした。内科、泌尿器《ひにょうき》科、循環器科、外科、整形および形成外科、放射線科、眼科、耳鼻咽喉《いんこう》科、脳神経科、そして児童精神科があった。

優希が以前診察を受けていた、徳山《とくやま》市内にある精神科クリニックの老医師が、両親に話していたのを聞いたのだが、児童精神科は、厚生省で定めた正式な医療科目には入っていないという。そのため、小児精神科や児童精神科という看板を外に出しての医療は、許可されていないとのことだった。子どもは精神状態が落ち着かないため、確かな精神病はないと思われてきたらしい。だからか、

「きみは、少し気持ちが不安定なだけなんだよ」

その老医師も、繰り返し優希に語った。

だが彼は、優希の診察を結局あきらめ、両親に双海病院を紹介した。双海病院には、珍しく院内科目に児童精神科があり、入院施設も整っていると聞いて、両親も心を動かしたようだった。

「お母さん……」

優希は、掲示板に目を止めたまま、

「わたし、くさくない？」

つぶやくように訊いた。

すかさず志穂が、

「やめなさい」とさえぎった。

優希は、掲示板から目を離し、ロビーの奥にある売店に視線を移した。

売店は、小さな部屋のようになっており、見える範囲では、文房具やプラモデルも売られている。
七、八歳くらいの、頭に包帯を巻いた少女と眼帯をした少女がふたり、手をつないで店に入ってゆく。交代に、制服を着た中学生風の少年が、松葉杖をついて出てきた。

「どうしたのかしら、遅いわね……」

志穂がつぶやいた。首を伸ばし、駐車場のほうをうかがっている。

「お父さんが入院の申込書を持ってるのに……何やっても時間のかかる人なんだから。優希、ちょっと待ってて。ここから動かないでよ。いい？」

優希は答えなかった。

「いてよ。すぐに戻るから」

志穂は玄関から外へ出ていった。

優希は椅子から立った。売店に向かって歩き、売店の前では止まらず、奥へとつづいている廊下をまっすぐ進んだ。

車で走ってくる途中、病院が海沿いに建っているのを見た。波はおだやかだったが、まばゆい光を跳ね返していた。

本当の光……そう感じた。あの光を受けると、醜い自分は溶けてしまう気がした。恐れはなかった。むしろ光を浴びて、溶けてしまいたいと思った。

廊下の突き当たりに非常ドアがあり、ノブを回して押すと、簡単に開いた。渡り廊下で別病棟につながっている。

渡り廊下から外れ、土のままの敷地内を歩いた。

首輪のない犬が、尻尾《しっぽ》を振りながら、優希に駆け寄ってきた。明るい茶の毛色で、柴犬に似た愛らしい顔をしている。だが優希は、犬の何かを期待するような表情や、さかんに尻尾を振る甘えたしぐさに、かえって苛立ち、相手をしなかった。

犬は、しばらく優希のあとをついてきたが、あきらめたのか、急に方向を変え、白い病棟の一階の窓の下に進んだ。

優希は、気になり、立ち止まって確かめた。病棟の開いている窓から、細い手が現れた。ピンク色のパジャマの袖が見える。細い手がひるがえり、何かを落とした。犬が、地面に落ちたものを口に入れた。

入院している子どもが、野良犬におやつか何かを与えたらしい。細い手がまた何かを落とし、犬が食べる。笑い声はもちろん、犬への呼びかけすら聞こえない。なぜか見てはいけないものを見た気がして、優希はその場を離れた。

日当たりの悪そうな西側の隅に、くの字形の病棟が建っていた。外観だけでなく、雰囲気がほかの病棟と違っている。優希は、その病棟に近づくのを避け、反対側へ敷地内を進んだ。

コンクリートの塀《へい》にぶつかり、塀沿いに歩いてゆくと、鉄格子の扉が閉まった裏口らしい場所に出た。

扉に掛かったかんぬきを外し、外の道をうかがう。右手に進めば、正面玄関に戻れそうだった。正面の山々には新緑が萌《も》え、吹き下ろしてくる風に、淡く草木の香りを感じる。

優希は、風を背にして、左手の海側に向かった。道はすぐ行き止まりとなり、突き当たりの高い土手には、コデマリが隙間なく植えられていた。ちょうど開花の時期らしく、手鞠《てまり》のような球形をした小さな花々が、純白の壁を築いている。

優希は、土手に歩み寄り、コデマリの白い花々の壁をこじ開けるようにして、入っていった。可憐《かれん》な花を散らしながら、強引に土手をのぼってゆく。

土手の上に出ると、白いシロツメ草の群生しているなだらかな下り勾配《こうばい》になり、松林へとつづいていた。

優希は、土手を駆け降り、一気に松林を抜けようとした。足の回転が思っている以上に速くなり、砂浜へ出る前に、松の根に足をとられて、前のめりに転んだ。

痛みは感じなかった。首を振って、砂から顔を上げる。

強烈に潮の香りがした。十文字の波光が、優希の視線の高さでまたたいている。塩をふくんだ粘つく風が、頬を撫《な》でてゆく。

優希は、立ち上がって、砂も払わず、海に向かって歩きはじめた。砂浜に人の姿はなかった。帽子を取った。シャツのボタンも外す。

服は要らない。光のなかに溶けてゆくのだから……。

左腕を袖から抜くとき、シャツがからんで、腕の傷が痛んだ。左の前腕部には、包帯が巻かれている。強引に腕を引いてシャツを脱ぎ捨て、綿ズボンも脱ぎ、波打ち際では下着も取った。

2

病院敷地内の北側には、各病棟と同じ二階建てで、県立養護学校の分教室が建てられている。

入院している子どもたちが通っているが、ベッドから起き上がれない子どもに対しては、教師のほうから病室を訪ね、個別授業もおこなわれている。

小学生の部が、一年生ひとクラス、二、三年生でひとクラス、四、五年生でひとクラス、そして六年生でひとクラス、さらに発達障害の著しい特別児童のためのひとクラスと、都合五クラスが用意されている。中学生の部は、一年生から三年生まで、それぞれにひとクラスと、やはり発達障害の著しい生徒のためのクラスがひとつ、計四クラスが設けられていた。

分教室まで毎日出てこられる生徒は、必ずしも多くはなく、一定もしていない。病状の変化や個々の都合で、学期途中で退院してゆくこともある。

心臓病や腎臓病など、慢性《まんせい》的な疾患を抱えて入院が長引いている子どもたちの、授業中の表情はおおむね暗かった。発言も少なく、笑っているときにも、どこか寂しげな印象がある。明るいのは、外科で入院している子どもたちで、ギプスで動かせない部分以外は、希望に溢《あふ》れている。

分教室内には、しぜんと差別的な感情が漂い、いじめも陰湿な形ではびこっている。ことに仲間外れの扱いを受けているのが、児童精神科病棟に入院している子どもたちだった。

敷地内の西側隅に建つ、くの字形をした病棟が、児童精神科病棟だった。結核療養所時代には、末期の患者を収容していたと言われ、当時亡くなった患者の幽霊が出るという噂もあった。病棟番号は八。だが、子どもたちのあいだでは、長年ずっと〈動物園〉と呼ばれている。

ジラフとモウル。〈動物園〉内でそう呼ばれている、ふたりの少年は、この日、小学校六年の午後の授業をさぼった。

分教室の南側には、一周二百メートルのトラックが白線で描かれた、やや広い運動場があり、運動場の隅には、木造の物置小屋がある。

小柄で童顔のジラフと、細身で表情に翳りのあるモウルは、物置小屋と塀とのあいだの、狭い場所にしゃがみ込んでいた。

ジラフが、チノパンツのポケットから、高級ライターを出す。モウルは、ジーンズのポケットから、煙草を出した。

どちらも、待合ロビーに置き忘れられていたものだ。ふたりは、煙草をくわえ、それぞれ火をつけた。

ジラフは、煙草を試すようにふかしたあと、足もとを移動している蟻《あり》たちに、火のついた先を押しあてた。

蟻は、足をばたつかせてもがき、やがて動かなくなる。

モウルは、煙を肺まで吸いながら、汚れたスニーカーの先で砂をかき集めた。

集めた砂を、蟻の上にかぶせて閉じ込め、蟻が懸命に出てくると、すぐにまた砂をかけて閉じ込める。

「いつにする？」

ジラフが、蟻を煙草の火で焼きながら訊いた。

モウルは、目にかかる長い髪をかき上げ、

「もう少し暖かくなってからにしたほうが、いいんじゃないかな」と答えた。

ジラフは、顔を上げず、

「どうして」

「外で寝なきゃいけない場合もあるだろう。寒いと凍《こご》えちゃうよ。死ななくても、風邪をひきでもしたら、逃げられなくなる」

「いつ頃ならいいんだ」

「梅雨《つゆ》は明けないと」

「そんなに先かよ」

ジラフは、顔を上げ、モウルを見た。

モウルは、交代のように顔を伏せ、

「それに、もっとちゃんと準備したほうがいいよ」

「このあいだ、ラジオと懐中電灯を、病院の備品から盗んだろ。合羽《かっぱ》やタオルも用意してるし、ろうそくもライターもある。いつでも逃げ出せるよう、リュックにまとめてあるじゃないか」

「地図がないよ」

「地図帳には、世界中の地図が載《の》ってるぜ」

「世界に出る前に、まずこの近くから抜け出さなきゃいけないんだ」

「分教室の図書室にある、県の地図を盗めばいい」

「あれだって、縮尺は二万二千五百分の一だからね。もっと詳しく、裏路地とか、目標になる店……とくに、交番がどこにあるか書いてあるものじゃないとだめだよ。すぐに迷って、捕まっちゃう」

「学校に頼んでみるか。自由研究で必要だとか言って、近所の地図を用意させるんだ」

「うまく行くかなあ」

「話だけでもしてみろよ」

「ぼくが？」

「口は、おまえのほうがうまいだろ」

「押しは、ジラフのほうが強いよ」

ふたりは、顔を見合って、薄く笑った。

「服はこれでなんとかなるよな」

ジラフは、自分の身につけている赤いトレーナーとカーキ色のチノパンツを、確かめるように見た。

モウルは、青い長袖のデニムシャツに、ジーンズをはいている。

ふたりとも、服にはところどころしみがあり、端々がほつれていた。始終同じものを着ているせいだった。

「逃げるときは、ほかの連中の服を、幾つかいただいていこうぜ」

ジラフが言った。

「非常時用の倉庫の鍵が、手に入るといいんだけどね」

モウルが言った。彼は、蟻を閉じ込めた砂山を、執拗《しつよう》に高くしながら、

「サービス棟の地下にある倉庫さ。地震のときなんかに使う予定の、毛布とか非常食がしまってある。ほかにも役立つものが、いろいろあると思うよ」

「食料だったら、給食棟の冷蔵庫から盗むさ。夜は人もいないし」

「冷蔵庫のものなんて、すぐに腐っちゃうよ。缶詰《かんづめ》だったら、リュックにつめ込めば、一カ月以上食いつなげる」

「缶詰か……まずいんだよな」

「平気だよ」

「食いつなぐのは、おまえの得意技だからな」

「缶詰なんて贅沢《ぜいたく》なくらいさ」

「自慢すんなよ」

「自慢なもんか」

「一カ月か……どこまで行けるかな」

「どこへ行きたい？」

ジラフは、燃えつきかけた煙草を、蟻の巣にねじ込んで、

「東京、大阪、アメリカ、ヨーロッパ、アフリカ……結局は、どこへ行っても同じかもしれないんだよな」

「うん。世界は、もうすぐ絶対に終わりを迎えるよ」

「だから、なおさらここにはいたくないんだ。ここで終わりになりたくない」

モウルは、高く築いていた砂山を、閉じ込めた蟻ごと踏みにじり、

「みんながみんな、金を稼《かせ》ぐ奴とか、有名な奴、きれいな奴や、そういう奴と結婚したい奴……とにかく周りからちやほやされる人間になろうと焦ってさ、争ってる。でもみんな、本当はもう疲れてて、いやになってて、きっとこんな世界、誰も好きじゃないんだ……。だから最後は、互いにつぶし合って、終わりを迎えるんだ」

ジラフは、ハハハと芝居じみた声を出して笑い、

「しかし、おれ様は、生まれたときから、偉くなるとか、有名になるなんてことを、拒否されてたんだ。だから、おれ様も、こんな世界は拒否してやるのだ。おれ様は、この世の終わりに、ひいひい泣いて焦る連中を笑って、初めからおまえたちのやってたことはクソだった、ざまあみやがれって、唾《つば》を吐きかけてやるのだ」

モウルは、ジラフに笑顔を向けて、

「そうだよ、ジラフ。こんなぼくたちだからこそ、可能性もあるんだ。ずっと拒否され、否定されてきたぼくたちだから、この世界が終わるときには、逆に救われるチャンスも生まれるのかもしれない」

「どういうことだよ」

「つまり、こんな世界と同化していなかったぼくたちは、世界が沈むことになっても、一緒には沈まないかもしれないってことさ」

「なんだよ、ドウカって」

「同じになるってこと、一体ってことだよ」

「難しい本を読み過ぎだよ。おまえも本当は偉くなりたいんじゃないの」

モウルは、むっとして、

「ずっとひとりで部屋にいたとき、お父ちゃんの残してった本を読んでて、しぜんとおぼえただけさ」

ジラフは、からかう口調で、

「だったら、お父ちゃんの本に書いてなかったかよ。世界が沈むってことは、地面が沈むってことだろ。おれたちだけ浮くわけにゆくもんか」

「でも溺《おぼ》れかけたときに、救いの手が伸びてくるかもしれない。もちろん人間じゃなくてさ……たとえば天使とか、人魚とか……そういう話も読んだことあるよ」

「人魚？　くだらないおとぎ話じゃねえか」

「かもしれないけど」

モウルは、煙草を捨てて立ち上がり、金網のフェンスに顔を寄せた。

病院の敷地は、二メートル以上ある高いコンクリートの塀で囲われている。だが運動場の周囲だけは、トラックを築く土を盛り上げたため、五、六十センチほど塀が低くなり、海側に面した塀の上には、金網のフェンスが張りめぐらされていた。

塀は、モウルの首から上がちょうど出る高さで、金網越しに、塩害を防ぐ松林と砂浜、そして海が望めた。

病院から浜へ出るためには、分教室の裏手に鉄製の扉がある。ただし、許可なく浜に出ることは禁じられていた。

モウルは、おだやかな波の動きを、物足りない想いで眺《なが》めた。不意に、砂浜の上に見慣れない影が現れた。細く、頼りなさそうな影は、海へ向かってまっすぐ歩いてゆく。影が誰であるのか、男か女かも、遠過ぎて見えない。

モウルは、影に視線を置いたまま、

「ジラフ……誰かが海へ入ろうとしてるよ」

背後に呼びかけた。

ジラフは、鼻で笑い、

「海水浴に来る連中もいない場所だぞ。目の錯覚だよ」

「本当だよ。でも、人間かな……なんだか人間じゃないみたいだよ」

ジラフは、煙草を捨てて、立ち上がった。彼は背が低いため、背伸びをしてようやく塀から上に顔が出た。金網のあいだから鼻を突き出し、海に目をやる。

その影は、裸のように見えた。

左腕のあたりに白い点が見えるが、それ以外は全身薄い桃色の肌をあらわにした裸身《はだかみ》らしく、どういうつもりか、ためらうことなく海のなかへ入ってゆく。足もとで水しぶきが跳ね、火花のようにまたたいた。

細い影は、膝のあたりまで海に入った。波に濡れ、太陽の光にさらされて、薄い桃色だった全身が、まばゆい銀色の光に包まれる。

少年たちには、特別の存在が、目の前に現れたように思えた。

たとえば、世界が滅びゆくとき、自分たちを救ってくれるはずだった天使か、人魚のようなな……。

彼女、あるいは彼が、現実のあまりの無残さに絶望し、いますぐ世界が沈みゆくことも予感して、海の彼方へ戻ってゆく姿のようにも想像した。

「どうする、ジラフっ」

モウルが叫んだ。

ほぼ同時に、ジラフは金網のフェンスにとりついた。素早く金網をよじのぼる。

モウルもつづいて金網に飛びついた。

3

優希は裸の胸まで海につかった。

冷たくはなかった。慣れてくれば、むしろ水のなかのほうが温かい。

まぶたを閉じた。オレンジ色の宇宙が広がる。波が彼女にあたると、まぶたの彼方の宇宙もふるえ、オレンジ色の世界からいざなわれたように感じる。生命の源である場所へ還《かえ》ってゆく、そう思ってみる。

十一歳まで生きた自分を、海へと還し、深い水底で、海草に抱かれて、永遠にたゆたう……それを願ってみる。

後方で、誰かが叫んでいる声が聞こえた。すぐに波の音に消された。助かりたいと一方で願っている、自分のなかの声かもしれない。素足で海底の砂地を踏み、さらに深みへ進んだ。

別に助かりたくはない。いまのままの自分で生きてゆくことのほうが、ずっとつらい。でも……。

優希は足を止めた。でも、もしも海と光によって、古い自分が溶かされ、新しく生まれ変わった本当の自分が生きてゆく、そんなことが可能なのだとしたら……？

次の瞬間、おだやかだった波が、彼女の頭の上にまで立ち上がり、いきなり叩きつけてきた。

全身が海のなかに没した。海水が、鼻と口から入ってくる。苦しさにあえぐと、つづけて水を飲み、胸の内側が焼けただれるように感じた。上下がわからなくなり、鼻から入った水が脳を突き刺したように、頭が痛む。

これは罰なの、わたしは罰せられてるの？　罰せられなければいけないの……。

からだが波にもてあそばれ、波の合間から顔が出た。

光がまぶしく、潮で目がしみる。鼻と口から空気が入ってきたため、激しく咳き込み、かえって苦痛と吐き気が増した。

肉体の苦しさに、精神的なつらさが加わった。

どうして浮かんできたの、海に還るはずじゃないの、助かりたいと願う、卑《いや》しい心があるから浮かんだんじゃないの？

肉体的な苦痛を意志で抑え込み、ふたたび波の下へ沈もうとした。

だが、足が海底の砂を蹴り、腕が水をかいて、海上に出てしまう。肉体が、意志を裏切ってゆく。

まただ、と思う。また、わたしのからだが、わたしの心を裏切ってゆく……。

からだが憎い。海面から出ている顔の前に、左腕を挙げ、強く噛んだ。

包帯に歯が食い込む。潮の香りがして、しょっぱさが口のなかに広がる。さらに強く噛んだ。

包帯の下の、膿《う》んでいる傷口から、痛みが突き上げ、電気が走ったように新たな考えがひらめいた。

もしかしたら、海と光に溶かされて、古い自分に代わり、新しく生きようとあがく本当の自分が、外に現れようとしているのかもしれない。

また波に呑まれ、優希は海中で目を開いた。天を仰ぐ。水を透《す》かして、空の色が広がる。白い泡が周囲から立ちのぼり、光を浴びて、泡がはじける。

優希は祈った。

許してもらえますか。こんなわたしを許して、助けてくれますか。本当の自分に生まれ変わって、生きてゆけるように、救ってくれませんか。

不意に、彼女にふれてくる手のような感触をおぼえた。

驚き、反射的に払いのけようとした。だが、執拗に彼女にからみついてくる。恐怖が湧き、全身の力をふりしぼって、海面から顔を出した。

「おれたちを置いていくなっ」

叫ぶ声が、すぐ近くで聞こえた。

「ぼくたちを救ってよ」

優希は声のほうを振り返った。

岸側に、ふたつの少年の顔があった。

「連れてってくれ」

「救ってよ」

少年たちが叫ぶ。

優希は、驚き、困惑して、手足が硬直した。ふたりに両側から抱かれた。風が強まったのか、さらに高く波が立ち上がり、頭の上から叩きつけてくる。三人は、ひとつにつながったまま、海中に没した。

優希の頭のなかを、死の恐怖よりも、少年たちのことをどう考えればいいのか、混乱が占めた。

確かに、救ってくれと言われた。わたしが誰かを救う？　連れてゆけとも言われた。わたしが、誰を、どこへ連れてゆけると言うのだろう。

自分が、自分の意志で何かができる、しかも誰かのために……そんな自分であれたらと、ずっと願いつづけ、無理だとあきらめていた。

足が砂地の感触を得た。目を開く。暗い深みに向かってではなく、明るく感じる方向に蹴り出した。

何度も波に押され、また引き込まれ、砂地に顔がこすれて、砂を吐く間もなく、また押し流された。気がつくと、優希は浜に打ち上げられていた。

彼女の両脇に、ふたりの少年がいた。少年たちの姿を、あらためて見つめた。

神の子か、おとぎ話の妖精《ようせい》かもしれないと、かすかに期待していた。だが、少年たちの激しく上下する背中に羽などなく、とても脆《もろ》そうだった。みじめな姿で水や砂を吐き、苦しそうに息をあえがせている。

優希は、自分が裸であることも忘れて、

「誰……」と訊いた。

小柄で童顔の少年が、荒い息をつきながら顔を上げ、

「ジラフ」と答えた。

細身で髪の長い少年も、呟き込みながら顔を上げて、

「モウル」

と答え、つづけて彼は、

「きみは、なんて名前……」

優希に訊き返した。

優希は、答えず、立ち上がった。

左腕から包帯がほどけかけていた。腕が痛み、確かめると、前腕部に巻いた包帯越しに、血がしみ出していた。

「……名前なんてない」

優希は、新しい血の広がるさまを見つめながら、つぶやいた。

「わたしはもう、わたしじゃないんだから……わたしじゃなく、生きたいんだから」

第三章　一九九七年　五月二十四日

1

優希は、鏡で、何度も自分の姿を確かめた。

海老茶《えびちゃ》色のパンツスーツは、内面の不安や高ぶりを隠して、外見だけでも落ち着いて見えるようにと選んだのだが、新緑の季節には、やや重たい雰囲気に思えた。

化粧も、ふだんの彼女に比べれば、かなり濃かった。それでも、同年代の女性が外出する際のものよりは薄いだろうし、アクセサリーもつけていなかった。身を飾る類《たぐい》のものは、もともと持っていない。

香水だけは、消毒薬の臭いだけでなく、体臭が気になり、つねにバッグにひそませている。今日は、薔薇《ばら》の香りのものを、初めて栓を開け、つけてみた。

優希は、鼻の頭にかいた汗をパフで叩き、腕時計を確かめた。夕方の六時十五分前。

左の手首に巻いた時計に、右手の指でふれ、そのまま左の前腕部を撫でる。

上着の袖で隠れている前腕部に、もう包帯はない。かつての傷痕《きずあと》も薄れていた。なのに、かさぶたの治りかけのような、むずがゆさを感じる。

どうして現れたの……。

胸の内で、もう何十回、何百回とつぶやきつづけてきた。

笙一郎と再会したときも、よみがえりそうになる過去におびえ、感情を断ち切った。仕事に集中したり、笙一郎とは以前から会っていたように意識を偽って、危《あや》ういながらバランスをとった。

梁平らしい人物の登場に、そのバランスが崩れ、心が乱れた。忘れようとしたが、頭のなかで彼の存在がふくらみ、仕事も手につかなくなった。本人かどうか確かめるほうが、楽に思えた。人違いなら、ほっとできる。だが本当に梁平だったら……。ついには考えることをやめ、笙一郎に打ち明けた。

笙一郎は、数日後に、

「やっぱり梁平だったよ」

と連絡してきた。

優希は、一種虚《うつ》ろな心で、それを聞いた。

感情が豊かに働くためのスイッチが切れていた。意識してではなく、過剰な電流に耐えきれずブレーカーが落ちるのと同じように、重過ぎる現実に、感情につらなる回路が断ち切られた形だった。

　多くのものが底に隠された、起伏の多い砂漠のような心に、

「会うしかないよね、三人で」

　という、笙一郎の言葉を受け止めた。

　会うしかない……梁平が近くにいるとわかっているのに、会わずにすますことなど、できるはずがない。

　だが、怖かった。

　梁平とふたりだけで会うのなら、どうにか自分を抑えられる気がする。何かが欠けているから……。考えずにいようとする意識を押し退け、過去へさかのぼってゆくだけの、強い力が欠けている。ずっと三人でいた。三人がそろっていたからこそ、あの日々があった……。

　優希は、深呼吸を繰り返し、鏡のなかの自分に、声には出さず、つぶやいてみた。

　あの頃、いつも三人でいた。あれも、わたしたち三人でやった……。

　優希は、自分が動揺せずにいられることに、軽い驚きをおぼえた。もう一度、今度は小さく声に出し、

「わたしたち三人は、あれをやった」

　心は乱れなかった。言葉がイメージを結ぶことを、意識の一部がさえぎっている。言葉は

音でしかない。「あれ」は、たんに意味不明の音でしかない。

大丈夫かもしれない。これなら無事に過ごせるかもしれない……。

優希は、いまの状態が壊れないよう、慎重に洗面所を出た。からだが揺れることさえ恐れて、絨毯敷きのロビーを静かに横切り、ラウンジへ戻った。

川崎駅東口にあるホテルの、十五人も入ればいっぱいの、狭い喫茶ラウンジだった。優希は、先に来て座っていた窓際の椅子に、腰を下ろした。テーブル上のオレンジジュースは、氷が溶けて、薄い色のついた水と化している。

窓の外は、夕方のラッシュ時を迎えて、車が渋滞を起こしていた。

空は曇っているが、街がどんよりと濁って見えるのは、天気のせいだけではないだろう。空気のほこりっぽさ、ガスくささが、窓を隔《へだ》てていても、鼻をついてくる。十七年前、霊峰《れいほう》の頂上で嗅《か》いだ風の香りを、その一瞬に思い返した。

周囲のどこよりも天に近い場所だった。彼方の暗雲のなかでは、音のない稲妻が光り、頭上では太陽が照りつけていた。

いまは逆に、すり鉢の底のような場所で、あえぐように息をつき、なんとか日々をしのいでいる。遠くへ来てしまったと思う。長く生きてきてしまった……。

慌てて目を閉じ、過去を押し返す。気をつけなければと、自分に言い聞かせる。

十八年前、三人が初めて出会った日と、同じ日になったのは、それぞれの仕事の都合だと聞いていた。ただ、別の日にずらしたければ、簡単な連絡ですんだはずなのに、優希はこの日を受け入れた。

腕時計の針が六時を指した。優希の席からも見えるホテルの玄関ドアが開き、ふたりの男が並んで入ってきた。

肩の位置が少し違う。髪の毛も、長短が対照的だった。

背が幾らか高く、髪を伸ばし気味にしている男には、ここひと月あまり、病院で何度か会ってきた。

比べると背は低いが、灰色のスーツの上からでも筋肉質とわかるからだつきをして、髪を短く刈り込んだ男とは、十七年ぶりだった。

優希は、椅子から立ち、ふたりを迎えた。

男たちが彼女の前で止まった。優希は、彼らの顔に少年の頃の面影を見いだしそうになり、急いで心を閉ざした。

「お待たせ」

笙一郎が言った。仕立てのよい濃紺のスーツを着た彼は、優希に対し、

「梁平だよ」

隣に立つ、やや童顔の男を紹介した。

優希は、目の前の梁平だけを認め、かつての少年を思い出すことは避けて、

「お久しぶり。懐かしい……」

と声をかけた。

梁平も、浅くうなずき、

「久しぶり」

かすれた声で答えた。

笙一郎が、優希と梁平それぞれに、

「ともかく座らないか」と勧めた。

優希は、男たちが彼女の正面に座るのを見届けてから、腰を下ろした。互いに落ち着くまで、短い沈黙が流れ、

「煙草、いいかな」

笙一郎が切り出した。間の悪さを埋めるように煙草を出し、

「十七年ぶりか……なんだかすごいよね。ちゃんと、こうして会えるんだから。ただし、十七年ぶりの再会の場所としては、いささか拍子抜けだけど」

彼が安物の椅子を軋《きし》らせた。

優希は、梁平とともに、苦笑いを浮かべた。ふたりとも、言葉は出なかった。

笙一郎が、煙草に火をつけ、

「うちの事務所は品川で、梁平の職場が横浜の関内だった。直線で結んだ中間地点に、川崎があって、きみが勤めていた。まるで取り決めたみたいに、きみを中心にして、北にうち、南に梁平だ……」

彼が煙を吐いた。間を置き、優希を見て、

「だから、川崎がちょうどいいかと思ってね。それでも、もう少し気のきいた場所を見つければよかったかな」

優希は、首を横に振り、

「病院から近くて、助かった。ふたりには、わざわざ出てきてもらって、悪かったけど」

「うちはいいのさ、優秀な若手弁護士さんが入ってくれたからね」

笙一郎がほほえんだ。

「こっちも問題ない」

梁平もうなずく。

笙一郎は、優希に向かって梁平を指差し、

「どう。こいつ変わった？」

優希は、感情を切ったままで梁平を見つめ、

「あの頃の面影は残ってる。病院で見かけたときは、本当に驚いた……」

「そっちもさ」

梁平が言った。まぶしそうな目で優希を見つめ返し、

「全然変わってないから、驚いたよ」

優希は、彼の視線に心が動きそうになり、

「嘘ばっかり」

とっさにおどけた口調に変えて、

「ずいぶん老《ふ》けたと思ったでしょ。女は、こういうの損だな。男は年を重ねると、それなりの貫禄がつくけど、女は悲しいよね」

笙一郎が、首を横に振り、

「何をおっしゃる、きれいになったよ。いや、再会してびっくりしてるんだぜ。なあ、梁平」

梁平も、ああとうなずいた。

「いいの、自分でわかってる。じきに三十だし」

優希が言うと、

「……きれいになったよ」

梁平が真顔で答えた。

優希はすぐに言葉を返せなかった。

「キルケゴールだったかな、思想家の」

すかさず笙一郎が言った。目を宙にやって、

「女は年齢とともに美しくなる……て言ってる。哲学者のヤスパースが、これに言い添えてるんだ。……けれども、愛する者のみが、それを見てとれる」

優希は、かろうじて笑みを返し、

「表情に困るようなこと、言わないの」

笙一郎は、ハハと声を出して笑い、

「ま、ともかく先に何か頼もうよ」

ウエイトレスを呼び、優希にも新しいオーダーを勧めて、結局コーヒーを三つ頼んだ。

「やっぱり弁護士よね」

優希は感心した口調で言った。恥ずかしさを隠すために、わざと皮肉っぽく、

「口はうまいし、てきぱき段取りもよく、どんどん話を進めてくれるもの」

笙一郎は、すでに三本目となる煙草に火をつけ、

「誰かが道化役を引き受けないと、何時間でも黙っていそうな雰囲気があるからね」

「でも、前よりよくしゃべる」

「おれが？」

「どちらかと言うと、いつも先にしゃべるのは」

　ジラフ……と言いかけ、

「有沢君のほうで、あなたは、あとから問題の核心を突くようなことを、ぽつりと言ったり、冷静に状況を説明したりするタイプだったでしょ」

　笙一郎は、首を傾《かし》げて煙を吐き、

「昔は、先に意見を言うのが苦手だったのさ。意見を言っても、受け入れられるかどうか、心配だった。状況がつかめるまで黙っているのは、いわば自己防衛の手段だった」

「いまはもう、偉くなって、防衛しなくてもよくなったわけだ」

「同じさ。今度はしゃべらないと食えない世界にいるからね。なんでも知ってますって顔で、威勢よくまくしたてたり、人より先に声を出したりすることで、ようやく自分を守れてる」

　コーヒーが運ばれ、いったん話が途切れた。ウエイトレスが去ると、笙一郎は、呆れたように、

「こりゃまた薄いコーヒーだねえ」

と笑った。彼は、優希に対し口調を変えて、

「だけど、本当に病院のほうはよかったのかな。忙しいんだろ。無理させたんじゃないか」

優希は、コーヒーを口に運びながら、

「日勤だったから。そっちこそ、株主総会が近いから大変だって、聡志が愚痴《ぐち》ってたけど」

「総会対策なんてとっくに終えてないと、企業法務は失格でね。聡志君には経験のために、研修会に行ってもらったりしてるけど」

優希は、笙一郎と以前からの知り合いであることを、聡志に告げていなかった。笙一郎も、就職がコネだと聡志に誤解されてもいけないからと、それに賛成した。

優希には別の理由もあった。笙一郎と古い知り合いであることを、聡志に告げれば、どこで知り合ったのかも訊かれるだろう。優希のかつての入院を、聡志は喘息《ぜんそく》の療養だと信じている。双海病院のことをはじめ、昔のことは、これからも聡志には隠しておきたい。

優希は、話を変えたくて、右の拳を握ったり開いたりしている梁平に、

「警察のほうは大丈夫だったの？　刑事部って聞いたけど、忙しいんでしょ」

梁平は、拳を握って、首を少し横に振り、

「いや。事件はひと段落してるし、問題ないよ」

「淳一君を襲った犯人、あなたが逮捕したらしいって、小児科の看護婦から聞いたけど」

「……逮捕したのは、上司さ」

梁平は、疲れているのか、平板な口調で答えた。ふと、彼が目を上げ、

「あの子の様子はどう？」と訊く。

優希は、うなずき、

「小児精神科の先生に来ていただいて、カウンセリングと家族療法がはじまったみたい。外傷が癒《い》え次第、転院するそうよ。ともかく彼は怒ることができているし、周囲も理解して支えているから、いまは落ち着いてる。あなたのおかげだと思う」

「……あんなことで、簡単に治りゃしないさ」

梁平は顔を伏せた。

「かもしれないけど……」

優希は左の前腕部に右手を置いた。急なかゆみを感じたためだった。すぐに気づいて、手を離し、

「だけど、長瀬君も、有沢君も、大変な仕事をしてるよね」

感心する想いもあって言うと、

「きみが言うなよ」

笙一郎が苦笑を浮かべた。

優希は、小さく首を横に振り、

「わたしはそうでもないの。大勢の人がこなしてる仕事だし、わたしなんて、なかでも楽をしてるほうだもの」

「こっちも、特別なことはしちゃいない」

梁平も否定した。

笙一郎は、煙草を灰皿に押しつぶし、

「いや、大変な仕事だよ、ふたりとも。もちろん、とりわけ特別な職場とは言えないだろうが……。きみの病院での働きぶりは、母親の面会に行ったときにかいま見ただけだし、梁平の働きぶりに関しては、まったく何も知らない。けど、ふたりとも頑張ってるんじゃないのか。過ぎるくらいに、つい頑張ってるんじゃないのかな」

優希は答えなかった。梁平も、コーヒーを飲んでいて、答えない。飲むふりだけのようにも見えた。

笙一郎が、雰囲気を察してか、いきなり手をぽんと叩いて、

「せっかくの再会だよ。こんなところに吹きだまってないで、下界を見下ろしながらパーッと豪勢にやろう」

と、優希たちを食事に誘った。

三人は、近くの繁華街で一番高いビルに、タクシーで移動した。笙一郎が店を予約していた。

エレベーターで最上階にのぼるまで、三人のあいだで何かしら話はつづいていたが、優希は内容をおぼえていなかった。返事をしたり相槌《あいづち》を打ったりしていても、言葉が深く残っていかない。彼らと過ごした日々の記憶が噴き出しそうで恐ろしく、意識の表面で言葉を流すほかなかった。

最上階の一角にある割烹《かっぽう》料理店に入ると、三人は個室へ通された。

落ち着いた雰囲気の和室で、床《とこ》の間《ま》には鮮やかな紫の花菖蒲《はなしょうぶ》が飾られていた。

優希は、しぜんと顔を寄せたが、香りは感じられなかった。いったん目を離すと、花菖蒲がどんな色だったかも忘れている。

笙一郎が窓の障子を開いた。川崎港に向けての夜景が望めた。

「おれたちも、こういう店に入れる程度には、なれたってことさ……」

自嘲気味の彼の言葉が、優希の胸にしみた。抑えていたものが溢れ出そうになり、窓辺に顔を寄せ、表情を隠した。

遠い工場の煙突から、赤々と炎が噴き上げている。

「ともかく再会を祝して」

笙一郎が音頭をとり、三人はビールで乾杯した。

優希は上着を脱いだ。長袖のブラウスを着ているため、腕の古傷を見られることはなかった。

ビール、つづいて酒、コース料理も次々に運ばれてくる。どれも、ふだん優希が口にできないような、贅《ぜい》をつくした料理だった。だが、舌に味が伝わらない。それでも、いや、だからこそ、

「おいしい、すごくおいしい」

ひと箸《はし》つけるごとに、声を上げた。

笙一郎が、場を盛り上げるためか、担当した事件のうち、ことに滑稽《こっけい》だったものについて語り、優希は笑いながら聞いた。だが、頭には残らない。

梁平も、酒が入るに従い表情の固さがとけ、彼のほうから何かしら語った。が、その内容については、優希にはやはり残っていかなかった。

優希は、洗面所に席を外したおり、感情が乱れていないことに安堵し、思い切って彼らに訊ねてみようかと考えた。

双海病院を退院してからの、彼らの人生……。

知ることは、不安だった。だが、知らずにはすませられない気もした。

退院してのち、いままでの彼らが、幸せとは言わなくとも、少なくとも不幸ではなかったというのなら、わずかだがほっとできる。そして、現在の職業と、今日の彼らの様子を見るかぎり、心を落ち着けることができそうだった。

優希が、心を決めて部屋に戻りかけると、少し開いた襖《ふすま》の隙間から、

「どうして法律は、虐待を軽く見る」

梁平の苛立った声がした。それにつづいて、

「犯人を逮捕した現場の警察官には残念だろうが、法律の本質は、好き嫌いだからね」

笙一郎の冷静な声が聞こえた。

何事だろうと、優希は部屋に入らないまま、聞き耳をたてた。

「判決は、最終的には、裁判官の個人的な価値観によって出される。おまえがいくら怒っても、どうしようもない」

笙一郎の落ち着いた声がつづき、

「じゃあ、子どもへの虐待を軽く見る裁判官にあたったら、どうなるんだ」

梁平の声が鋭くとがった。

「被告の罪は、軽くなるだろう。実際、たいていが軽くすんでる。もし監禁もなく、性的暴行だけで、被告が初犯なら、執行猶予《ゆうよ》のケースも考えられる。教師による生徒への犯行なら、

たぶん起訴もされないんじゃないか。それは検察の仕事だがね」

「どんな軽い傷だろうと、一生の障害になりかねないんだ。子どもはすぐに忘れると、たかをくくってるのか」

「女性への性的な暴行事件だって同じさ。人生を大きくゆがめる傷になるかもしれないのに、刑法上で問える罰が、もともと軽い。目に見える傷だけを、罪に問おうってことだろう」

「それで公平のつもりか」

梁平が吐き捨てた。

笙一郎の苦笑する声が聞こえ、

「おれにからんでどうする？　まあ、法律ってものが、加害者的な立場や視点で作られているように思うことはあるよ」

「加害者？」

「大人の男って言い方も、可能かもしれない。といっても、権力や暴力を充分にふるえるって意味での大人で、精神的な意味じゃない。ともかく法律というものが、被害者を思いやろうとする気が多少はあるにしても、実際に被害者的な立場に立ち、被害者の視点から作られていないと思うことは多いよ。ただこれは法律にかぎったことじゃない。まず社会全体が、象徴的な意味での、加害者的な立場から、見られ、計画され、構成されている気がする」

「相変わらず小難しい言い方をする奴だ。こっちは長年、現場主義、物証第一主義なんだ。象徴的なんて言われて、わかるか」

「加害者的立場ってのは、粗《あら》っぽく言えば、〈やったもんは仕方ないだろ。謝ったんだから、いつまでもぐずぐず言わず、忘れて生きてけよ。忘れられないのは、そっちの勝手だ〉って感じかな」

「被害者的立場は？」

「簡単さ、〈やられた者の身になれ〉」

「……そうなってないのか」

「なってると思うか」

「あきらめるしかないのか。傷つけられた者は、怒りを正当に扱われもしないのか」

「しかし、相手の刑期が何年か延びたところで、被害者も本当には癒されないだろう？」

「受けた傷の、扱われ方の問題だ。どのくらいひどいことをされたのか、どのくらい怒ってもいいほど、貶《おとし》められたのか……傷つけられた当人は、混乱していて、実際はよくわからない。人は忘れろと言う。相手は執行猶予か数年の罪、ときには起訴猶予かもしれない。本当に、普通の人だったら忘れられる程度の傷なのか……大きな罰を与える必要もない、軽い罪だというのか……。だが事実、自分は苦しんでる、まともに息もつけず、幸せにはほど遠い暮らしを送ってる。自分のほうがおかしいのか、傷つけられた自分のほうが悪いのか……。そんなふうに悩むのを、おまえならわかるだろう？　自分では怒れない子どもや、自分を責めてしまう被害者に代わり、社会がどれだけ本気で怒ってくれるのか……そのことが、大事なんだ。家族や身近な人間が怒ってくれることも大事だが、それができない家族もいる。家族が加害者の場合もある……。だからこそ、まず社会ってものに、おまえは悪くない、もっと怒ってもいいんだと、認めてもらえることで、傷から立ち直っていける場合もあるんじゃないのか」

梁平の強い調子の言葉が途切れた。

笙一郎が、小さくため息をついた様子で、

「とすれば、与える罰そのものへの、新しいあり方を考える必要があるだろう」

「法改正ってことか」

「そうじゃない。視点の転換というのかな……。いまの加害者的な視点が変わらないかぎり、改正をしても、現在のシステムの延長に過ぎないだろ。つまり、単純な罰則強化、適用対象の拡大といったことで終わるはずだ。〈二年も刑期を延ばしたんだから、もういいだろ、忘れなさい〉ってことさ……。おまえが言うように、本当に必要なことが、被害者やその家族の救済、立ち直るための力づけだとしたら……その救済を、加害者にどう負担させるかってことが、求められるんじゃないのか。被害者の立ち直りに必要な助けに、加害者をどう参加させることが有効なのか……それを具体的に考えてゆくことじゃないかな」

「……おれにはわからん。そんなことが可能か。可能でも、本当に犯人への腹立ちがおさまるのかどうか」

「おまえは……両親にどうしてほしい」

「関係ないだろ」

梁平が低く叫んだ。

間があり、笙一郎が軽い咳払いをして、

「結局は専門家の問題じゃない。裁判官は個々の好き嫌いで判断するのだとしても、あくまで一市民の価値観に照らし合わせたうえでの好き嫌いだとしたら……社会全体の拠《よ》って立つ視点が、〈やられた側〉からのものに変わったとき、初めて判決なり罰則なりも変わってくるんじゃないか……。もっとも、社会がそんな形に変われば、いままでのような経済的な発展は望めなくなるだろう。〈やられた側〉のことなんて見ないようにして、どうにか発展してきたところもあるからな……。うちなんて、一番に仕事がこなくなる。そうなりゃなったで、別に困りゃしないがね」

笙一郎の自嘲的な笑いを聞きながら、優希は、彼らの話が少しも心に響いてこないことに、困惑した。

話の内容が、自分の過去にも関連があることを感じて、受け入れることを拒否している壁がある。自分の身に置き換えて考えることを避け、ただの一般論として聞き流すよう、聴覚と感情とのあいだに、厚い壁ができている。

「彼女、遅いな。迷ってんのか」

笙一郎が襖の隙間から顔をのぞかせた。優希と目が合った。

「お……どうした、立ったままで」

優希は襖を開いた。

「ごめん。なんだか真面目な話をしてたから、邪魔しちゃ悪いかと思って」

笑ってごまかした。彼女は、席に着きながら、

「でも、聞いてて……やっぱりふたりとも、大人になったんだなって思った」

「能書きだけさ」

笙一郎は、鼻で笑い、徳利を優希に差し出した。

優希は盃を干した。生まれて初めてといっていいほど、多く酒を過ごしていたが、少しも酔いを感じずにいた。

「自分のほうがよほど大人だぜ」

笙一郎が言った。

優希は、いい機会に思え、

「ふたりは、どんなふうに大人になったわけ？」

と訊ねてみた。

男たちが戸惑いの表情を浮かべた。

優希は、ひるみかけたが、聞いておくべきだと、みずからを励まし、

「双海病院を退院して、それぞれの生活に戻ってからのこと。長瀬君のことも聞いてなかったよね、お母さんの病状のことばかりで……」

「いいよ、おれのことなんて」

笙一郎が煙草をくわえる。

「聞きたいの。どう頑張ってきたのか……二十四歳で、個人事務所を開いたんでしょ」

「人の下につくのがいやだっただけさ。内情はひどいものだった。三食、立ち食いそばって時期が長くつづいたよ」

「でも、いまは企業法務の方面では、かなり認められてるって、聡志から聞いたわよ。弟を預かってもらってるんだから、あんまり卑下《ひげ》されるのも困るんだけど」

笙一郎は、苦笑しながら、

「わかったよ。まあ、どうにかこうにか頑張ってきたほうかな……これでいい？」

「退院したあと、どこにいたの」

「しばらくは母親と一緒に、松山のアパートにね……。彼女は、すぐにまた男のところへ転がり込んで、帰ってこなくなったけど。こっちは施設送りなんてごめんだから、新聞配達や皿洗いをしながら中学を出て、一応高校にも入った。すぐに時間のむだだとわかったよ。受験のための勉強なんてしても、生き残っていけるはずがない。少なくとも、金もコネもない人間は無理だと思って、中退して司法試験一本にしぼった。ただ試験の合格基準がわからないから、とりあえず大学に籍を置いておくことにしてさ。大検の試験を受けて、こっちに出てきたんだ」

「……やっぱり苦労してるじゃない」

笙一郎は、明るく笑い、

「ガキの頃のことを思えば、楽なもんさ。それに、強い支えがあったからね」

「支え？」

笙一郎は、煙草に集中する様子で、しばらく答えなかった。

「なんなの」

優希は重ねて訊いた。

「言葉さ」

笙一郎はさらりとした口調で答えた。

「え……」

「ある人の言葉だ。ある人たち、かな……彼らの言葉が支えになった」

彼は、そう答えると、煙草を消した。にやりと笑って、

「優希ちゃんの面影が支えだった、なんて言ってほしかったわけかな」

「ばかね」

優希も、つい笑って、

「でも早いうちに、こっちへ出てきてたんだね。互いの連絡先がわかってたら、もっと早く会えたんじゃない？」

笙一郎は答えなかった。別に意味があるようには思われず、

「お母さんとは、こっちへ出てくるときには、一緒じゃなかったの」

さらに訊ねた。

笙一郎は、盃を口もとに運びながら、

「出てくる直前、猫みたいに嗅覚《きゅうかく》をきかせて、戻ってきたよ。たぶん男に捨てられたんだろう。松山には未練がないなんて言って、一緒についてきた。そのくせ、こっちの空気に慣れ

てくると、店で知り合った男のもとへ転がり込んでった。いつもの癖さ……。男に捨てられるたび、顔を見せにきてたけど、しばらく連絡がなくて……事務所を開いたとき、こっちから捜して、呼んだんだ。いわばお披露目《ひろめ》でね」

「お母さん、喜ばれたでしょ」

「いや。汚い事務所だ、若いのに生意気だ、早々につぶれちまうから、さっさとたたんで、偉い人の事務所に入れなんて……さんざん嫌みを言って帰ったよ」

「……心配だったからでしょうけど」

「嫉妬さ。自分の人生は思うようにならず、クズみたいな男とひっついたり離れたりで老いてゆくだけなのに、子どもは成功しようとしてる……許せなかったんだろう」

「そんなことない。ひどく言わないで」

笙一郎は、寂しげな笑みを唇の端に浮かべ、

「そのとき喧嘩別れして以来、連絡がなくて、せいせいしてた。なのに、いきなり連絡があって、行ってみたら、いまみたいな状態になってた……。まいるぜ、まったく」

笙一郎は、吸いきった煙草の箱を握りつぶし、灰皿の脇に捨て、席から立った。

優希は、手酌《てじゃく》で黙々と飲みつづけている梁平にも、退院してからこれまでのことを、訊ねてみたかった。だが、つらさが増すだけの気がして、言葉が出ない。

笙一郎が、鞄から煙草を出して、席に戻りながら、

「梁平もどうしてたのか、聞かせろよ」と言った。

梁平がじろりと目を上げた。

優希は、その視線をとらえ、

「確か養子に行くことになってたんだよね。お父さんの、従弟《いとこ》だったっけ」

「……ああ」

「うまく、いってた？」

「……けっこうよくしてくれたと思うよ」

梁平が答えた。盃を干して、なお不機嫌そうに、

「ただ、おれがこういう人間だからね」

「こういうって？」

「ろくに口もきかず、毎日面白くなさそうに過ごしてた。ものをせがむわけでも、愛想を言うわけでもない。まったく可愛げのないガキだった。養子として、育て甲斐もなかったろうと思うのに、高校までの六年間、さして怒りもせず、ちゃんと面倒をみてくれた。その点、実の親より何倍も立派だった。同じ血縁なのに大違いさ。親がふたりそろっていたおかげで、おれみたいな者でも、警察に受かったと思うしね」

「いま、ご一緒ではないの」

「ああ、香川に残ってる」

「ときどき帰ったりしてる？」

「いや、五年前に一度帰ったきりだ。盆と正月に手紙が来るけど、こっちは返事も出してない。親不孝なもんさ。彼らも、もうあきらめてるみたいだ」

「前のご両親とは、全然？」

「どこにいるかも知らないさ」

「どうして、神奈川の警察にしたの」

梁平が口に運んでいた盃を止めた。が、すぐにあおるように飲み干し、

「出てゆけるなら、どこでもよかった。たまたまここに受かっただけさ」

「でも不思議。高校を卒業した頃には、もう三人とも、神奈川周辺にいたんだね」

男たちの返事はなかった。彼らも偶然を不思議がっているのだろうと思い、

「わたしも伯母《おば》のはからいで、こっちに出てきて……大きな病気もしなかったけど、あまりいい仕事もできずに、それでもなんとかここまでやってこられました」

冗談ぽく報告する調子で伝えた。

「おつかれさん」

笙一郎が優希の盃に酒を注いだ。笙一郎は、梁平の盃にも注いで、

「ともかく三人とも、なんだかんだ言っても、それなりによくやってきた……だろ？」

「……そうだね」

優希は小さくうなずいた。

梁平も盃を軽く掲《かか》げた。

そのあと話題は、当たり障りのない最近の出来事に終始して、十八年前のまさに同じ日に出会ったということや、十七年前の出来事については、誰もふれなかった。

優希には、あいまいな印象で時が流れていった。彼らとは、成人してから会ったのではないかと錯覚する瞬間を、何度か持ちさえした。酔いもあるのだろうが、意識の一部が、そうであればと願ったのかもしれない。

店を出ると、三人は展望台になっている最上階のホールに進んだ。三人並んで、窓から下界を見下ろした。

川崎の街並みから工場群の灯《ひ》、多摩川をはさんで、東京の大田区から品川にかけての家々やビルの明かり、東京湾を航行する船の灯火も見えた。羽田空港に離着陸する航空機のライトも、またたきながら宙を横切ってゆく。

一種無機的でもある、あの多くの明かりのもとに、人々が懸命に生きている姿を想像する

ことは、容易ではない。

だが、確かにあの明かりひとつひとつの下には、明かりの数よりも多い感情や感傷が行き交って、互いに笑い、慰め、励まし合っている。そしてあるときには、自分が生きのびるために……あるいは病的な衝動にかられて……相手を踏みにじり、傷つけ、虐待し、殺してもいるのだろう。

優希は、不意に涙がこぼれそうになり、街の灯から目を伏せた。

「再会なんて、こんなものかもな……」

笙一郎の、苦笑気味の声が聞こえた。

「ああ……」

低く応じる梁平の声がつづいた。

優希は、ふたりを振り返り、

「もっと劇的なものを期待してた？　互いにわーって叫んで、抱き合うところとか？」

男たちは優しい笑みを浮かべていた。

優希は、あえてからかう口調で、

「抱き合ってみる？」

男たちはそろって困った表情を見せた。

優希は、ふたりを見つめていることが急に怖くなり、正面からぶつかっていった。笙一郎の首に右手を、梁平の首に左手を巻きつけるようにして、強くふたりを抱きしめる。人を、男の人を、意識してこのように抱くことなど、ずっとなかった。

ぬくもりが伝わってくる。彼らのぬくもりに、凍らせていた感情が、少しゆるむ。溶けてゆく感情の一端《いったん》が水になり、喉を突き上げ、こみ上げてくる。

優希は、ふたりに見えないところで、唇を嚙み、こみ上げてくるものをこらえた。

会っちゃったね、また会ってしまったね……。でも、よかった。よく生きてくれたね、本当によかった。話なんかより、本当はもっと頑張ってきたんでしょ。偉いね、ふたりとも、偉かったよね……。

想いは、言葉にしようとすると、すぐ涙に変わってしまいそうで、唇を開くことができなかった。

でも、本当は山を下りちゃいけなかったよね。ごめんね、きっとふたりともつらい想いをしてきたんでしょ……ごめん……。

思わず彼らの上着にしがみつく。嗚咽《おえつ》が洩れそうになり、慌てて息を止める。

笙一郎と梁平の手が、静かに彼女の背中に回された。ふたりの手のひらから熱が伝わる。どんどん熱を持ち、火傷《やけど》しそうなほどに感じる。

彼らも、息を整える気配があって、

「薔薇の香りがする……」

笙一郎がささやいた。

「……消毒薬の臭いも、少しな」

梁平がささやいた。

「それから少し酒くさいし」

笙一郎が笑った。

「でも、いい匂いだ」

梁平が言う。

「ああ、いい匂いだよ」

笙一郎も答えた。

優希は、少し高さのずれている男たちふたりの肩に、強く顔を押しつけた。

「ばか」

ついに涙が溢れた。

2

優希は、翌朝の病院勤務のこともあり、十一時には笙一郎、梁平と別れ、川崎駅から電車に乗った。

武蔵小杉の駅前からは歩き、暗い住宅街のあいだを抜けて家に帰り着くまで、何度も呼吸を整えた。

ふたりと会っているときには、どうにかやり過ごせていたものが、別れて時間が経つごとに、緊張がとけ、記憶やかつての感情がよみがえりそうになる。三人でおこなった〈あれ〉が、確かな形を結ぼうとする。

優希は、自宅の玄関前で立ち止まり、胸を手で押さえた。

息をつめ、過去の映像があらわれそうになるのを押し戻す。頭のなかで、何も感じない……何もおぼえていない……と繰り返す。

だが記憶は、意識の壁の隙をついてどんどんしみ出し、いま会ってきたふたりの体臭を鼻先に感じる。彼らの手が置かれた背中が熱くなる。やがてぼんやりとしていた記憶の映像が、底から浮き出す様々な色によって、まだら模様となり、十七年前の山の風景として、形を結びそうになった。

そのとき、玄関ドアが開いて、母の志穂が顔を出した。

優希は、夢からさめたように、目をしばたたいた。よみがえりかけた記憶は、一瞬にかき消えた。

代わって、着古したパジャマに紺色のカーディガンをはおり、髪のほつれた母の姿に、罪悪感をおぼえた。同時に、せつないほどのいとおしさを感じた。

しかし志穂は、目を細めてこちらをうかがい、優希の姿を認めると、

「なんだ、優希なの……」と言った。

その声音に、母が自分ではなく、聡志を待っていたのだと気づかされた。胸の内側が冷えてゆく。

「わたしで悪かったけど……」

優希は、志穂から顔をそむけ、彼女を押し退けるようにして、家のなかへ入った。

「聡志がまだなのよ」

志穂が心配そうに言う。

優希は、靴を脱ぎながら、

「何度も言ってるけど、聡志だって子どもじゃないんだから、干渉し過ぎよ」

「お友だちから電話があったの」

「だから何」

志穂は、ドアに鍵をかけ直して、

「その方、泣いてたから」

「女の子？　また泣かしてんの。次から次と……男として最低ね」

「そんなふうに言わないの」

優希は、靴をそろえて、上がりながら、

「それで待ってたの？　お尻でもぶつわけ」

「……あなた、お酒、飲んでるの」

志穂が眉をひそめた。

優希は、苛立ちを抑えきれず、

「飲んで悪い？　遅くなるって言ったでしょ」

「仕事だと思ってた」

「たまには、息抜きくらいするわよ」

「つんけん言わないの」

「責めるようなこと言うからでしょ」

「声が頭に響いて、痛いんだから」

志穂がこめかみを指で押さえた。

優希は、いたたまれず、

「何もかも、わたしのせいにしないで」

階段に向かおうとした。すると、

「わたしだって、息を抜きたいわよ」

志穂がため息をついた。

優希は、かっとして振り返り、

「抜けばいいでしょ。誰が息をつめて暮らしてほしいって頼んだ？　幾らでも趣味を持てばいいって、ずっと言ってたじゃない。外に出て、友だち作って、ダンスでもカラオケでも」

「そんなもの、面白くないもの」

「面白くないかどうか、やってみなくてどうしてわかるの」

「わかるのよ」

「だったら何が面白いと思ってるわけ。何をしたい。旅行？　温泉？　行けばいいじゃない。お金なら少しは余裕あるし、お母さんがしばらくいなくたって、聡志もなんとかするわよ」

志穂は、大きく息をつき、

「いまさら旅行なんてしたくないし、誰かと無理につきあったり、何かをはじめたいとも思ってないの」

「自分で息を抜きたいって言ったんでしょ」

「……言っただけ」

優希は、志穂との不毛な、かすかに責められているようにも感じる会話にいらつき、階段に足をかけた。

「すぐに上がらないの」

志穂が疲れのにじんだ声で言う。

「遊んできたんなら、お茶でもいれてちょうだい」

自分で勝手にいれればいいでしょ……。優希は言い返そうとして、口をつぐんだ。

背中を丸めて居間へ戻ってゆく母の姿に、胸が痛む。

優希は、階段の一段目にバッグを下ろし、上着をバッグの上に置いて、居間へ入った。

志穂は、座卓を前にして座っており、ポットの湯を急須《きゅうす》に注ぎながら、

「自分の湯呑み」

顔を上げずに言う。

優希は、後ろめたさもあって断れず、台所へ進んだ。十七年前に買って以来、ずっと使い

つづけている食器棚の前に立った。白い化粧板は黒ずみ、ガラス戸には脂《あぶら》の汚れがこびりついて、取れないでいる。

「この食器棚、やっぱり買い換えない？　もう限界だって」

優希が言うと、

「いいの、そんな贅沢」

志穂がそっけなく答えた。

十七年前、双海小児総合病院を退院してのち、優希たちは、鎌倉に暮らしていた志穂の実《じつ》姉《し》の勧めに従い、神奈川へ出てきた。彼女の夫が建設会社に勤めており、そのはからいで、当時築八年というこの家を、安く買えた。父親が亡くなった際の保険金だけで費用は足り、そのときに家具なども新しく買いそろえた。暮らしは当初、保険金の残りや親戚の援助でやりくりし、のちに志穂が事務の仕事をはじめた。保険金がつきる頃には、優希も高校に入学し、バイトをはじめて、生活を支えた。

いまは志穂が体調を崩したため、家計はほとんど優希の収入で成り立っている。が、聡志も勤めて、最近は余裕も出てきた。古くなった家具は買い換えたらと、優希は志穂に勧めてきた。だが志穂は、いまのもので充分と譲らない。

優希は、自分の湯呑みを手に、居間へ戻った。志穂の背後には、やはり昔買ったままの布団が、三つ折りにたたまれている。

　志穂は、急須のふたを取り、茶の香りを確かめて、

「誰と飲んでたの」と訊いた。

　優希は、彼女の正面より少し横にずれた場所に座り、

「友だちよ」

「男の人？」

「どうだっていいでしょ」

　声はつい邪険な調子になった。

　昔の笙一郎と梁平のことを、志穂も知っている。再会したことを知られたくなかった。

「病院の人？」

　志穂がなおも訊いてくるのに、

「お母さんっ」

「酔って、こんな時間に帰ってくることなんて、ほとんどなかったでしょ」

「嘘。お酒を飲むことくらい何度もあったわよ。病院の忘年会とか、同僚の結婚式とか
……」

「飲んだとしても、九時には帰ってきた。帰ってこなかったら、もう病院に出ていて、病院

から電話を入れてきた。点滴でお酒を抜いて、深夜勤をこなすだとか言って……」

志穂はふたつの湯呑みに茶を注ぎ分けた。一方を優希の前に差し出し、

「もし本当にただのお友だちなら……写真を見てちょうだい」

優希は、どういう写真か悟り、

「そんな気ないって言ってるでしょ」

「わたしに息抜きをさせてくれる気があるんなら、写真を見て、会ってみて。長くは預かっていられないんだから」

志穂が見合い写真を出そうとする気配に、

「やめて、本気で怒るわよっ」

酒がいつになく入っている。彼らと再会してきたばかりで、感情がささいなことにも大きく揺れる。どうしても冷静に対応できない。

「だいたいわたしが家を出たら、お母さん、どうやって生活するの。聡志はまだ充分なお給料をもらえる身分じゃないし、あの子が結婚して同居すると思う？　お母さんみたいなうるさい姑《しゅうとめ》がいて、こんな狭い家で、最近の女の子が我慢できるはずがないじゃない。ひとりで、どうできるつもりでいるの」

志穂は、すぐには言い返してこず、音をたてて茶をすすったあと、

「もういいでしょ」

小さくつぶやいた。

「いいでしょって、何が」

優希は訊き返した。

志穂は、両手にはさんだ湯呑みに目を落とし、

「ふたりが家庭を持ってくれたら、わたしの役割は、もう終わり……。わたしひとりのことくらい、どうにでもなるわよ」

「どうにもなんてならない」

優希は、腹立ちと悲哀と罪悪感の混じった複雑な想いにかられ、ほとんど叫びそうになって、

「何をするにしたってお金がかかるし、重い病気にでもなったらどうするの。いまだって調子がよくないんでしょ。こっちは、悲しい例を病院で幾つも見てきてるんだから。だいたい終わりって何……。やめてよ、人生これからじゃない。そんな言い方しないでっ」

最後は、思わず責める口調になった。

志穂は、柔らかな笑みを浮かべ、

「こっちを気にかけ過ぎないの。人生がこれからなのは、あなたのほうでしょう。終わりっ

て言い方は、よくなかったかもしれないけど……どうしたって、これからもうひと花ってわけにはいかないいんだから」

「そんなことない。そういう考えを変えてゆくべきなの。年を重ねて、成熟してから、ようやく本当の人生を生きられるって考え方に、変わってゆかないと……」

「もう責めないで」

「責めてるわけじゃないでしょ」

「わたしを、本当に生きさせてくれるつもりなら、あなたがちゃんと結婚して、家庭を持ってちょうだい」

「関係ないでしょ、わたしのことなんて」

「……どうしてわかってくれないの」

優希は、母のいまにも泣きそうな声と表情に、かえって怒りに似た感情をおぼえ、

「わかってくれないのは、お母さんのほうでしょ」

荒く言い切った。

志穂は、伏せた顔をしきりに横に振って、

「聡志は、案ずるより産むがやすしね。いい人の事務所だったらしくて、やる気を出して頑張ってるようだし、浮わついてるところもあるけど、男だから結婚も先でいいでしょ……。

けど、あなたの場合は、子どもを産める年齢っていうものがあるんだから」

「子どもなんて、産む気ないもの」

志穂が、顔を上げ、

「……なぜ」

「なぜでもよ。子どもなんて絶対持たない」

優希は顔をそむけた。横顔に、志穂の視線を感じる。その視線がやけに痛い。避けるより、はじき返すほうが楽に思え、顔を戻して志穂を見返し、

「わたしに、子どもなんて育てられるわけがない。だから、どんな相手とも結婚しないし、家庭なんて持たない。何度も言ってきてるでしょ」

「幸せになって、わたしを安心させてくれないの？」

「結婚なんかで、幸せになれない。ひとりのほうが幸せなの、仕事をしてるほうが幸せでいられるのよ。結婚して子どもを持つことが、多くの女性にとっては幸せだとしても、わたしは違うの。人と同じじゃないの」

「あなたは違ったりしない。誰とも同じよ。人と同じように、いい家庭を持てるはずよ、幸せになれるのよ」

「やめてよ、もう」

優希はさえぎった。

だが、志穂はつづけて、

「あなたはいい子よ。誰とも違ったり、変わったりしていない。自信を持って生きてちょうだい」

「自信なんて関係ない。もう黙ってっ」

志穂は、しばし黙っていたのち、

「……ごめんね」

消え入りそうな声で言った。

優希は、全身がかっと熱くなり、

「なんで謝るの。結婚しないのも、子どもを産まないのも、わたしの勝手でしょ。わたしの人生なのよ、そんな……勝手に謝ったりしないでよっ」

ついに我慢しきれず、立ち上がった。

めまいをおぼえた。酔いが回ったのか、急に立ったことの立ちくらみか。それとも、志穂との会話で感情が揺さぶられたせいなのか……。

「優希」

志穂が叫ぶ。

「もう聞きたくない」

耳をふさいだ。目を閉じても、ぐるぐると回っている気がする。吐き気をおぼえた。早くここから逃げたい……責められているこの場所から離れたかった。足を踏み出した。めまいが激しくなった。まぶたの向こうで、様々な色をちりばめた、まだら模様の映像が回転を速める。

赤や青や黄色が浮かんでは、茶褐色のなかに沈み、黒く塗り込めた背景の奥から、白い発光体が輝く。

やがて青と赤の起伏のある形が、気泡のようにふくらんで、さっき会ったばかりの笙一郎と梁平の姿をとった。

記憶の奔流《ほんりゅう》を止めていた堰《せき》が、ついに切れたかのようだった。

笙一郎と梁平の姿が、一瞬のうちに、十二歳の頃のものに変わってゆく。彼らは黒い紐《ひも》状のものを握っている。鎖だった。背景の断崖《だんがい》も鮮明に浮かんでくる。

断崖に吊り下げられた鎖を握り……梁平が先に、笙一郎が後ろからつづく形で、登ってくる。彼らは、こちらを見上げて、ほほえむ。負けるな、しっかり登れ、救いを見つけたいんだろ……声が響く。

その声に重なって、

「優希……優希っ……」

志穂の声が遠くで聞こえた。

優希は乳白色の霧のなかにいた。

彼女も十二歳だった。白いトレーニング・ウェアを着て、キャンピング・ジャケットをはおり、トレッキング・シューズをはいている。霧を透かして、森の木々がうかがえる。足もとには小石ばかりが転がっている。彼女の少し後ろを、十二歳の笙一郎と梁平が歩いている。彼らの足先も、流れる霧のなかに見え隠れしている。

前方の霧のなかから、『落石注意』と書かれた立て看板が浮かび上がってくる。看板のそばには、ひとりの男が立っていた……。

「何も知らない……何もおぼえてないっ」

浮かんでくる映像を押し戻そうとして、叫んだ。

だが溢れてくる記憶は、声をはじいて、形を結ぶ。

十二歳の優希がいる。

少年ふたりが、優希のやや後方に立っている。彼らは、優希のほうへ歩いてきたかと思うと、両側に散り、濃い霧のなかに隠れた。霧は、ざらざらと、砂をふくんでいるような質感がある。

その霧をかき分けるようにして、褐色のジャンパーを着て、リュックサックを背負った男の、後ろ姿が浮かび上がってきた。男は、恐る恐る足を踏み出して、道を確かめている様子だった。

「行かなきゃよかった。わたしが、あんな病院に行かなきゃ……」

道を確かめていた男の背中が、白い流れのなかへ沈んでゆく。少年たちの足音が、男に近づく。悲鳴が上がり、石が崩れ、流れ落ちてゆく音が響いた……。記憶の映像がいきなり闇に閉ざされた。

「あんな病院、行かなきゃよかった。山にも登らずにすんだもの。ふたりにも会わなかった。……死なせたりしなかった」

優希、しっかりして……母の声がふたたび遠くで聞こえた。

「わたしが我慢さえしてたら、みんな幸せでいられたのに……でも、わたしのせいでおかしくなった。わたしが、生きのびたいなんて考えたせいよ」

耳をおおっていた両手を強引に下ろされ、頬に平手を受けた。

目を開いた。優希の前には、母がいた。

つやのある髪を長く伸ばした、若く美しい志穂ではなく、白髪まじりの短い髪をした、化粧気のない志穂の姿に困惑した。

彼女は不安げに優希を見ていた。瞳が疑問を宿して揺れている。

優希は恐れを感じた。肩に置かれた志穂の手を払いのけ、居間を飛び出した。

父の雄作が、上《あ》がり框《かまち》のところに、眉をひそめて立っていた。

「……お父さん⁉」

優希は口もとを手で押さえた。息がつまり、ふたたびめまいを感じ、目を閉じた。

吐き気をおぼえ、それをこらえて、

「お父さん……許して……」

押さえた手の隙間から言った。

「姉貴っ」

腕をつかまれ、激しく揺さぶられた。目を開くと、

「大丈夫かよ」

父と面差しの似た、弟の聡志が立っていた。

優希は、うまく言葉が出ず、黙って腕を引いた。

聡志の表情は、固く強張《こわば》っており、

「どういうことだよ、いま言ったこと。ここで聞いてたんだ。あんな病院って、なんのことだよ」と言った。

彼は少し前に帰ってきていたらしい。

優希は、自分が何を、どこまで話したのか、思い出せなかった。

「昔入院してた、四国の病院のことか……喘息《ぜんそく》の療養に行ってたんじゃないのか？」

聡志の目がとがってくる。

そんな目で見ないでっ……。

優希は、声にならない悲鳴を発し、聡志を押し退け、たたきに下りた。靴をつっかけるようにはき、

「優希っ」

志穂の声を振り切り、玄関から飛び出した。しかし、幾らも走らないうちに、

「待てよっ」

追ってきた聡志に、腕をつかまれた。

「やめて……」

払いのけようとしたが、彼は離してくれず、

「うちには秘密があるって、ずっと思ってた。姉貴とおふくろは、嘘をつき合って暮らしてる……そう感じてた」

「何も秘密なんて……」

優希が答えかけると、

「隠すな、いましゃべったことはなんだよっ」

聡志は声を荒らげた。

「……わからない。何を言ったか、おぼえてない」

「どんな病院に行ってたんだ。喘息じゃないのは、わかってた。一度だって、発作を起こしたことがないもんな。なんて名前の病院だよ。死なせたって、誰のことだ」

優希は驚いて聡志を見つめた。

「……親父か」

「違う……」

声がかすれる。

「親父のことは、事故だよな。病院の、退院記念の登山中に、霧にまかれて道を踏み外した……そうだったよな」

「……もうやめて、許して」

「どんな気持ちでいたかわかるか……嘘に囲まれて生きるのが、どんなだか？　おれ自身が、嘘にまみれてる気がするんだぜ」

「違う。あなたはいいの、あなたはいい子なのよ」

「ふざけんな」

「だめなのは、わたしよ。嘘にまみれて価値がないのは、わたしなの」

優希は、全身の力をふりしぼり、体当たり気味に聡志を突き飛ばした。不意打ちだったためか、聡志はあっけなくしりもちをついた。足をひねったらしく、駆けだした彼女の後ろで、痛みを訴える。

記憶がまた溢れてくる。

崖《がけ》を転げ落ちてゆく石の音……落ちたぞぉと誰かが叫ぶ声……。

知らない、わたしは何もおぼえてない。

首を何度も振りながら、住宅街の狭い道を抜け、大通りに出た。車とぶつかりそうになり、ヘッドライトの光に、すべての情景が飛び散った……。

いつのまにか目の前の風景が、草の生い茂った暗い川原に変わっていた。水の流れる音が、耳に近く聞こえる。空気のなかに、湿った草の匂いが満ちている。

たぶん多摩川だろう。どこをどう走ってきたのか、人や明かりを無意識に避けているうち、川まで出たらしい。

少し前へ踏み出すと、対岸の、工場らしい建物の灯が流れに映り、眼下で揺れていた。川沿いの緑地のなからしく、近くに街灯もなかったが、彼女自身をふくめ、周囲の地形や、ものの輪郭《りんかく》は見てとれた。振り返ると、背後の土手の上に、サイクリング・コースらしい細い道が通っている。ところどころに街灯があり、その光が届いてくるようだ。

優希は川べりにしゃがみ込んだ。

疲れた、もう疲れた……。

深く息が洩れる。声を上げて泣いてしまいそうで、顔を両手でおおった。

どうして、こんなつらい想いを抱えてまで、生きなければいけないの。わずかな記憶がよみがえることにもおびえ、恐る恐る、危うい綱を渡るように生きてゆくことに、どんな意味があるの。感情を殺し、ときには意識を断ち切るようにして、どうにか日々をしのいでいる暮らしに、どんな意義がある？

精一杯やってきたつもりだった。力は及ばないにしても、自分なりに懸命に努めてきた。なのに、何かを得られたという感覚はまったくない。生きてゆくことに、よい意味も、意義らしいものも見つからない。

わたしは、生きのびたいと願って、かつて恐ろしいことをしたはずなのに……。

でも、わたしだけが悪いの。お母さん、そうなの？

これからもずっと、わたしの受けた傷、わたしの痛み、わたしの悔《く》い、わたしの怒りは、誰にも償《つぐな》ってもらえないまま、生きてゆかなければいけないの。誰にも許してもらえず、ひとりで罪を背負って、生きつづけなければいけないの……。

答えを求めて、耳をすました。

流れる水の音だけが聞こえた。

3

笙一郎は、梁平とともに優希を川崎駅へ見送ったおり、彼女に対し、家まで送ろうと言いだせなかった。

送りたかったのは、もちろんだが、梁平が送ると思っていた。

だが、梁平のほうも何も言いださず、優希は結局ひとりで駅構内に去った。

笙一郎は、少し飲むかと、梁平を誘った。梁平は、首を横に振り、またと答えた。笙一郎も無理強いはしなかった。彼自身、ひどく疲れていた。

梁平と別れて、笙一郎はタクシーに乗った。自宅までは長距離になったが、酔客の多い電車に閉じ込められることを考えれば、多少の出費は問題ではない。

自宅のマンション前でタクシーを降り、路上から自室を見上げる。窓に明かりが灯っていた。

誰もいはしない。習慣だった。暗い部屋に、ひとりで入ってゆくことができない。真っ暗な狭い空間にひとりでいると、からだが硬直し、動悸《どうき》も呼吸も速まり、このまま死ぬかと思う状態に陥《おちい》る。そのため昔から、外出先から遅くに帰るとわかっている場合、部屋の電灯をつけて出た。忙しくなったいまは、電灯はつねにつけっ放しにしてあり、電球も切れないよう早めに替えている。

幼い頃、母親が一カ月以上も帰ってこないことや、帰ってきても、一日か二日でまた出てゆくことが、たびたびあった。そんなとき笙一郎は、電気もガスも止められたアパートの狭い部屋のなかで、膝を抱えて、ひとり過ごしたものだった。悪い夢を見たときなど、怖さのあまり、電灯がつくアパートの共同便所のなかで眠り、ほかの住人から驚かれたり怒鳴られたりしたことも何度かあった。

母親が、食費にと置いていったわずかな金もつき、暗く悪臭のこもる部屋で、餓死寸前まで横たわっていた記憶が、いまでも彼をさいなむ。眠りばなに当時のことが思い出されて、跳《は》ね起きることもしばしばだった。

笙一郎は、マンションに入り、エレベーターを避け、階段をのぼった。途中で止まる事故が恐ろしく、夜はひとりではエレベーターに乗れない。コンクリートがむき出しの階段をのぼりながら、優希と梁平のことを想った。

会っていた最中の会話や表情を思い出し、別れてのちのことまで想像した。

もしかしたら、いまふたりは示し合わせて、どこかで会っているのではないか……。

卑《いや》しい勘繰《かんぐ》りだと、わかっている。だが、抱き合うふたりの姿が、どうしても浮かんできてしまう。

仕方がない、そうだとしても仕方がない。

口には出さず、みずからに言い聞かせる。

このままひとりの部屋に帰れば、卑しい妄想がふくらむだけの気がして、笙一郎はきびすを返し、マンションを出た。

あらためてタクシーを停め、繁華街へ向かった。だが、通りを歩く人々の陽気な姿を見て、いっそうやりきれなくなり、

「川崎の、多摩桜病院へ」

と、タクシーの運転手に告げた。

優希に会えると思ったわけではない。ただ、ほかに場所を思いつかなかった。

夜間通用口から院内に入り、階段を八階までのぼった。廊下から、そっとナース・ステーションのほうをうかがう。深夜勤の看護婦は、病室を回っているのか、姿が見えない。足音に気をつかいながら、アルツハイマー病の病室へ進んだ。

アルツハイマー病患者専用の病室は、出入口がアコーディオン式の扉で閉められていた。開くと音がするため、腰までの高さの扉をまたぎ越し、室内に入った。

独特の臭いを感じる。おむつはまめに交換されているので、排泄物《はいせつぶつ》ではなく、次第に衰えゆく肉体の内側から発する臭いなのかもしれない。しかし、生きているからこそ発せられる臭いだとも思う。マンションに母を迎えたときも、ほんの少しのあいだに、似たような臭いが部屋にしみついた。

笙一郎は、いびきや歯ぎしりが響き合う室内を進み、一番奥のカーテンを割って、なかをのぞいた。

ベッドの上の照明スタンドには、小さな明かりが灯されている。患者が暗闇を怖がるためだ。笙一郎はやるせない想いがした。彼が暗闇を怖がるようになったのは、この患者の放埓《ほうらつ》な生き方のせいだったのに……。

サイドテーブルの前に置かれた丸椅子を引き、腰を下ろした。

母親のまり子は眠っていた。

ピンク色の上下二部式の入院着に身を包み、初夏用の布団から両手と左足を出して、かあへえ、かあへえと奇妙な寝息をたてている。

実際いまの時代、五十一歳という年齢は、まだ若いほうだろうが、まり子は、もともと目鼻だちのはっきりした派手な顔の造りで、皮膚の色つやもよく、ずいぶんと若く見えた。

病院に連れてくる前は、意識や自覚がわずかに戻ることもあってか、自分の行動や物事が思いどおりにならないことに腹を立て、髪をかきむしり、言葉にならない叫び声を上げるなどした。表情にも苦悶《くもん》の色が浮かび、見ているほうがつらくなった。

だがいまは、病院の治療や看護がよいのだろう、あるいは進行性といわれる病気が、徐々に進んでいるということなのか、緊張や苦悶する様子はほとんどなくなった。表情もやわらいで、あどけない印象を受けるときさえある。それは息子として、安堵をおぼえる一方、つらくもあった。

笙一郎は、母の顔を見つめているうち、

「しっかりしろよ」

つい愚痴っぽくつぶやいた。

こんなことになるとは思いもしなかった……。母がいつか、自分のことを認めてくれると信じていた。実は、もう充分に認めているのに、自尊心や嫉妬もあって、突っ張っているだけだと思っていた。

きっと遠くない将来、男に捨てられ、働くこともできなくなって、笙一郎のもとへ戻ってくることを……〈悪い母親だったけど、許してちょうだい〉と謝り、〈おまえは本当に偉い、よくやった、いい子だ、凄《すご》い子だ〉とほめてもらえる日が来ることを、待っていた。

なのに、母はもう確かな意志を持った状態には戻らないという。

優希は、きっと可能性はあるからと、励ましてくれている。だが、アルツハイマー病が、少しずつ研究が進んでいるとはいえ、いまなお原因がはっきりせず、根源的な治療法も確立していないということは、担当医から説明があった。アセチルコリン系の薬や、抗炎症剤などを使った治験的な薬物治療も受けることを条件で、入院を受け入れてもらえたのだが、現在の薬物治療は、対症療法にとどまり、脳の萎縮《いしゅく》そのものは止められないと、笙一郎も数冊の専門書にあたって知っている。

笙一郎は母の手を見た。手首の痣《あざ》は消えかけていた。

マンションに迎えてから、まり子は徘徊《はいかい》を繰り返し、ガスコンロでやかんを空焚《からだ》きして、ぼや騒ぎも起こした。ついに外出時には、彼女の手をベッドや机の脚に縛りつけるほかはなくなった。

病院はずっと探していたのだが、すでに重い痴呆症状を起こしているアルツハイマー病患者を、受け入れてくれる病院はなく、訪ねるたびに、もう治療は無理だからと断られた。施設への入所を勧められることもあった。だが、五十一歳の女性を老人扱いはできないと、ホームなどの施設や、介護中心の老人病院からも断られた。受け入れてもよいと答えた精神病院では、午後五時以降はベッドに縛りつけることを条件とされた。

何も考えられなくなるほど追いつめられた結果、優希を頼った。おかげで、いまは母の徘徊も消え、抑制されずとも落ち着いている。

だが、本当に優希を頼るべきだったのか……。

病院で優希と再会したときは、喜び以上に、恥の意識が強かった。だが、母を受け入れてもらえたことで、安堵の息をつけ、少しずつ優希に甘えられる心地よさに酔った。

母との面会にかこつけて、優希と会い、聡志の仕事ぶりを報告するふりをして、自分の仕事の成果を彼女に伝えた。優希からほめられると、喜びに心が沸《わ》き立った。

十七年前、三人が離ればなれになってしまって以降は、つねに何かが足りないという空虚な感覚を抱いたまま生きてきた。今回の母の、痴呆というある意味での喪失もショックだったが、優希という存在がそれを埋めてくれた。

だが、優希とふたりだけの時間が長くはつづかないことも、確信していた。梁平が現れれば、もう優希は自分のものではなくなる。喜びの日々は、恐れと隣り合わせでもあった。

そして、梁平が現れた。優希から、彼らしい人物を見たと電話で知らされたとき、笙一郎はトイレで嘔吐《おうと》した。

優希を得る資格があるのは、梁平だ。笙一郎はあきらめるほかなかった。

梁平に連絡をとり、優希にも三人での再会を勧めた。積み上げた砂の城を、自分の手で壊す心境だった。むしろ、そのほうが落ち着けた。いつ壊れるのかと、びくびくおびえて過ごすことに限界をおぼえていた。

しかし、やはり三人で会うべきではなかった。

いや、まず母のことで優希を頼るべきではなかった。優希に甘えられたこと、彼女にほめられる心地よさをおぼえたことで、彼女が離れてゆくことに、想っていた以上の苦痛をおぼえる。

笙一郎は、母を見つめて、

「せめて、お母ちゃんがしっかりしろよ。金はあるんだ、せびって、男を見つけにでも、遊びにでもゆけよ……」

喉がからからに渇き、サイドテーブルの上に置かれた吸飲みのなかの水を飲んだ。顔を戻すと、まり子が目を開けていた。

「あ……起こしちゃったか」

まり子は、笙一郎にとろんとした目を向け、薄皮のめくれかけた唇を開き、

「水……」

かすれた声で言った。

笙一郎は、急須型のプラスチック容器のなかを透かし見て、

「飲んじゃったよ」

「水ぅ……」

まり子が繰り返した。

「本当に飲みたいなら、入れてくるけど」

「水ぅ」

まり子が唇をとがらせる。

「わかったよ。いま入れてくるから、待ってて」

笙一郎は、なだめるように言って、吸飲みを手に、カーテンの外へ出た。幸い、ほかの患者たちが起きた気配はなかった。

アコーディオン式の扉をまたぎ越して、廊下に立った。

看護婦たちの、患者をなだめる声が、別の病室から聞こえる。廊下を渡って洗面所へ進み、水を吸飲みに入れた。途中で、腹をこわしはしないかと気になり、その水を捨て、ふたたび廊下へ出た。

エレベーター・ホールを横切り、ホール脇のロビーまで進む。ロビーの隅に、冷水器が置かれている。こちらに近づいてくる人の声が聞こえ、笙一郎はとっさに身をひそめた。入院

着姿の老人が、廊下から現れ、エレベーターの前に立つ。後ろから、看護婦が駆け寄ってきて、老人の手を引き、病室のほうへ戻っていった。

笙一郎はしばらくその場に座ったままでいた。

自分はいったい何をしているのか。母親のためなのに、まるで悪いことをしているみたいにこそこそして……。

確かに非常識な時間だが、母親の入院している病院を訪れた息子が、どうして隠れなければいけないのか。

笙一郎はしかし、誰にも気づかれたくないとも思っていた。母親を愛している孝行息子のように見られることが、たまらなくいやだった。

実際は、ずっと母親を憎んできたのに、許せないと思いつづけてきたというのに……。

母は、笙一郎がまだ物心もつかない頃から、彼をアパートの部屋に残して、男のもとへ走った。隣室の主婦が、あまりの悪臭に気づいて、警察に電話しなければ、笙一郎は餓死していたかもしれないということもあった。そのおり笙一郎は、婦人警官と保健婦に、厳しい口調で母親のことを訊かれた。

どんなお母さんなの？　こんなひどいことをして。

母が責められているのを察して、笙一郎は驚き、懸命に母をかばった。

ぼくが悪いんだ、お母ちゃんを悪く言わないで……。

そのあと病院に現れた母は、何やってんの、お金あげてたでしょと笙一郎を叱った。警官たちには笑顔で、うちの子がご迷惑をおかけしましたと頭を下げた。そしてまた、反省する様子もなく、幼い笙一郎をわずかな金とともに部屋に残して、男のもとへ転がり込むということを繰り返した。

なのに、いま、笙一郎は母のために水を持ってゆこうとしている。腹をこわしはしないかと気づかい、新しく水をくみ直そうとしている。

手がふるえ、危うく吸飲みを握りつぶしかけた。

大きく息をつき、首を横に振った。

吸飲みに水を入れ、廊下を渡って、母の病室へ戻った。病室内にはいびきが響き、母の隣のベッドからは、寝言《ねごと》なのか、

「望んじゃいない……そんなこと、望んじゃいないよ」

ささやくように言う声が聞こえた。

笙一郎は母のベッド脇に立った。

まり子は目を閉じている。寝てしまったのか。笙一郎は椅子に腰を下ろした。

まり子が目を開いた。宙をぼんやりと見上げる。

「水、入れてきたよ」

笙一郎は、吸飲みを、彼女の口もとに差し出した。

まり子は、虚ろな表情で、

「要らない」

突き放すように言った。

「なんだよ、せっかく入れてきたんだろ」

笙一郎が、声を抑えて言うと、

「水なんか要らない」

まり子は、顔をそむけて、

「おなかが、すいた」とつぶやく。

笙一郎は、ため息をつき、

「何を言ってんの、もう真夜中だよ」

「おなか、すいた、食べたいよぉ」

まり子の声が大きくなる。

「静かにしないと、ほかの人を起こしちゃうだろ」

笙一郎は注意するように言った。すると、まり子は首を起こし、どこにそんな力が残って

いたのか、

「ちくしょう、食わせろっ」と叫んだ。

笙一郎は慌てて彼女の口を手で押さえた。

まり子が力なく首を振った。笙一郎の手のひらは、彼女の口だけでなく、鼻までおおっていた。

手のひらが、彼女の息で湿ってゆく。彼女の目が大きく見開かれた。白濁《はくだく》しかけ、古いガラス玉のような瞳だった。

笙一郎は、この瞳を恐れ、逃れたい想いから、かえって力を込めた。

まり子が目を閉じた。抵抗する首の力が失せ、枕のなかに彼女の頭が沈み込んでゆく。

笙一郎自身も、彼女とともにベッドへ、さらに底の闇へと、引き込まれそうに感じた。母親と一緒に沈んでゆく感覚に、笙一郎は逆に身が軽くなる気がした。

「それが望みだ。ずっと望んできたことだ……」

隣のベッドから、ささやく声が聞こえた。

笙一郎は、我に返って、手を離した。背後を振り返った。カーテンは閉まっている。声ももう聞こえない。思い切って隣のベッドをのぞいた。

ベッドには、やせ細った老人が、靴を枕代わりにして、横になっていた。目を閉じ、おだやかな寝息をたてている。カーテンを閉め、母に顔を戻した。

まり子は目を閉じていた。恐る恐る、

「お母ちゃん……」

声をかけた。返事もなく、目も開かない。

「お母ちゃん」

声を高めた。大変なことをしたのではないかと、恐れを抱く。自分の築いた地位や財産が失われるといった程度のことではなく、もっと深いところの、自分の存在自体に関わる恐怖が、笙一郎をとらえる。

かすかに残った理性で、ナース・コールを取った。押そうとした瞬間、彼の手首に何かがふれた。

まり子が細い手を伸ばしていた。ふるえる手で、笙一郎の手首をつかむ。

まり子は、しっかり焦点の結ばれた目で、彼を見ていた。

数カ月前に再会したときは、すでに病気に冒されて目に力はなく、力があるときは妙に興奮していて、どちらにしろ尋常ではなかった。しかし、いま笙一郎を見上げる目は、正常な精神を宿した人間の目に思えた。

彼女の瞳には、何かを訴えるというより、すべてを受け止めるという想いがこめられているように感じた。笙一郎の行為を、いいんだよ、と優しく肯定してくれるような……。

笙一郎はナース・コールから手を離した。

まり子も彼から手を離した。手を力なくベッドに戻し、目を閉じる。彼女の細い首が、白々と浮き上がってくるように見える。

母が受け入れていると感じた。

彼女の命が笙一郎にゆだねられている。手を置いて、軽く力を込めれば、すべてが終わると思えた。

ずっと何かを達成しようと欲してきた。なにがしかの者になりたいと願ってきた。名誉、金、人々の称賛……。自分はこれほどの者になったのだと、ひけらかしたかった。いてもいなくても同じのように扱われる人間ではない、敬われ、尊ばれる存在なんだと誇りたかった。だからこそ、寝る間も惜しんで頑張ってきた。

そのすべてが、実はこれこそを望みにしていたのかもしれない……。

笙一郎は目を閉じた。

閉じたまぶたの彼方に、母の姿が浮かんでくる。母は若かった。まだ三十になるかならないかの、若い頃の輝いていた母。幼い笙一郎を何度も置き去りにしたが、彼自身も置き去りにされても仕方がないと思えたほど、美しかった母……。

その母が、いま自分にすべてをゆだねている。もう絶対にどこへも行かない。誰のところへも行かない。永遠に自分のものとなる。

笙一郎は手を伸ばした。母にふれたと思った瞬間、指先に違和感をおぼえた。ざらりとした感触に、思わず目を開けた。

入院前より色つやはよくなったが、やはり年相応に皺が増え、痴呆状態にあって微妙に顔だちもゆがんでいる母の頬に、指がふれていた。

裏切られた想いがした。力が抜けてゆく。椅子に腰を落とした。

手に顔をうずめる。母ではない、これは母ではない……。

「水ぅ……」

かすれた声が聞こえた。

笙一郎は顔を上げた。まり子が彼を見つめている。瞳は、もうどんよりと濁っており、

「お父ちゃん」

と笙一郎を呼ぶ。

「お水ぅ……お父ちゃん、お水ぅ」

子どもっぽい声で訴える。

笙一郎は、息を整え、吸飲みをサイドテーブルの上から取り上げた。母の口もとに差し出

すと、

「飲めないよ」

まり子は、枕から顔を上げずに、甘えた口調で言った。

笙一郎は、感情を抑え、母の首の下に右手を差し入れて起こし、左手で吸飲みを彼女の口に近づけた。まり子は、吸飲みの口を乾いた唇ではさみ、細い喉を上下させて、水を飲んだ。もう充分かと思い、笙一郎が吸飲みを戻そうとすると、手をもっともっとと振る。

笙一郎はふたたび吸飲みを傾けた。今度はまり子はもういいと手を振った。

笙一郎は、吸飲みをテーブルに置き、母のからだをベッドに戻した。

まり子が満足したように目を閉じる。ほどなく、かあへえ、かあへえと寝息をたてはじめた。

笙一郎は母の顔を見つめた。耐えきれず、母の寝ている布団の端に顔を伏せた。

若かった頃の母を思い出そうと努めた。派手な化粧をし、真っ赤なミニスカートをはいて、強い香水の匂いをふりまいていた母。笙一郎を置き去りにして、危うく餓死させかけておきながらも、あっけらかんとしていた母。男に捨てられ酒に酔って、笙一郎を抱き、「ごめんね、二度と置いてきぼりにしない、もう男なんてこりごりだよ」と言い、笙一郎の顔を涙で濡らした母を想った。

まり子が、これからは男を相手にせず、笙一郎とだけ生きると宣言したときがあった。笙一郎が、双海病院に入院する前の、小学校四年のときだ。

むろん笙一郎は信じなかった。だが母は本気だと何度も言い、事実三カ月経っても男を作らなかった。

笙一郎もようやく信じようかと思った。母が三十一歳の誕生日を迎えた日、笙一郎は、プレゼントを贈ろうと思い、金などないため、公園や城山を回って自生している花を摘《つ》み取った。普通の花束では感激しないだろうと、学校をさぼって朝から夕方までかかり、大人の両手にもあまるほどの花を摘んだ。

学校近くの文具屋で万引きしたセロファンで花を包み、クラスメートの女の子から取り上げたリボンを根もとに巻いた。我ながらよくできた花束だった。

母の喜ぶ顔を楽しみに、アパートへ帰った。しかし、誕生日のごちそうを作って待っているはずの母の姿は、どこにもなかった。部屋は暗く、ちゃぶ台の上に一万円札が一枚だけ置かれていた。手紙も何もなかった。

笙一郎は、三日間どこへも出ず、母を待った。母は戻らなかった。部屋には、枯れた花々のいやな臭いがたちこめた。笙一郎が双海病院へ送られることになる事件を起こしたのは、すぐあとのことだった。

悔しく、腹が立ち、憎みもしたのに、それでもかつての若かった母が懐かしい。笙一郎は、シーツを嚙み、彼女の奇妙な寝息を聞きながら、声を殺して泣いた。

4

梁平の目の前で、女が煙草を吸っていた。

彼は、川崎駅の、横浜方面行きのホームに立っていた。深夜十二時に近い時間だったが、ジーンズに真っ赤なトレーナーを着た、二十五、六歳と思われる髪の長い女が、眠そうな顔をした五歳前後の男の子と、ベンチに並んで座り、さかんに煙草をふかしている。

梁平は、子どもの頃から、若い母親風の女が煙草を吸っている姿を見ると、胸がむかつき、落ち着きを失った。

小学校四、五年の頃には、煙草を吸っている見知らぬ女に殴りかかり、ときには自分のほうが先に恐慌《きょうこう》状態に陥って、気を失うこともあった。

そのこともあって、十一歳のとき双海小児総合病院に入院した。院内では、自分から煙草を吸って、状態を変えようと試みたこともある。

退院後は、衝動を抑えられるようになったが、完全に治ったとはいえない。女性の喫煙姿を前にしたときは、目をそらしたり、そばを離れることでやり過ごした。警察官の職につき、聞き込みのおりなど、どうしても避けられない場合には、顔を伏せ、相手の言葉に集中することで我慢した。

だがいまは、ベンチで煙草を吸う女から、目を離せない。煙草の葉が焼けてゆくときの、ちりちりという音が、耳の内側に聞こえる気がする。やにくさい臭いが、鼻から脳へ満ちてゆくように感じる。視界が、赤い炎でおおわれる……。

梁平は、ふらりと、彼女のほうへ歩み寄った。電車がホームに入ってきた。女は、一瞬いぶかしげに梁平を見たあと、子どもに立つようにうながした。男の子は、眠いのだろう、不機嫌な様子で、すぐには立とうとしなかった。電車のドアが開いた。女は、苛立った表情で、煙草を持った手を子どもに向けて突き出した。

梁平のところからは、男の子の顔に、赤く焼けた煙草の先が押しつけられるように見えた。

梁平は飛びかかろうとした。それより早く、女は指から煙草を離した。ホームに落とした煙草を靴で踏み、

「早くしてっ」

子どもの手を取った。男の子は、甘えた表情で女を見上げ、

「……を買ってくれる?」

梁平の知らないおもちゃか何かの名前を挙げ、ねだるように言った。

「もう、ずるいところまで似ないで」

女は、男の子の手を強く引き、ドアが閉まる間際《まぎわ》に電車に乗った。電車はすぐに走りはじめた。

梁平は、ホームに人の姿がなくなってからも、しばらく動悸《どうき》がおさまらず、ベンチの脇に立ちつくした。

女の捨てた煙草の吸殻《すいがら》から、煙がまだ上がっている。自分が母親と離れたのが、さっきの子と同じ年頃だった。優希と笙一郎に会った直後のため、いっそう過去が間近に感じられるのかもしれない。煙草の吸殻を踏みつぶした。

東神奈川駅で降り、奈緒子の店まで歩いた。

木戸の前に立ったとき、ちょうど玄関戸が開いた。数人の男たちの声に混じり、奈緒子の声も聞こえる。

「ここでいいよ。戸締りをちゃんとするんだぞ」

酔いの回った声で言っているのは、伊島のようだ。彼のほかに、連れがふたりいる。梁平は離れた電信柱の陰からうかがった。

ひとりは、梁平も見おぼえのある、神奈川県警に勤めるベテランの警察官だった。もうひとりの年配の男には、見おぼえがない。が、地味な服装や全体のたたずまいから、警察官と同種の堅い仕事に長くついている人だろうと察した。

「有沢に、ちゃんと釘《くぎ》を刺しとくんだぞ」

伊島の声が、梁平のところへも届く。奈緒子に対して言っているらしく、

「いまはおれたちが、奈緒ちゃんの父親代わりなんだから。早くけじめつけろって、怒ってたと言っとくんだ。奴は子どもっぽいところが残ってるからな、奈緒ちゃんみたいな、姉さん女房がいいんだよ」

「伊島さん、もう……」

奈緒子が止めようとする。

伊島は、彼より年上らしい連れに向き直り、

「おれは、有沢は刑事に向いてないと思うようになりました。使えないんじゃないんです。逆でしてね、あんなに動き回る奴は珍しいし、捜査の筋《すじ》を読む目もいい。だが、あまりに熱心過ぎる。事件《やま》に執着し過ぎて、命まで軽く放り出すところがある……自分のなかの激しい感情を、すべて犯人《ほし》にぶつける感じなんですよ。確かに、これからも犯人《ほし》をどんどん挙げるでしょうが、いつか大怪我をしそうでね……。いっそこういう店に入って、カウンターのなかで落ち着いてくれるほうが、似合わなくても、おれは嬉しいんです。惜しいけど、ほっと

するはずですよ」

　まあまあシマちゃん、と連れのふたりが伊島をなだめ、木戸に向かって歩いてくる。梁平はさらにあとずさった。

「お気をつけて」

　奈緒子が伊島たちに頭を下げる姿が、かいま見える。

　梁平は裏路地のほうへ回った。

　店の裏手は、住宅にはさまれた細い路地になっており、家はコンクリートの塀で囲われていた。鉄の門扉《もんぴ》を開き、積み上げられたビール・ケースの脇を通って、勝手口のドアを開く。カウンターの内側に、直接つながっていた。

　土間で靴を脱ぎ、板敷きの狭い調理場に進んだ。食器棚からグラスを取り、日本酒を注《つ》ぐ。一気にあおり、二杯目を注いだところで、

「……びっくりした」

　奈緒子が戻ってきた。彼女が着ている青竹色の着物が、梁平の目にまぶしく映る。

「今日は帰ってこないかと思ってた。いままで伊島さん、おいでになってたのよ」

　奈緒子がカウンターに近づいてきた。

　梁平は、グラスと酒の一升瓶を抱えて、カウンターの外に出た。

奈緒子は、カウンターの上に並んだ皿や徳利《とくり》をかたづけはじめ、

「おなかは？　何か作ろうか」

梁平は、答えず、階段脇の壁にもたれた。彼女の腰のあたりを見つめ、

「おい」と声をかけた。

「うん？」

奈緒子が前を向いたままで訊き返す。

梁平は、酒で喉を湿らせ、

「いつだって、終わりにしていいんだぞ。出ていけって、ひと言ですむ……」

奈緒子は返事をしなかった。

梁平は、カウンターの端に飾られた、濃い紫色の花菖蒲に目をやった。ついさっきまで、優希たちといた割烹料理店にも、色はこれより薄いが、同じ花が飾ってあった。

花の香りは感じないが、優希の香りが思い出される。

梁平は、目をそらし、グラスに酒を注いで、

「伊島さん、なんだって？」と訊ねた。

「父の三回忌の打合せに来られたの」

奈緒子が答えた。ふだんと変わらない声音で、

「父の同僚だった方もご一緒だったんだけど、その方、いまは警備会社に転職なさってて、これまではほとんどお話しする機会もなかったの。今夜は思いがけず、父の若い頃のことも聞かせてもらえてよかった」

奈緒子は薄く笑い声を洩らした。梁平が問わずとも、間を嫌うように語りつづけ、

「その方の話だと、父は、早い時期に母子家庭になってしまったことも関係してるのか、わたしにとってのお祖母《ばあ》ちゃんに、賞状を持って帰るのを、いつも楽しみにしてたんですって。賞をもらうと、おふくろが喜ぶんだよって、目尻を下げて何度も言ってたらしいの。ベテランの刑事になると、賞状なんて何十枚ももらっているから、さほど嬉しくもなくなるって、ここで何度も聞かされてたでしょ。梁ちゃんも、あんなものはもう要らないって言ってたから、実際はそんなものかなって思ってた。でも、ずっと前のことだから忘れてたけど、子どもの頃、お祖母ちゃんがごちそうを作って、お父さんが偉いことをした、ほめられたって、お祝いをしたことが何度もあったの。昔は家に賞状が何枚も飾ってあったし。父が警察をやめてすぐに、お祖母ちゃんも亡くなって、賞状もそのとき全部押入れにしまわれたから、いつのまにか、父もほかの方たちと一緒で、賞状なんてさして嬉しくなかったのかなって考えてたけど……。伊島さんも、そのことは知らなくて、父の熱心な仕事ぶりの秘密がわかったって感心してらした。犯人に刺されたときも、無理に相手を追いつめ過ぎたことが、裏目に

出たらしいんだけど……もしかしたら、賞状をもらって、おふくろさんを喜ばせたかったのかもしれないなって、おっしゃってた」

梁平は、話を聞いているうち、妙な息苦しさをおぼえた。奈緒子はなお話していたが、グラスと一升瓶を抱えて、二階へのぼった。

手前の六畳の部屋に、奈緒子の両親と祖父母をまつった仏壇がある。脇の押入れには、きっと賞状が何十枚もしまわれているのだろう。

梁平は、奈緒子の父親の写真を見た。奈緒子と鼻筋のあたりが似ている。

「本当か……」

ふと、つぶやいた。

本当に親孝行だけだったのか。そこに怒りは、復讐めいた衝動は、隠れていなかったのか……。

梁平には、自分の考えがいびつなのはわかっているが、人が孝行のためだけに命を投げ出すなど、信じられなかった。というより、矛盾を感じて、怪しんだ。

愛する者の命を救いたくて、みずからの命を投げ出す行為のあることは、理解している。彼自身、優希のために、かつてそうした。たとえそれが幻想だとしても、相手を愛していると思うがゆえに、命を投げ出す行為は、確かにあるはずだった。

だが、仕事や勉強などで、あえて無理をし、ときには人を傷つけたり、自分の命を投げ出したりしてでも、成果を挙げてみせようとするとき……それが親を喜ばせたい、親代わりの人々に認められたいという願いを抱いての行為だった場合……ただ孝行の気持ちだけだろうか。命まで投げ出そうとする意識の底に、実は、〈おまえが頑張れと言ったからだ〉という、八つ当たりにも似た、怒りの感情が隠れてはいないか。〈おまえたちが、懸命にやれと言ったから、戦え、負けるなと言うから、ほら、自分はこんなにやってる。命を放り出してでも、やってみせてる。どうだ、ほめろよ、認めろよ〉と……。

実際、似たような言葉を叫んでいる子どもを、十七、八年前、双海病院で何人も見てきた。

梁平は、頭を振って、奈緒子の父親の写真から目をそらした。グラスの酒をあおる。

「……くだらない」

だったら何だと言うのか。いまさら、どうしようもないじゃないか。

奥の部屋に移って、電気をつけ、畳に腰を下ろした。目の前の衣装ケースを開く。

ハムスターたちは、父親だけ別に離れ、母と仔どもはひとつところに身を寄せて眠っていた。三匹の仔はまた成長していた。白い毛のかたまりが、寝息とともに、かすかに上下している。安らかな母と仔の寝姿を、初めのうちは愛らしく見ていられる。が、次第に苛立ってくるのが、自分自身でもつらくなる。

可愛がられているようでも、親が飢えたら、あっさり食い殺されるんだぞと、否定的な考えが頭をよぎり、そんな自分に腹が立つ。

衣装ケースを戻し、寝転がった。酔いで視界が揺れる。目を閉じた。

まぶたの裏に、さっき会ったばかりの優希と笙一郎の姿が浮かんでくる。ふたりの姿が、十二歳の頃の彼らに変わってゆく。

「なぜ会った」

つぶやきが洩れる。

「なぜ、会いにきた」

言葉が、酔った頭のなかで反響し、かつて言われた同じ言葉が、闇の奥からこだまを返す。

なぜ会いにきたの、どうしていまさら会いにくるの、そんなに困らせたいの……。

梁平は八歳だった。一緒に暮らしていた父親が、梁平を、二年前に離婚した母親のもとへ送ったときのことだ。母親と暮らしたいなら、泣き真似でもなんでもして、家まで引きずってこい、と父親は言った。

哀《あわ》れを誘うようにと、わざと汚れた服を着せられた。母親がひとりで暮らしているマンションの前まで送っていかれ、部屋のインターホンを何度も押すように言われた。

だが、出てきたのは、上半身裸の男だった。父親よりずいぶん若く、髪を長く伸ばし、背も高かった。汚ねえガキが来てると、男は間延びした声を部屋の奥にかけた。ブラウスのボタンをとめながら、母が顔を出した。梁平を見たとたん、彼女の表情はゆがみ、姉の子ども
だと男に紹介した。
梁平は、母に手を引かれ、マンション前の公園に連れ出された。彼女は、公園の隅で梁平
の手を離し、なぜ会いにきたの、と厳しい声で言った。
「どうしていまさら会いにきたの。困らせてこいって、あのマザコン男に言われたのか」
お祖母ちゃんが倒れて入院した、と梁平は答えた。
それは本当だった。以来、父親は荒れて、前にもまして梁平に暴力をふるった。
ただ梁平は、父親の命令とは関係なく、母に会いたかった。できれば家に戻ってほしかっ
た。だが、
「あんなババア、早くくたばれ」
母は苦々しく吐き捨てた。
「ババアの過保護のせいで、おまえの父親は自分中心の幼稚な男になったんだ。いくら県庁
に勤めて、偉そうな顔をしてたって、中身は少しも成長してない、わがままなガキなんだか
ら。わたしも若かったから、見合いでうまいこと言われて、失敗したけど……おまえも、あ
んな子どもが父親で、本当に苦労してきたよね」

戻ってきてくれない？　と梁平は恐る恐る口にした。

平手で頬を打たれた。四歳のとき、両親の喧嘩を止めようとあいだに入って、突き飛ばされ、たんすの角で額を数針縫う怪我を負った。父親に振り回されて、頭蓋骨《ずがいこつ》を折ったこともあったから、頬を押さえるより、思わず頭をかばった。

すると母は、憎々しげな目で梁平を睨み、

「やな子ね」と言った。

梁平は、慌てて手を下ろし、叩いてもいいよ、痛くないよと言った。

うるさいっ、と母は叫び、また手を挙げようとした。我慢した様子で、その手をスカートのポケットに入れ、煙草を出した。

梁平は、母が煙草に火をつけるのを見て、からだがふるえた。

母は、それを鼻で笑い、

「ほうら」

と、火のついた煙草の先を、梁平のほうへ伸ばしてきた。

梁平は、手で顔をおおって、しゃがみ込んだ。

母は、舌打ちして、冗談だよと不機嫌そうにつぶやいた。

「いい、よく聞きなさいよ」

母は言った。

「おまえはたまたま生まれたの。こっちは、もっと遊びたかったのに、あのばかが少しの我慢もできずに漏《も》らすから、できちゃったの。おろそうかと思ったけど、ババアが嗅ぎつけて、産め産めって、うちの親まで巻き込んで責めたてるし、あの男もできるだけ支えるなんて言うから、信じて産んだのよ。そしたらあのばか、何ひとつ世話はしないし、ババアはわたしを跡継ぎを産む機械のように扱って、やることなすこと、いちいち口をはさんできた。わたしなりに、可愛がって育てようとしたんだよ。おまえが出てくるまで、死ぬかと思うほど痛かったんだから。やっぱり可愛くなるよ。けど、おまえは夜になると泣いて、わたしを寝かせなかった。それを、ばか男やババアは、わたしの育児が悪いからだって責めた。おまえは、わたしに協力するどころか、熱を出したり、部屋を汚したり、いっそう困らせてばかりいた。本当に親不孝な子どもだったよ。おまえのおかげで、わたしはいつも責められて、生きてくのがいやになるくらい追いつめられてた。もう限界だったの、わかる？　家に火をつけようとしたことだってあったんだから。もう少し父親が大人で、親の言いなりじゃなきゃ、どうにかなったかもしれないけど……。結局、この社会はなんだかんだ言っても、女に不公平にできてんの。女に犠牲を強いといて、それが家庭円満の秘訣《ひけつ》だなんて、平気で言う世界なんだから。男社会とか言うけど、違う、ガキ社会なのよ。仕事で苦労してるなんて言って、仕事のあることが、どのくらい幸せなことかもわかってない。仕事をして、金や評価を得たり、何かを達成したりすることは、誰だって楽しいのよ。苦労したって、生き甲斐になるし、人にも認められて、幸せなことなのよ。それを、さも大変なことのように言って、女を母親代わりにするガキばかりがのさばってる。わたしはそこから自由になることを選んだの。おまえの世話だけじゃなく、あの男やババアの世話まで押しつけられて、じゃあ、わたしの人生は何？　わたしだって、親から可愛がられて育ったんだよ。大事にされてきたの。なのに、なんで家庭に入ったとたん、責められたり、従順さばかりを求められたりするわけ？　子どもの頃は、男も女も差がなく、さんざん平等のように言って、少し年とると全然違うんだから。おまえも、この社会の矛盾ってやつの犠牲かもしれないね。でも、わたしに、それは救えない。社会の矛盾の責任を負えるほど、わたしは強くないし、おまえと一緒じゃ、ふたりともつぶれちゃう。けど、おまえにはあの家があるでしょ。わたしと無一文で放り出されるわけじゃない。いい家に、父親とお祖母ちゃんとで残るんだから。わたしだって、少しはおまえの幸せを考えてるんだよ。つらくなったら、アフリカの飢《う》えてる子どものことを考えなさい。おまえなんて、全然幸せなんだから」

梁平は、そのとき思わず泣いてしまったことを、のちのちまで後悔した。

母は、梁平の涙を見て、深くため息をついた。

「わたしのことは忘れるの。それがおまえのためなんだから。男にも家にもとことんつくすような人に、母親になってもらいなさい。わたしもつらいんだよ……おなかを痛めて、死ぬかと思うほど苦しんで、ようやく産んだんだもの。親のほうが、何倍もつらいんだから。テレビでもタレントが言ってた、子どもを捨てざるを得ない親のほうが、子どもより何倍もつらいんだって。わたしも、おまえの何十倍、何百倍もつらいし、年をとるごとに苦しみはつのるに違いないんだから。本当につらいんだからね……」

母は涙を流した。泣いているとは感じられなかった。目から流れれば何でも涙と呼んでいる水を、ただこぼしているに過ぎないように、梁平には見えた。母は、梁平を公園に残して、マンションへ戻っていった。

梁平は、足もとの蟻や団子虫などを、次々に踏みつぶして殺した。母の捨てた煙草に、火がついていた。

梁平は、煙草を拾い上げ、まだ燃えている先端を、自分の手の甲に押しつけた。熱くなどなかった。胸や腹の内側のほうが、よほど熱かった。その熱を忘れたくて、さらに煙草を押しつけた。肉が焦《こ》げ、火は消えた。内側の熱は少しも去らなかった。

父親の待つ家に戻ると、母を連れて帰らなかったことで、父親は梁平の頬を何度も打った。梁平が倒れると、彼は梁平を蹴り、全部おまえのせいだと叫んだ。

「あいつが出てったのも、帰ってこないのも、母さんが倒れたのも、全部おまえのせいだ。おまえが生まれてなきゃ、みんな幸せに暮らせてた。わかってるのかっ」

梁平は、頭を両手でかばい、〈いい子になるためのしつけ〉に耐えた。父親の蹴りが、頭に入った。

梁平は痛みに跳ね起きた。

周囲は暗かった。窓にかかったベージュのカーテンが、外の街灯の光によって、ほの白く浮かんでいる。

梁平は、闇に慣れてきた目で、自分の姿を確かめた。二十九歳の、いまの彼だった。敷布団の上に半身を起こした恰好で、ズボンとシャツを脱がされ、綿毛布が掛けられている。

隣を見た。布団が敷かれていたが、奈緒子の姿はなかった。柱の時計を見上げる。蛍光塗料を塗られた針で、二時過ぎなのを読み取った。

階段を降りてみる。トイレの窓に明かりが灯っており、ほっと息をついた。

そのとき、なかで嘔吐しているらしい声が聞こえた。

胸をつかれた。酒を客に出す仕事だが、奈緒子自身は飲まない。

奈緒子からは何も聞いていない。だが、彼の勘が、彼女の肉体の変化を察した。

気をつけているつもりだった。そのくせ、酔った勢いで、彼女に荒くしたい衝動を抑えきれないことがある。彼女のなかで終わってはいけないとわかっている。なのに、いつのまにかスイッチが切れる感覚で、注意しなければと思う心が遠のき、果ててしまってから、何をしてるんだと自分をののしっている……。

悲劇を繰り返すことを恐れているはずが、実は繰り返したい心が無意識にあり、わざと注意を遮断《しゃだん》するのかと、自分を疑うこともあった。

たとえば、彼女に子どもをはらませ、そのまま捨てる……あるいは、生まれた子どもに対し、自分がされてきた〈しつけ〉を同じようにおこないたいという、暗い欲求があるのだろうかと……。

いや、そんな欲求はない、悲劇など望んじゃいない。自分に言い聞かせる。だが酔うと、奈緒子のからだを荒く扱っている。月に一度、彼女に生理が来るかどうか、つねに不安で気づかってきた。それが、優希との再会のことがあって、ここしばらくはつい忘れていた。

トイレの水が流され、藍《あい》色の寝巻を着た奈緒子が出てきた。階段の下に立っていた梁平を見て、立ちすくむ。すぐに笑みを作って、

「驚かせないで。入るの？」

梁平の横をすり抜け、階段をのぼってゆこうとした。

「おい……」

梁平は彼女の腕を取ろうとした。

奈緒子は、かわして、急に足を速めた。

梁平は追った。

「どうしたの、トイレに入らないの」

奈緒子が固い声で言った。逃げるように奥の部屋へ進む。ついには衣装ケースの前に、梁平から顔をそむける形で座り込んだ。

梁平は、部屋の敷居際に立ち、

「おい……」

彼女に声をかけた。

奈緒子は、返事をせず、衣装ケースの引出しを引いた。暗くてはっきり見えないはずなのに、ハムスターの様子をうかがうそぶりをする。

「もしかして、そうなのか……」

梁平は訊いた。

奈緒子は、さえぎるように、

「大丈夫。梁ちゃんには、心配かけないから」と言った。

梁平は、生唾《なまつば》を飲み、

「……どういう意味だ」

「やっていけると思うから」

「だから、何のことだ」

奈緒子は、ハムスターのほうに視線を落としたまま、

「この家、意外にいい値がつくと思うの。駅にも近いし、そのわりに静かだし……。しばらく何もしないでも暮らしていけるだけのお金、できると思う。だから、どこかへ行くから。目障《めざわ》りになるようなところには、いないから……」

梁平は恐れにからだがふるえた。

「……本当なのか」

奈緒子は答えない。

「どうなんだっ」

声が悲鳴のように高くなる。

奈緒子が息を呑《の》み下す気配が伝わった。次には、からりとした笑顔を梁平に振り向け、

「どうしたの、大きな声出して。なんでもないよ。さっき食べたお茶漬けが悪かったみたい。ちょっとお腹《なか》をこわしちゃった」

梁平は、言葉どおりには受け取れず、

「いま、家を売るようなことを言っただろ……」

「ああ、それ夢のつづきだ」

奈緒子は、明るく手をぽんと打って、

「おかしな夢を見たのよ。まだちょっと寝ぼけてるみたい。急に起きて、トイレに降りたからかしら。さ、寝よう。今日はなんだか疲れちゃった。起こして、ごめんね」

彼女は衣装ケースの引出しを閉めた。

梁平は、真実を恐れて、それ以上強く言えず、布団に入る奈緒子を見つめた。

「どうしたの、先に寝ちゃうよ」

奈緒子に言われ、部屋のなかへ入った。布団の上に座る。奈緒子は背中を向けていた。

いったんは、からだを倒して横になった。だが眠れない。目を閉じることもできない。

衣装ケースがかたかたと鳴った。ハムスターの仔どもたちが、わざとケースを揺すっている気がした。三匹の仔が、ケースを鼻先で押し、梁平に伝えている。

ほらほら、ほらほら、おまえの仔だよ……。

梁平はからだを起こした。言葉で訊くことはできなかった。奈緒子のからだに手を回し、腹部を押さえた。

「いやっ」

奈緒子が腹を両手でおおった。

梁平は手を引いた。すぐには言葉が出ない。

「寝よう、梁ちゃん。今夜は、もう寝よう……」

奈緒子の声には、懸命な感情が溢れていた。背中がふるえていた。

彼女のなかで形になる前に消したかった。ひとつの誕生によって生じるだろう、不安や苦痛、悲劇への恐れを思い、憎しみに似た感情がこみ上げてくる。それをすべて、奈緒子にぶつけ、いまのうちに苦悩の種を消し去ってしまいたかった。

奈緒子の命にも関わることだと、拳を嚙んでこらえ、枕もとに置かれていたシャツとズボンを身につけた。

「梁ちゃん……」

泣いている奈緒子の声を後ろに、部屋を出た。いま振り返れば、彼女を傷つけずにはいられないと思う。

階段を駆け降り、裏口から、靴をはいて外へ出た。

湿った空気が、からだにまといつく。振り払う勢いで人けのない路地を走り抜けた。

全身が焼かれているように熱かった。目の前が赤く燃えていた。乾いた葉がちりちりと焼ける音が、耳に聞こえた。皮膚の焦げる臭いが、頭の奥に突き上げてきた。

5

彼女は、ふだん通ることのない道に、足を踏み入れた。

黒地に銀色の蝶を大きくデザインしたブラウスに、花柄のスパッツ、足には歩きやすいチャイナシューズをはいている。皺を隠すための濃い化粧は、長時間の立ち仕事によって崩れ、目の下に隈《くま》が浮いている。化粧道具や空のタッパー容器、タオルなども一緒にしまったバッグを手に提げ、

「なんだよ、ちくしょう……」

多摩川緑地沿いにつづいている、人けのないサイクリング・コースを南へ下っていた。

多摩桜病院と武蔵小杉駅の、ほぼ中間にあたる場所だった。両脇の植え込みには、クチナシが植えられ、暗いなかでも白い花々がぼんやりと浮かんで、むせるほどに甘い香りが周囲に満ちている。

彼女は、手のバッグを振り回し、クチナシの花を散らした。

「あたしの人生はなんだったのっ」

彼女は、南武線平間《ひらま》駅の東口商店街にある、テナントビルの地下のスナックから、アパー

トの部屋まで帰る途中だった。

店は、彼女がママとして、オーナーからまかされている。一定の売上げを納めれば、あとは彼女の収入という約束だった。カウンターだけの小さな店で、女の子をひとりバイトで使い、酒はほとんどビールか水割り、つまみは手作りの料理を用意して、どうにかなじみ客を相手にやりくりしていた。

十二時で表の電気を消して、バイトも帰すが、常連の男たちは二時、三時まで居残り、仕事や家庭の愚痴をこぼしてゆく。五十六歳になって、さすがにからだはきついが、時間どおりに客を帰していては収入も上がらない。ひとり暮らしのアパートに戻るのは、毎日ほぼ三時から四時だった。もちろんつきあいで飲むこともあるが、この日は自分から進んで飲み、かなり過ごしていた。

いやなことでもあったの、ママ？

数人の常連客から言われた。表情に翳《かげ》があらわれていたのかもしれない。

いま思い出しても、涙が浮かぶ。ふたりいる娘の、下のひとりに非難されたのだ。

三十歳になる上の娘は、早くに結婚して群馬県の高崎へ移り、連絡もほとんど入れてこない。二十四歳の下の娘は、東京豊島《としま》区のマンションで暮らしている。同い年の夫は運送会社に勤めており、すでに五つになる男の子がいた。

彼女は、前日の午後、娘と孫に会いに出かけた。離婚後四年経って、仕事に慣れてくるに従い、ひとり暮らしの昼が長く感じられ、孫の笑顔に慰めを求めた。

その際、孫に英語の勉強を押しつけている娘を見て、

「まだ幼稚園なのに早いでしょ」

と注意した。すると娘は、

「放っといて。いまからやらないと、ろくな人生送れないんだから」

と言い、勉強を放り出そうとする息子の頬を、平手で打った。

彼女は、驚いて、娘を止め、

「子どもを叩《たた》いたりしないの。ひどい親ね」

と、孫を抱き寄せた。孫が叩かれるところなど見たくなかった。

娘は、憎々しげな目で彼女を睨み返し、

「よく言うよ。あたし、さんざん母さんにぶたれたんだからね」と言った。

彼女は、困惑し、

「嘘を言いなさい」と言い返した。

娘は、目をむくようにして、

「おぼえてないの」と、つめ寄ってきた。

おぼえていなかった。いや、多少厳しくしつけはしたが、いまになって睨まれるような叩き方をしたおぼえはない。だが娘は、非難する口調で、

「幼稚園のときから、習字教室にピアノ教室、少しでもさぼったら、平手打ちが飛んできた。信号の渡り方が悪いって、腕をぐいぐい引っ張られたのもおぼえてる。痣《あざ》になったのに、あとで大したことないでしょって、また叱られて。スーパーで缶詰をひっくり返したときは、店の人は大丈夫だよって言ってくれてたのに、母さんすごく怒って、泣いて謝ると、人前でしょって二回も叩かれた……それもおぼえてないの」

「だってそれは、おまえにいい子になってほしくて……」

「あたしだって、この子にいい子になってほしいから、叩くんでしょ。責めるようなこと言わないで。あたしがひどいことしてるようなこと、この子の前で言わないでっ」

娘は、叫ぶように言って、孫を自分のほうに引き寄せた。泣きはじめた子どもをそのままにして、

「いつでもお姉ちゃんと比べられて、だめな子、ばかな子って言われた。結婚だって、高校中退の男となんてって反対された。だから、この子に早くから勉強させてんの。娘に厳しいこと言っといて、孫にだけいい顔しないで。この子に、あたしを恨ませるようなこと言わないで」

娘はついに泣きだした。

彼女は、言い返すことができず、押し出されるようにして部屋を出た。孫に買ったおもちゃも突き返され、

「ひどい娘だと思うなら、思えばいいよ。そっちの育て方もあるんだからね」

ドアを冷たく閉め切られた。

娘は夫とうまくいっておらず、苛立っているのだろうと、何度も思い直した。だが、心は晴れなかった。いまさら育て方のことで責められたくはない。すべて娘たちのためだった。人なみに幸せになってもらいたかっただけだ。

自分自身、せめて人なみに幸せになりたいというのが、子どもの頃からの願いだった。

彼女の父親は役所勤めをしていた。外見は優しそうだが、実は気が弱いだけで、酒が入ると豹変《ひょうへん》した。たまっていた日頃の鬱憤《うっぷん》を、妻や子に向かって吐き出し、彼女もよく叩かれた。学校に通うようになって、親に一度も叩かれたことがないという同級生の話を聞き、なおさら父の性情を嫌った。それ以上に、父親が暴れても、じっと耐えている母が嫌いだった。父親には異議を唱えず、子どもに向かって愚痴をこぼす母がうとましかった。そのくせ、彼女は母を慰め、ときには母に代わって家事をこなし、長女として弟や妹の面倒をみた。

彼女は、中学校を卒業して、しばらく紡績《ぼうせき》工場で働いた。働きながら勉強をつづけ、秘書

検定を受けたり、美容師の試験を受けたりした。慎重に準備をして臨むのだが、つねに本番で失敗した。なぜか人前では力を出せなかった。

幼い頃から父親に、不器用な奴だ、使えん奴だと、叱られてきた。母親からは、社会は厳しいんだから、あんたみたいな甘い子はきっとだまされるか失敗すると、しつこいほど注意を受けてきた。結局そのとおりになってしまったと思った。

中学校時代の同級生の父親のはからいで、デパートに転職し、やがて外商部にいた男と知り合った。結婚を求められ、承諾したが、本気で愛しているかどうか、自分でもよくわからなかった。周囲がはやしたてるので、これが恋か、と拍子抜けして考えた程度だった。

新婚生活を楽しむ余裕はなく、厳しい姑《しゅうとめ》や小姑に責められながら、日々をしのいでゆくので精一杯だった。子どもがしばらくできず、圧迫を感じない日はなかった。ようやく生まれた子どもは、ふたりとも女の子で、姑からも夫からもがっかりされた。家のなかで、子どもだけが唯一自分に属しているものに思え、愛情を注いだ。

だが、子どもは自分勝手に泣き、わがままも言う。自分のものだったはずの子どもまで裏切るのかと、つい苛立つことがあった。夫が、姑や義姉《あね》から自分を守ってくれないことでも、鬱屈《うっくつ》がつのり、いっそ子どもの首を絞《し》め、自分も死のうかと考えたこともあった。それでも、姑たちや夫の何倍も、子どもを愛してきた自信はある。

彼女は、自立できなかった自分の望みを、娘たちに託《たく》した。ピアノ、習字、そろばんなどの教室。個性的な生き方をしてほしくて、スイミング・スクールや絵画教室も勧めた。高い点数、よい結果を出したときは、きっとほめた。教室をさぼったり、能力を伸ばそうとしない姿が目についたりすると、腹が立った。わたしの頃より幸せなのに、どうしてもっと頑張らないのと、つい手を挙げたこともある……。

自分の教育に、まったく疑いが生じなかったわけではない。だからこそ、もうひとりの親である夫が、何か言ってくれるのを待っていた。

「あなたからも、何か言ってやってよ」

何度も夫に求めた。夫の言葉に、彼女自身も指針となるもの、反省点、承認を見いだしたかった。だが夫は、仕事が忙しいことを理由にして、

「おまえがしっかり見てりゃいいだろ」

と、突き放すように言うばかりだった。

彼女は、周りの家庭を見ながら、自分のやり方をつづけるほかなかった。自分の欲求は我慢した。いつか娘が自立したら、娘と友だち親子のようにして過ごしたいと願っていた。

だが上の娘は、社会へ出てすぐに結婚し、家を出た。そして、下の娘までが、十八歳で結婚したいと言いだした。中学校時代の同級生で、定職のない男だった。反対していると、上

の娘から、

「あの子も、早くお母さんのもとから出たいのよ」

と聞かされた。上の娘もずっと束縛を感じていたという。ショックだった。

あてつけのような結婚はやめるようにと、下の娘に言った。だが娘は妊娠していた。早々に夫のほうがあきらめた。子育てについては何もせず、最後もあきらめて放り出す夫のほうが、娘からいい親のように思われることに、彼女は怒りをおぼえた。

娘が子どもを産んだあと、長年の憂鬱《ゆううつ》からの解放を願って、離婚を決めた。すると娘たちから、

「父さんを捨てるの」と非難された。

ずっと夫に見捨てられてきたに等しい自分だったというのに……。

いっそ死にたいと思ったとき、かつて自分の父親が寝たきりになり、母が面倒をみていた日々、父親のおむつを邪険《じゃけん》に換《か》える母へ向かって、投げつけた言葉を思い出した。

「もっと優しくしてあげなさいよ、父ちゃんがかわいそうじゃないっ」

彼女自身は、父親のおむつを一度も換えたことがなく、すべての面倒を母に押しつけていた身でありながら……。

結局、彼女は離婚した。出たかった家を夫に渡し、貯金や現金を受け取った。アパートを

借りたとき、ようやく自由を手にしたと感じた。いくら寝坊しても、責めたり、せっついたりする者はいない。掃除や洗濯を数日しなくても、何の不都合もない。生まれて初めてと思うほど、本当に心から息をついた。

やがて、スーパーにパートで勤めはじめた。アパートの隣室に、スナックの雇われママが暮らしていた。手作りの料理を分けたりしているうち、店に出してみないかと勧められた。料理は評判がよく、次には店を手伝ってくれと言われた。パートの半分の時間で、倍の給料だった。だが金よりも、昼間、自分の時間を作れることが大きかった。そして、夜の寂しさもあった。結婚するまで両親と暮らし、結婚後は自分の家族と一緒だった。ひとりは確かに自由だが、慣れるに従い寂しさもつのっていた。

水商売勤めは、時間とともに抵抗感も薄らいだ。手作りの料理が好評で、客の自慢や愚痴を親身になって聞く姿勢も受けて、彼女めあての客も増えた。

娘には、ああしろこうしろと、やかましく言ってきた。娘たちの話をじっくり聞くことはなかった。なのに、客たちの話は静かに受け止められる。無理しないでと笑っていられる。自慢話は、どれほど嘘っぽくとも、真面目に聞き、偉いわよ、よくやってるとうなずける。客も、ここに来るとほっとするよ、と彼女に洩らす。大丈夫、あなたはよくやってる、結果より経過が大事なのよ、と彼女が言うと、大の男たちが、少年のように構えのない笑顔を見せる。

二年前、これまでのママが倒れたため、オーナーから店をまかせたいと言われた。常連客も応援を約束してくれた。

平凡な主婦だったはずが、いつのまにか、と苦笑いが浮かぶこともある。一方で、生活の虚《うつ》ろさも感じはじめていた。客からいくら母親のように慕《した》われても、自分の娘とは和解できていない。孫から抱きつかれることもない。少しずつでもいい、娘との仲を取り戻し、孫にも愛されることを願っていた。

なのに、面と向かうと、おだやかに娘の話を聞くことができない。ほめるより先に、つい非難めいた言葉が出る。説教口調で忠告している。

あげくに昨日は、逆につらい言葉を投げつけられた。店に出ているあいだも、気持ちは鬱々《うつうつ》として、つい酒を過ごした。

客を帰して、店を閉めたのが三時前後。ふだん疲れたときはタクシーを呼ぶが、この日は歩きたかった。誰もいない部屋に、すぐには帰りたくなかった。車の往来がある多摩川沿線道路を歩いていたが、車の音がうるさく感じられ、サイクリング・コースのほうへ折れた。

いまはさらに、多摩川緑地のほうへ降りてゆく誘惑にかられた。草の原に自分を投げ出したい、いっそその先の川に、身を漂わせたっていいとさえ思い、足を踏み出した。たぶん疲れていたのだろう。

川べりに、人の影が見えた。

こんな時間に何をしているのか……。対岸の、鉄工所や清掃工場の灯に、肩を落とした寂しげな姿が浮かび上がっている。

怖さは感じなかった。川べりにたたずむ影も、虚《むな》しさや絶望を抱えているように見え、共感に近い感情から、むしろ何をしてるのと呼びかけたい想いがつのった。

草の道に降り、川に向かって進んだ。

母方の故郷に、山あいを流れる清流があり、小学校の夏休み、母と帰省したおりによく泳いだ。流れに突き出した大きな岩から、深みに飛び込む遊びが、とくに好きだった。深みの水は濃い青緑色をしていた。飛び込んで、えぐれている岩の下をくぐるとき、水底に何かがひそんでいる気がして、怖かった。だが、未知のものに出会う予感に、胸がときめきもした。ずっと水のなかにいられたらと願うこともあった。

彼女は不意に、故郷の緑の香りと、水の匂いを鼻の奥に感じた。

彼女の足音に気づいてか、影が驚いたように振り返った。

サイクリング・コースに設置された街灯の光が、わずかに届くだけで、顔だちははっきりしない。だが、上の娘とあまり変わらない年頃のように見え、気持ちをわかち合えるかと期待していた分、失望した。

「何してんの、散歩？」

声をかけた。返事はなかった。

彼女はバッグから煙草を出した。

「火、持ってる？」

影は近づいてこなかった。彼女が現れたことに戸惑い、不安がってもいる様子だった。

彼女は、かえって冷静になり、

「別にとって食おうってわけじゃないのよ」

バッグから簡易ライターを出し、煙草に火をつけた。周囲が静かなため、ちりちりと葉の焼ける音がする。煙を深く吸って、吐き、

「あなた、親御さんは達者でいらっしゃるの」

意味もないと思いながら、つぶやいた。

「自分を産んでくれた人に、感謝してる？」

ふと、自分の死というものを意識した。娘たちも、彼女が死にでもすれば、自分たちの言動を後悔するに違いないと、子どもじみた考えを抱く。

影の脇を抜け、川のほうへ足を進めた。対岸の灯を映して揺れる川面が見えた。

煙草を吸う。ちりちりと葉が焼ける。

「達者なら、感謝して、大事にしないと……」

つぶやくように言って、目を閉じた。

まぶたの裏に、不器用な奴だと、舌打ちをする父親の姿が浮かんでくる。あんたはきっとだまされるか失敗すると、眉をしかめた母親の姿が、それに並ぶ。

「自分を産んで育ててくれた人を大切にしないなんて、自分を大切にしないのと同じになるのよ」

背後の影に向かって言った。顔だちもはっきりしない影だから、特定の人物に語りかけるときの気配りなどは考えず、自分自身の影のようにも感じて、

「そうでしょ」

と、相槌《あいづち》を求めるように言った。自分を罰したい気持ちと、許しを乞《こ》いたい気持ちが、同時にこみ上げてくる。

「親は親なりに苦労してるんだから、完全でなんてあり得ないんだから、たとえ気に入らないところがあったとしても、多少のことは許してあげなきゃ。女親なんてとくに、あれこれつらい目にあってきてるんだから……」

まぶたの裏の闇に、姑の姿が浮かんだ。あたしの頃はもっと苦労したんだと、涙をにじま

せ、彼女をののしる姿が思い出された。手の皺が深かった。学校にもろくに通えず、幼い頃から奉公に出ていたという苦労のせいか、あかぎれやひびがひどかった。損した、損したと、いつもつぶやいていた。

「許してあげなきゃ」

仕事で疲れてるんだと繰り返す、離婚した夫の姿が、まぶたの裏に浮かぶ。一方で、男なんだからもっと頑張らないとと、無理を重ねる彼の姿も思い出された。そんな彼に対して、彼女のほうでも、男でしょ、頑張ってと煽《あお》ったことが何度もあった。

「誰だって神様じゃないんだから。その人だけのせいじゃないこともあるのよ」

長女や、下の娘の姿も浮かんできた。育て方を責める言葉も、耳の内側に聞こえる。

「親だって懸命だったんだから、わからないことだってあったんだから、間違えたとしても、許してあげなきゃ。許して……」

彼女は、足もとから力が抜け、流れの手前の草のなかにしゃがみ込んだ。煙草が指から落ちた。しばらくして、草が焼ける匂いが立ちのぼってきた。

狭い庭で落ち葉や枯れ草を焼いていた、母親の姿が思い出された。酔った父親に叩かれた翌朝、寂しそうに、悔しそうに、母は黙々と草を焼いていた。母がつくため息が、耳に聞こえた気がした。

「母ちゃん……」

呼びかけた瞬間、後頭部に衝撃を受けた。

痛みはなかった。もっと強い力が欲しいほどだった。

目の下で、川面に映った対岸の灯が揺れている。子ども時代の川を想った。速い流れに乗って、岩の上をすべってゆく。空中へ放り出されたとき、青い空の広がりが、とても身近に感じられた。空に吸い込まれてゆく気がして、怖いけれど、大きな何かに包み込まれる安心感と、何かに選ばれたような優越感をおぼえた。

ふたたび後頭部に衝撃を受けた。

肩から草に落ち、右の脇腹を下にして倒れる。顔がしぜんと上を向いた。後頭部のあたりを、どろりとした生ぬるい水が流れてゆく感覚があった。

目を開くと、夜空らしきものが広がっていた。一面濃い藍色のなかに、小さくまたたく光が幾つか見える。その光をさえぎり、影がおおいかぶさってきた。

怖さは感じなかった。相手が涙を流しているのが見えたからだ。あるいは、それも幻影かもしれない。いきなり喉を押さえられ、息がつまった。

意識が遠くなるのと逆に、草と水の匂いが強まった。

流れに乗って岩の上をすべる、幼い自分の姿が見えてくる。空へ放り出されたあと、ふたたび川の流れに落ちてゆく。

しぶきを上げて、水のなかへ入った。無数の白い泡が彼女を包む。泡は銀色に輝き、彼女の耳もとではじけ、軽やかな音をたてる。

泡が消えると、周囲には青緑色の澄んだ世界が広がっていた。流れに突き出した大きな岩の下の、未知のものがひそんでいるかもしれない世界に、彼女は手を伸ばした。

音のない、静かな深みの彼方《かなた》へ……。青緑色をした水の底へ、彼女はゆっくりと沈んでゆく……。

第四章　一九七九年　初夏

1

優希は光る波に背を向けた。

水滴が全身から垂れ落ち、湿った砂が鳴る。

青葉の揺れる山々を正面に見て、耳をすました。自分を呼ぶ声を聞いた気がした。

だが、背後からの潮騒《しおさい》と、両脇にいるふたりの少年の息づかいが、ほかの音をかき消す。

視線の先に、自分の脱ぎ捨てた下着や服をとらえた。自分が裸なのに、ようやく気づいた。

恥ずかしさより、悔しさや自己嫌悪を強くおぼえ、砂を蹴《け》って、駆けだした。

短く切った髪のあいだから流れる滴《しずく》が目に入り、突き刺すように痛む。手でぬぐうと、左腕に巻いていた包帯がほどけた。まといつく感触がいやで、包帯をとき、投げ捨てた。

「どこに行くんだよ」

「包帯が……」

背後から、ふたりの声が聞こえた。

優希は振り向かなかった。

砂の上に落ちていた下着を拾い、その場ではき、綿ズボンと長袖シャツ、シャツの下に着ていたタンクトップを、それぞれ拾いながら走った。背後から追いかけられるのを恐れ、服は着ずに手に抱え、松林を抜けた。

ふたたびコデマリの白い花々を散らしながら、土手を下った。

病院裏手の、塀の陰で、タンクトップを身につけようとした。からだに、コデマリの小さい花びらが幾つもはりついている。

優希は日の当たる場所に出た。花びらは、からだが濡《ぬ》れていることもあり、日差しを受けて、こまかく光った。白い花びらのスパンコールをまとったように見える。

「優希っ」

彼女を呼ぶ声に、顔を上げた。志穂と、白衣の看護婦ふたりが、裏門のところから走ってくる。

慌ててタンクトップを着て、ズボンをはいた。

志穂が目の前に立った。優希の濡れている髪や顔を、険しい表情で見つめ、

「あなた、本当にどうしちゃったの……」

かすれた声で言った。

看護婦たちも、優希の精神状態を推《お》し量《はか》るような視線を向けてきて、

「海に入ったの？」

看護婦のひとりが訊《き》いた。

優希が答える前に、

「いたのかっ」

雄作が裏門から出てきた。

優希は、結局何も答えないまま、看護婦に両側から支えられ、雄作と志穂が後ろをついてくる形で、病院へ戻った。

裏門から院内へ入る寸前、彼女は海のほうを振り返った。コデマリの花が咲く土手の上に、こちらをうかがっている、ふたつの少年の顔があった。


優希はシャワーを浴びるように言われた。海水を洗い流すと、病院から渡されたパジャマ風の白い入院着に着替えた。

外来棟の外科診察室で、左腕の治療を受け、白い包帯が巻かれた。ほかにも外傷がないか、検査を受けた。問題がないと確認されたのち、精神科の診察室へ移された。

土橋《どばし》という名の医者は、優希ひとりだけを部屋に通し、向かい合う位置にある椅子に腰掛

けるよう言った。
　三十七、八歳かと思われる、細身の、おとなしそうな男だった。ひ弱な感じはなく、強い芯《しん》を持っている印象を受けた。顎《あご》が長く、銀縁《ぎんぶち》の眼鏡《めがね》をかけ、柔らかな笑みを絶やさない。優希は高地に棲《す》む野生の山羊《やぎ》を連想した。
　土橋は、優希に対して、海で何をしていたのかと訊《たず》ねてきた。

　優希は、その問いだけでなく、名前や年齢といった単純な問いにも答えずにいた。

「泳ぎたかったのかな。でも、まだ寒かったろ」

　土橋は、別に苛立《いらだ》った様子もなく、質問をつづけた。

「きみは、どうしてここにいるのか、わかってる？　ここがどこかはわかってるよね。きみは、自分で納得して、ここに来たのかな」

　三カ月前、優希は、拒食と不登校が深刻になり、地元の小さな精神科クリニックに通うよう、志穂に言われた。雄作は反対したが、志穂が譲らず、優希もしぶしぶ通った。七十歳を超した老医師との週一回のカウンセリング中、「何でもいいから話してごらん」と、優希はつねに言われつづけた。

　あるとき、まったく口を開かない優希にじれた様子で、老医師は、「どうした」と彼女の頭に手を置いた。優希は、ふれられた頭の先から腐ってゆく気がして、老医師の顔に唾《つば》を吐いた。とがめた看護婦の脛《すね》を蹴り、クリニックを飛び出した。

あてもなく歩きつづけて、気がつくと、夜の繁華街を歩いていた。酔った男たちの集団にぶつかり、可愛《かわい》いお尻だと撫《な》でられ、ひとりに抱き上げられた。優希は左腕を嚙《か》んだ。包帯の上から嚙んだために痛みが届かず、抱き上げられた状態で嘔吐《おうと》した。汚ねえと下ろされ、突き飛ばされた。人が遠のいたことに安心し、自分の嘔吐したものを全身になすりつけているところを、パトロール中の警官に発見された。

優希は、児童相談所へ移されたのち、相談所嘱託《しょくたく》の医師の診察を受けた。看護婦が汚れた腕の包帯を換えようとしたとき、とっさに医療用のハサミをつかみ、自分の左腕の傷口に刺した。

児童相談所と、相談所の嘱託医師、そして通っていたクリニックの老医師たち全員が、優希の入院治療を両親に勧めた。老医師が双海病院を紹介した。

両親は、一週間前に、この病院の施設を見学している。病院側は、両親の話も、紹介した老医師の話も聞いているはずだった。

「きみは、ここにいることに、まだ戸惑ってるね。きみの家は、瀬戸内海の向こう側だ。どうしてこんなところまで来たのかと、いまになって不思議に感じているのかもしれない」

土橋が言う。彼は、優希のほうに少し身を乗り出して、

「この際はっきり話したほうがいいね。妙な隠しだてはいやだろ？　きみが診察を受けていた角田《かくた》先生は、この病院の院長の大学の同期なんだ。角田先生は、きみが環境のいい病院に入院して、心を落ち着かせてから、徐々に問題を解決してゆくことが望ましいと思われた。そしてこの病院を、ご両親に紹介された。見学に来られたご両親も、病院を見て安心されたのか、入院を希望された。病院側も、女子棟のベッドがひとつ空いていたから、受け入れる方向で考えることにした。ただし、最終的判断は、きみを実際に診断してからということになり、ご両親も承諾された。だいたいの状況はわかったかな？」

優希は答えもうなずきもしなかった。

「受け入れを決める診断というのは、実は、きみ自身の希望を聞くことなんだ。つまり、きみが本当にここにいたいのか、病院に入って、よくなりたいと思っているかどうかなんだよ」

優希がなおも答えずにいると、土橋は、やや芝居がかった感じで両手を広げ、

「いいかな、ここは普通の総合病院だから、きみを閉じ込め、見張りをつけるなんてことはしない。看護婦や看護士がいて、きみの看護や世話はしてくれるけど、監視してるわけじゃない。病棟の玄関も、日中は開放されている。きみがここを出ようと決心したら、病院側はまず止めることができない。つまり、無理に入院させておくことはできないし、それは意味

もないことなんだ」

土橋は手を下ろした。自分の前の机から、プリントを取り上げ、

「入院すると、幾つかルールがある。ご両親に、この規則書とスケジュール表をお渡しして、話しておいた。聞いたかな」

前日に志穂が話していたようだが、優希のなかには、何ひとつ残っていなかった。

「この病院には、いろいろな病気や怪我《けが》、障害を抱えた子どもたちが集まっているから、規則はどうしても必要になる。きみが入院する予定の病棟でも、様々な症状を抱えた子どもが、精神面での自立を目標にして、生活している。院内にある学校に通い、ベッド脇で勉強し、ベッドシーツも自分たちで換え、衣服の洗濯もそれぞれがおこなっている。お互い、不愉快な気持ちで暮らしたくはないだろうし、不愉快に思う気持ちが、病気を悪くすることもある。だから、この規則を守れないと思う子や、守れないほどに意志や能力が減退している子には、残念だけど、入院を遠慮してもらっているんだ」

土橋は、言葉を切って、間を置いた。プリントを机の上に戻し、

「どうかな、ここにいるかい。いくらご両親がそうすべきだと思われても、病院の人間が努力しても、きみ自身がよくなろうと思わなければ、治療の効果はない。きみはどうしたい、何が希望かな」

優希は、病院になど、どんな希望も抱《いだ》いていなかった。何も期待していないし、優しげに言葉をかけてくる医者にも、偽善的な印象をぬぐえない。院内にしみついている、消毒薬か何かの、清潔さを押し売りするような臭《にお》いも気持ちが悪い。

入院などしたくはない。だが、家にもいたくなかった。答えあぐねていたとき、視界の隅で何かが揺れた。

優希は、診察室に入って以来、ほとんど目を伏せていた。クリーム色の床には、窓からの光が差し、ゆがんだ窓枠の形を映している。

雲の加減か、光の濃淡も微妙に変化していたが、いつのまにか光の枠のなかに、木々の葉や花の影が映り込んでいた。その影が、さざ波のようにふるえたものらしい。

優希は目を上げた。

診察室の窓の外に、黄色い花が鈴なりに咲き誇っている木があった。花のひとつひとつは小さく、黄色いリボンを無数に枝にくくりつけたように見える。

その木の彼方《かなた》、病院の塀を越えたところには、小高い山がつづいていた。山には、黄緑から濃い緑まで、葉の色が幾重《いくえ》にも重なり合い、高い場所にある葉叢《はむら》のあいだには、白い可憐《かれん》な小花が風に揺れていた。

彼女が生まれてからずっと暮らしている街は、山口県内でも中心都市として展《ひら》け、家の近くには繁華街もあり、コンクリートと人工的な色でおおわれている。もちろん、少し遠出をすれば、山も緑もさほど珍しくはない。それでもいまは、単純に色や光線の具合が新鮮に感じられた。

「ああ、エニシダが満開だね」

優希の視線に気づいたのか、土橋が後ろを振り返った。窓の外を指差し、

「すぐそばの、黄色い花を咲かせてる木だよ。エニシダって、金の雀《すずめ》の、児童の児って字を書くんだ。少しもそんなふうに読める字じゃないのに変だけど、近くで見るとわかる。花のひとつひとつが、雀の子どもが羽を広げて、懸命に飛ぼうとしているところに似てるんだ」

「……山の上の白い花は？」

優希は思わず訊ねた。すぐに後悔した。

だが土橋は、わざとなのか優希のほうを見ずに、

「ああ、たぶん、ズミだよ。リンゴの仲間でね、秋にはサクランボみたいな赤い実をつける。もっとも、ぼくは食べたことはない。食べるんだったら、たとえばキイチゴが、もう少し山へ入ったところにあるよ」

土橋が顔を戻した。優希がしゃべったことは指摘せず、

「入院している子どもは、治療のひとつとして、ときどき山へ登るんだ。ほら、山登りって

大変だろ。したことあるかな？　小さい山でも真面目に登ると、けっこう大変だ。でも登りきると、大きな達成感が得られる。精神力と体力を同時に鍛えられるし、友だち同士、協力し合う喜びも見いだせる……」

土橋はふたたび窓のほうを振り返った。指で方向を示しながら、

「病院の玄関を出て、国道のほうへ少し戻り、線路を越えると、登山道に出るんだ。最初はなだらかだけど、だんだん急な坂になってくる。やがて、〈明神《みょうじん》さん〉とぼくたちが呼んでいる山の頂上に出る。六百メートルを少し超す程度の山だけどね。頂上からは、北に瀬戸内海が見える。海に背を向けると、四国山地の山々……南東の方角には、天気がよければ霊峰《れいほう》も見えるよ。西日本で一番高くてね、一年に二度、ぼくたちも登るんだけど」

「れいほう……？」

優希はつい気になった。

土橋が優希を見た。

「神様の山のことさ」

「神様……」

優希は彼の目を見つめ返した。恥ずかしさや苛立ちは忘れていた。

「山岳《さんがく》信仰ってわかるかな？」

土橋が言う。言葉を選んでだろうか、ゆっくりとした口調で、

「ある特定の山が、神様が降りてくる場所、あるいは山自体に神の意思がこもっているとして、人々の信仰の対象となってるんだよ」

「神様が山に降りる……って何のため？」

優希はまだ呑《の》み込めなかった。

土橋は、考える様子で首を傾《かし》げ、

「それは、やっぱり人間を救うためだろうね。いま生きてる世界でも、そして来世っていって、死んでからの世界でも、幸せになれますように、救ってもらえますようにって、みんな登ってゆくからね。腰の曲がったお婆さんも、懸命に険しい崖《がけ》を登ってゆくんだよ」

「救ってもらえたの？」

「え……」

「登ったんでしょ。一年に二度は登るって言った……」

「ああ、もう何度も登ったけど……救われたかどうか」

土橋は苦笑を浮かべた。つづけて、

「来世のことは、死んでからでないとわからないし、もともと信心《しんじん》深くもないからね。これという願いもなかったから、きっと神様も気にかけなかったんだろう。ただ、これまで子ど

もたちに一度も事故がなかったから、やっぱり神様のご加護《かご》があったのかもしれないね。神様は別としても、気持ちがいいことは確かだよ。登るたびに新鮮な想いがする。汗をびっしょりかいて、大げさでなく命がけで登り、頂上に立つとね、下の世界とはまったく違った風に包まれる感じがするんだ。妙な言い方だけど、生まれ変わったような気にもなる」

「生まれ、変われる……」

「ぼくがもともと東京のどまんなかで生まれ育ったから、自然が珍しいこともあってのことだろうけど」

「わたし……いつ登れるの」

「きみ？」

「入院してたら、登れるんでしょ」

「……登りたいの？」

優希は答えなかった。

土橋が、うかがうような視線をこちらへ向け、

「大変な山だからね、入院している子どもたち全員が登れるわけじゃないんだ。心身ともに健康になって、退院の決まった子のなかで、日頃から山登り療法に慣れ、ご家族も許可した希望者にかぎってのことなんだ。新学期や新しい学年を迎える前の、八月なかばと四月の初

めに、励ましの意味も込めて、登ってもらうことにしてる」

優希は目を閉じた。まだ見たことのない神の山のイメージを、思い浮かべようとした。

雲のあいだから天に突き上げるようにそびえた峰《みね》……強い風に打たれるなか、頂上に立つ彼女……彼女の頭の上からは、生まれ変わるための、光か何かが降りてくる……。

耳には土橋の声が届いていた。

「向かいの〈明神さん〉に登る療法には、すぐにも参加してもらえると思うよ。入院して、問題を解決していこうって意志が、きみにあるならだけど。まあ、療法と言っても堅苦しいものじゃない。山に登りながら、木や花や鳥を見たり、虫を捕まえたりして、帰ってくるだけのことなんだ。そうだ、ニガイチゴがちょうど花の季節だね。ニガイチゴっていうのは、名前と違って、本当は汁《しる》がとても甘いんだ。じきに実が熟す頃だよ。実をつぶすと、とてもいい香りがするんだ」

優希は、目を閉じたまま、無意識に甘い香りを求めた。

だが、なぜか、潮の香りがよみがえってきた。まぶたの裏に浮かんでいた山の風景が崩れて、雲のなかに溶け、雲は雲海のように広がり、青い波が打ち寄せる海へと変わった。

十字架のような波光がまたたき、潮騒の音まで耳によみがえる。そして、波の合間から、ふたりの少年が顔を出した。彼らは、彼女を救おうと、手を伸ばしてきた……。

いや。少年たちのほうこそ、優希に向かって、救ってくれと叫んだのじゃなかったか……。どういうことだったのだろう。彼らはいったい何者だったのか。

「どうした、大丈夫？」

土橋の心配そうな声が聞こえた。

優希は目を開いた。正面に座っている土橋が、もう一度声をかけてきた。

優希は、ひとつ息をついて、

「いるよ……ここにいる」と答えた。

土橋が、少し驚いた表情で、

「入院したいってこと？」

優希はうなずいた。

土橋が、眼鏡の奥の目を細め、

「そりゃよかった。しかしね、ご両親は、きみが海に入ったことを心配なさってる。さっきも言ったように、きみを閉じ込めておくことはできないし、海はすぐ目の前にある。本当にここへ入院させていいのかどうか、ご両親は戸惑っておられる。むろん、ぼくたちも心配だ」

「……大丈夫」

「何が大丈夫なの」

「……もう入らない」

「もう海へは入らないってこと？」

優希はうなずいた。

「どうして海に入ったか、話してもらえる？」

優希はそれには答えなかった。

「でも、海にはもう許可なく近づかない？」

優希は深くうなずいた。

「ご両親の前で、約束してもらえるかな」

志穂と雄作が、土橋に呼ばれた。ふたりは、いまなお不安そうな表情で、優希と並びの椅子に腰を下ろした。

土橋は、ふたりに柔らかくほほえみかけ、

「優希さんは、入院して、自分の問題を解決したいという意志を示されましたよ」と言った。

雄作が、困惑のにじむ声で、

「しかし……本当に大丈夫でしょうか。これからも簡単に海へ出られるんだとしたら、気が気ではなくて……」

志穂も同意するようにうなずいた。

土橋が、優希のほうに顔を振り向け、

「約束してくれるね。もう勝手に海へは近づかないって。ここにいると、きみが決めたんだ。きみの意志だ。絶対に守れるよね」

優希は土橋にうなずいた。

「ご両親が心配なさってる。きみの言葉で、はっきり答えてくれるかな」

「……海へは、もう出ない」

優希は答えた。


優希たち三人は、若い看護婦に案内されて、外来管理棟の奥へ進んだ。

裏口と思われるドアを開けて、外に出る。コンクリートの渡り廊下で、ほかの病棟とつながっている様子だった。

ふたつの清潔な病棟のなかを素通りして、さらに進んでゆくと、敷地内のかなり奥まったところに、くの字形の建物が現れた。

優希が海へ出る途中に見た、ほかの病棟よりやや暗い雰囲気を感じさせる建物だった。

「久坂優希さんが、これから生活する病棟です」

看護婦が振り返った。まだ二十代前半と思われる彼女は、優希たちが間違えないようにか、わざわざ指で八の数を示し、

「病棟番号は八です。院内放送で、第八病棟のみなさん、と呼ぶようなことがあったら、自分たちのことだと思って、よく聞いてくださいね」

二階建ての病棟は、白いコンクリートの柱と、明るい褐色のレンガの壁で構成されていた。くの字の形に曲がっていなければ、小さな学校のようにも見えなくはない。

一階に並んだ窓の半分以上に、アイボリー色のカーテンが閉め切られ、なかに人のいる気配は感じられなかった。また、二階にはベランダがあるが、庇《ひさし》の下からベランダ全体が青いネットでおおわれている。そのため、ベランダに顔を出すことはできない状態だった。

「先日見学に来たおりも気になったんですが、あの二階の青いネットは、何のためです」

雄作が、優希の後ろから、看護婦に訊ねた。

看護婦は、優希の前での説明をためらう表情を見せ、

「のちほど」とだけ答えた。

病棟玄関のガラス張りのドアを、看護婦が引き開いた。内側は、タイル敷きのたたきが広くとられ、隅に観葉植物のベンジャミンが置かれている。左手に、木製の靴箱が並んでおり、優希専用となる靴箱の番号が、看護婦から伝えられた。

「くれぐれも靴箱は間違えないようにしてくださいね。自分の場所に、別の人の靴が入っていると、混乱して、何もできなくなる子がいますから」

優希のスリッパは、先に病院から指示があったらしく、志穂が用意していた。志穂が出したのは、桃色の、飾りけのないシンプルなものだった。両親には、看護婦が病院備えつけの茶色いスリッパを用意した。

病棟内は、廊下が中央を通り、左右に部屋が並ぶ造りだった。外の光は玄関以外からは差し込まず、天井に蛍光灯が灯《とも》っている。水色のリノリウムの廊下は、光沢があり、清掃剤の臭いが残っていた。

廊下は、まっすぐ正面に延び、ナース・ステーションに突き当たった。一般病院のカウンターよりやや低いのか、内側で働く看護婦の姿がよく見える。

「ここがプレイルームです」

優希たちを案内してきた看護婦が、玄関から上がってすぐ右手の、ガラス張りの部屋を手で示した。

緑色の絨毯《じゅうたん》が敷かれた広い室内には、小学校の低学年と思われる三人の子どもと、白衣を着た大人の男女がいた。大人たちは、ぬいぐるみや絵の道具を持って、子どもたちに話しかけている。子どもたちの反応はほとんどなかった。

この部屋の子どもだけでなく、病棟全体に、子どもの声がなかった。もっと騒がしいだろうと予想していただけに、優希は意外に感じた。

看護婦が、それを察したように、

「静かでしょ。いまの時間、まだ院内学級の授業中ですから、学校に出ている子が多いんですよ」

プレイルームの向かいの部屋には、ドアにアニメーションのキャラクターを描いたイラストが、何枚も貼《は》られていた。診察室だと、看護婦は説明した。さっき優希が診察を受けたところは、外来患者専用で、今後はこの部屋で検査やカウンセリングを受けるのだという。

そこから先につづいている各病室の出入口には、一般の病室と変わらず、ドアではなく、カーテンが引かれていた。一階が女子棟で、二階が男子棟と教えられた。

ナース・ステーションのところまで進むと、なかにつめていた看護婦ふたりが、

「こんにちは」

それぞれ、優希に笑顔を見せた。

優希は答えなかった。代わりに雄作と志穂が、よろしくお願いしますと頭を下げた。

ナース・ステーションの向かい側に、広々とした部屋があり、テーブルと椅子が幾つも並んでいた。

「ここが食堂です」

案内してきた看護婦が、説明をつづけた。

「病室への食べ物の持ち込みは禁止です。おやつもここで食べることになっています。ただし、病院で用意する以外のおやつや間食は、病棟スタッフの許可を得ることになっていますから、注意してください。食堂では、ただ食事をするだけでなく、様々な行事がおこなわれます。たとえば、お誕生会やクリスマス会などが開かれます。テレビもここでだけ、病室では見ることができません。チャンネル権は、子ども会で決められます。子ども会というのは、入院している子どもたちの自主的な集まりです。学校の生徒会と同じようなものと考えてください。詳しいことは、あとで話しますから」

看護婦は、優希から、雄作や志穂のほうに視線を移して、

「ご両親が面会に来られたときも、今後は食堂で会っていただきます。面会者がいるいないで悲しむ子もいますので、病室へ直接行かれることは、ご遠慮ください」

雄作がわかりましたと答え、志穂もうなずいた。

食堂の入口脇には、公衆電話があった。電話を掛けることは、基本的に自由で、許可も必要ないが、早朝と深夜の電話は禁止、順番を守って、長電話はしないようにと言われた。

ナース・ステーションの前を過ぎると、廊下の角度がいきなり変わった。くの字になって

いる建物の、ほぼ中央にナース・ステーションがあり、角度の変わった廊下が、また直線で十メートルほど延びている形だった。ナース・ステーションのところからは、入ってきた玄関も、これから進む先も、突き当たりの非常口まで完全に見通せる。

ナース・ステーションにつめていれば、いながらにして、各病室の出入りをチェックできるわけで、くの字の形にしている建築意図が、優希にもなんとなく理解できた。

ナース・ステーションの隣に、上へつづく階段があり、階段の前を通り過ぎると、トイレと洗面所がある。シャワー付きの風呂場は、二階にあると説明を受けた。

原則として、玄関から食堂の手前までに並んでいた病室が、小学生の女子用で、食堂から先の病室には、中学生の女子が入っているという。現在ひとつだけ空いているベッドは、中学生用の病室とのことだったが、

「あなたはもう六年生だし、問題ないわよね」

看護婦が、優希と打ちとけようとしてか、急にくだけた口調で言った。

優希の病室は、廊下を進んで一番奥の、向かって左側にあった。入口脇の壁には、四名の患児《かんじ》の名札が掛けられており、一番下の名札はまだ新しく、『久坂優希』とマジックで書かれていた。

部屋にはいま人はいなかった。ほかの三人は、院内学級に出ているらしい。一般病院の四

人部屋の病室と変わらず、中央に通路があり、左右に二台ずつベッドが置かれている。ベッド脇には、スチール製の勉強机と椅子が備えられていた。優希に対して、入ってすぐ右側のベッドが示された。

ベッドには清潔なシーツが敷かれ、机の上には何も置かれていない。机の前の、淡いグリーンの壁には、幾つもセロテープをはがした痕《あと》があった。

「机の引出しには、鍵《かぎ》がかからないの。ナース・ステーションの脇にロッカー・ルームがあって、あなた専用のロッカーも用意されているから、貴重品はそこに預けて」

看護婦が言った。

優希はほかのベッドの周囲を見回した。

優希の隣のベッドは、掛け布団が正しくたたまれ、飾りのようなものもなく、壁にも何も貼られていなかった。ただ机の上に、難しそうな本とノートが積み上げられており、本のタイトルには、『死』という字が多く見られた。

その向かいのベッドには、ぬいぐるみや愛らしい人形がところ狭しと飾られていた。机の上もぬいぐるみや人形で占められ、机の前の壁には、アニメーションのポスターが、何枚もセロテープで貼られていた。

優希の向かいのベッドは、人形もぬいぐるみもなく、机の上には教科書がバランスよく並べられている。ただ、机の前やベッドの上の壁に、隙間《すきま》なくグラビア写真が貼られていた。写真は、ナイフや短剣、様々な型の拳銃、あるいは古代のものらしい棍棒《こんぼう》や斧《おの》など、すべてが凶器や武器を写したものだった。

「自分の生活する場所だから、清潔に使ってね。ポスターや写真を飾るのは、基本的に自由だけど、一応許可を受けるようにして。こまかなルールが幾つもあって、面倒に思うかもしれないけど、あなた自身を守るためでもあるの。どうしても我慢できないと思うことがあったら、ため込まず、まずわたしたちに言ってちょうだい」

看護婦が優希に言った。彼女は、雄作と志穂に向かって、

「十分後に、先ほどの食堂で、あらためて詳しいスケジュールを説明いたしますから」

と、頭を下げ、病室を出ていった。

静かになった病室で、優希は両親のため息を聞いた。

雄作が先に動きだした。彼は、手に提げてきたボストンバッグを机の上に置き、

「しかし……人形やぬいぐるみはまだしも、ナイフや拳銃の写真はどういうことだ。あんなものまで許可されるのか。本当に大丈夫なのか、ここで」

「蒸し返すようなこと言わないで」

志穂がさえぎった。

優希は窓のところへ歩いた。予想していた鉄格子などはなく、普通のサッシ窓だった。外には、新緑の若葉をつけた樹木が植えられている。右奥に、浄水槽らしいタンクが二基建っているのが見え、樹木やタンクの向こう側は、高い塀で囲まれていた。

背後から、志穂の苛立ちを抑えかねたような声が聞こえた。

「優希、ここで自分を見つめ直してちょうだい。二度と自分を傷つけたり、嘘《うそ》をついたりしないで、先生に何でも話して、もとのあなたに戻ってよ。わかってるの、聞いてるの？」

「放っといて」

優希は窓に向かって言った。叫ぶ気力もなく、口のなかでつぶやくように、

「聡志と三人で、勝手にやればいいでしょ。わたしは、一生ここにいるんだから」

「またそんなこと。あなたって子は……」

志穂が声をふるわせる。

優希は両手で耳をふさいだ。母の責める声など聞きたくない。

「何やってんのっ」

歩み寄ってきた志穂に、手をつかまれた。優希は抵抗した。

「ばか、病院でよさないか」

雄作があいだに入った。彼は、優希を背後にかばい、志穂に向かって、

「しばらくひとりで暮らさなきゃいけないんだ。優希も不安なんだよ。親が追いつめるようなことを言ってどうする」

彼は、優希を振り返り、

「優希も自棄《やけ》になるな。ここでは少し休むだけだ。すぐに退院して家へ戻ってこられる。状態がよければ、来週の土曜日には外泊できるんだ。だから、無理せずに、話したくないことは話さなくていいから、自分に合った方法で、心を落ち着かせればいいんだよ。わかるな」

優希は、答えに迷ったが、志穂の強い視線も感じて、小さくうなずいた。

「もしこの病室が合わないと思うなら、お父さん、交渉してくる。規則で窮屈な点があれば、それもお父さん、交渉してくるぞ。どうだ？」

「……いい」

優希は首を横に振った。ナイフや拳銃の写真も、こまかい規則も、大きな問題には思えなかった。神様の山に登ってみたい一心で残ることにしたが、病院に対する嫌悪感そのものは変わらない。それは交渉でどうなるものでもなかった。

「じゃあ、そろそろ食堂に行くか」

雄作が優希の背中に手を添えた。優希は素直に従った。

優希と雄作が並び、志穂が後ろからついてくる形で、廊下を進んだ。食堂に近づいたとき、

階段の上から、叫び声が聞こえた。駆け降りてくる足音と、揉《も》み合うような気配も伝わり、

「離せよ、痛いだろっ」

　子どもの声がした。

「学校をさぼってどこへ行ってた？　服をずぶ濡れにして、何をしてたか言いなさい」

　低い男の声がつづいた。

　優希たちの目の前に、いきなりふたりの少年が階段から降り立った。

　少年たちは、玄関のほうを向いており、優希からは顔が見えなかった。ふたりとも上半身が裸で、下着だけを身につけている。それぞれ、手に小さな布を握っていた。

　ひとりは、背が低く、髪を短く刈っていた。もうひとりは、やせて、髪をやや伸ばし気味にしている。

　看護婦たちが、ナース・ステーションから出てきて、少年たちの前で両手を広げ、

「何やってるの、戻りなさい」

　厳しい口調で言った。

　階段からは、白衣を着た三十歳前後の男が降りてきて、少年たちの腕を後ろからつかんだ。

「ばか野郎、離せよっ」

　背の低いほうの少年が叫び、ふたりそろって振り向いた。

優希はふたりの顔を見た。病棟に入って初めて心が動いた。

少年たちも優希を見た。ふたりは、同時に目を見張り、あっと悲鳴に近い声を上げた。

髪を短く刈り、小柄であるが敏捷《びんしょう》そうな、ジラフと名乗った少年が、

「嘘だろ……」

うめくような声で言った。

前髪を目にかかるほど伸ばした、少し顔色の悪い、モウルと名乗った少年は、

「本当に……？」

優希へ問いかけるようにつぶやいた。

彼らは急におとなしくなり、たぶん看護士なのだろう、白衣を着た男に引き戻されるまま、階段をのぼっていった。

優希は、彼らが手に握っていたものが、包帯の切れ端だと見て取った。

周囲の大人たちは、三人のつながりには気づかない様子だった。ふたりの姿が見えなくなると、

「本当に大丈夫なのか」

雄作が心配そうに言い、

「よして」

志穂が冷たくさえぎった。

優希は志穂に手を取られ、食堂まで引いていかれた。少年たちに対する驚きや困惑で頭が混乱し、病院への嫌悪や緊張をしばらくのあいだ忘れていた。

2

ジラフとモウルは、二階へ連れ戻され、あらためて看護士から、学校をさぼったことと、からだが濡れていることの説明を求められた。ふたりは答えなかった。

海から上がったあとのふたりは、まず裏口から病院内へ戻った。非常階段をのぼって、昼間は鍵がかかっていないことの多い二階の非常口から、第八病棟内に入った。

少女が浜に捨てた包帯を、ふたりは同時に拾い、引っ張り合って、互いの手に半分ずつを握っていた。

ふたりは、濡れた服を洗面所の洗濯機に入れ、水でからだを洗った。廊下に出たところで、詰所《つめしょ》にいた看護士に見つかり、問いつめられて、階段下へ逃げたのだが……まさか少女に会えるとは思ってもみなかった。

ジラフとモウルは、海でのことも、彼女のことも、一切語るつもりはなく、固く口を閉ざしつづけた。看護士もついにはあきらめたようだ。だが病棟の規則に従って、〈罰点一〉が、ふたりに言い渡された。

第八病棟では、幾つか厳しい規則が設けられている。秩序《ちつじょ》ある集団生活を送り、社会と自分との距離を見つめて、ほどよい依存《いぞん》と自立のバランスを学ぶというのが、治療方針のようだった。規則に違反した者には、罰点を課すというのも、そうした方針に沿った制度のひとつらしい。

子どもたちには、違反した事柄や状況に応じて、看護スタッフから罰点が課せられる。原則として、累積十点を上回ると、退院が勧告《かんこく》されることになっていた。

今回のジラフとモウルのように、理由もなく養護学校分教室の授業をさぼると、罰点一が課せられる。

ほかにも、たとえば六時半の起床時間以降に、病気以外で二十分以上ベッドから出ずにいると、罰点一となる。

許可なしの間食。子どもたちのあいだでの金の貸し借り。テレビのチャンネル権で揉めた者。ラジオカセットなどで、ヘッドホンを使用せずに音楽を流した者。ドアの開閉を静かにすることや、水を節約して使うなどの気配りを忘れ、注意されても改善しなかった者。それらは、すべて罰点一だった。

消灯時間以降、病室で騒いだ者や、病室間を行き来した者は、当人だけでなく、病室の全員に罰点一が記録される。

罰点の多くは一だが、喧嘩《けんか》やいじめが発覚したら、罰点は五だった。それを見ていながら、病棟スタッフに報告しなかった者も、同罪とみなされる。喧嘩やいじめの状態が、あまりにひどい場合は、即座に退院が勧告されることもあった。

もっとも、ほとんどの子どもが、喧嘩やいじめをする気力さえ失っているために、入院していた。病棟内でのあからさまな喧嘩やいじめは目立たず、そうした気力が戻った子どもは、じきに退院していった。

ジラフとモウルは、看護士から解放されて、自分たちの病室へ戻った。まず先に、体育の授業などで着ているトレーニング・ウェアに着替えた。ジラフは赤、モウルは青の、色違いだが、同じ型のウェアだった。

ジラフは、気持ちの整理がつかないまま、病室のなかを歩き回って、

「夢じゃねえのか。本当に彼女だったか？」

何度もつぶやき、ときおり叫んだ。

「夢じゃないさ。彼女だったよ」

モウルはそのたび同じ答えを返した。彼は、自分のベッドに腰を下ろし、拳《こぶし》の包帯を繰り

返し巻き直した。

ジラフは、窓際まで歩いて、

「彼女、ここに入院するのか」

彼もまた包帯を巻いている右の拳で、ガラスを軽く叩《たた》いた。

二階の病室の窓は、すべてはめ殺しで、開けることはできない。ベランダへは、〈グループ・ミーティング〉と呼ばれている集団療法が開かれる、大会議室からしか出られない。出られたとしても、青いネットが張り渡されていて、風景を楽しむことはできなかった。

ネットを張ってあるのは、数年前、ベランダから飛び下り自殺を図《はか》った子どもがいて以来の処置らしい。年上の患児から、そう聞かされていた。

「まさか、おれたちを追いかけてきたわけじゃないよな」

ジラフが言った。

「初めから、ここに入院する予定だったんじゃないかな」

モウルが答えた。

「だったら、どうして海へ入ったんだ」

「……わからないよ」

「ここに入院するってことは、あの子も変わったところがあるってことだよな」

「ここに来るほうが、正しいことだってあるよ。いまの世界だとさ、本当に生きたいと願ってるから、ここに来ちゃうこともあるだろ」

「そうだな……。年は幾つかな。おれたちとあんまり変わらないみたいだったけど」

「じきにわかるよ。入院するなら、食堂で紹介されるから」

院内学級の終業ベルが遠くで聞こえた。ふたりは、階段のところまで走り、下をのぞいた。階段脇にある看護士詰所の部屋から、

「こら、ふたりとも入浴時間まで自習してろ」

厳しい声が飛んできた。

火曜と、今日の木曜は、男子の入浴日だった。女子の入浴日は月水金で、四人ずつ入るのが原則だが、症状によっては個人入浴が許されている。

モウルはグループ入浴のほうがよかった。ひとりで入浴していて、浴室が停電にでもなったらと考えると、不安でとても入れない。実際そうなれば、きっとパニック状態になり、湯のなかで気を失う可能性さえあった。

一方、ジラフはひとりでなければ、決して入浴しなかった。人前で裸になりたくなかった。彼は、入院前も、また双海病院に入院してからも、裸のことで騒ぎを起こした。

入院前、学校での体育の時間、彼は水泳の授業はすべて休んでいた。いくら教師に理由を

問われても答えず、同級生たちからはからかわれつづけた。一年前、ついに同じクラスのいじめっ子グループに手足を押さえられ、パンツまで脱がされた。いじめっ子たちは、彼の裸を見て、驚いたのか、一瞬手の力が抜けたようだった。ジラフは、とっさに跳ね起き、リーダー格の相手の目を爪《つめ》でえぐった。相手は危うく失明しかけた。

病院でも、ジラフは最初のうち入浴を拒否した。個人入浴を認めてもらえて、ようやく受け入れた。しかし、他人の秘密をどうしても見たがる症状を抱えた中学生が、ジラフの入浴をのぞいた。そして、彼の裸を笑った。ジラフは、相手に飛びかかり、わずかだが頬《ほお》を噛み切った。ジラフは入院して間もなかったため、退院は免れ、相手のほうが転院していった。

この事件の際、中学生が運び出されたのち、興奮状態のまま、まだ裸でいたジラフに、バスタオルを投げ渡したのが、モウルだった。ふたりが話すようになったのは、これ以後のことだ。ほかの子どもたちも何人かが、彼の裸を見ており、その肉体的な特徴から、ジラフとあだ名がつけられた。

彼と同様、個人入浴が許可されている患児は何人かいる。ことに女子の希望者が多かった。

この日、男子は年下の者から順番に入浴し、全員が出たあと、午後五時半に、各病室の天井に備えつけられたスピーカーから、夕食時間を知らせる音楽が流れた。

ジラフとモウルは、誰よりも先に階段を駆け降り、食堂に入った。

入院患児は、女子が現在十五名。例の少女が入院するなら、十六名で満床《まんしょう》のはずだった。男子は、二日前に中学生がひとり退院して、十五名になったばかりだ。

食堂のテーブルは一台四人掛けで、中央の通路をはさみ、窓側に並べられたテーブルに男子が座り、廊下側のテーブルに女子が座ることになっていた。話し合いで、男女はときおり入れ替わることになっている。

席は別に規則があるわけではないが、いつのまにか最前列に小学校四年生までの低学年、次のテーブルに五、六年生が座り、三列目が中学一、二年生、四列目のテーブルに、中学三年生が座るようになっていた。最も後ろの五列目のテーブルは、摂食障害の症状が重かったり、どうしても他人と同じテーブルでは食べられない精神状態に陥った患児が、単独で座る場所となっていた。

ジラフとモウルは、前から二列目のテーブルに座り、少女が現れるのを待った。

大型の配膳《はいぜん》車が、子どもたちのなかから選ばれた給食当番によって、食堂に運び込まれてくる。管理棟の隣に建つ厨房《ちゅうぼう》で、全病棟の患児を対象に作られている、一般的な給食だった。

腎臓や心臓を患《わずら》っている児童には、特別食が用意されるらしいが、第八病棟では、拒食症や過食嘔吐の症状がある子どもにも、一般と同じ食事が出される。病棟の治療方針が、甘やかし過ぎないという点にあるためらしい。

看護スタッフたちは、食事中は食堂内に集まり、食べない子には、食べるよううながし、食べるペースが速い子には、ゆっくり、よく嚙むようにと指示を出す。むずかってプラスチック製のスプーンを放り出してしまうような、いわゆる〈赤ちゃん返り〉を起こした子どもには、辛抱《しんぼう》強くスプーンを拾って、優しく声をかける。食べるという行為に緊張して、口の端《はし》から食事をこぼしてしまう子には、焦《あせ》らないでいい、恥ずかしくないと慰めた。

また、拒食を貫く子どもには、無理やり食べさせるということはされず、代わりにカウンセリングがおこなわれた。それでも食べない日がつづくようだと、この病院での改善は難しいと判断され、転院が勧められた。症状も理由もなく食事をとらないようだと、罰点がつくことにもなっている。

ジラフとモウルが席に着いてほどなく、子どもたちが次々と食堂に集まってきた。

小学校低学年のひとりが奇声《きせい》を発したほかは、ふだんどおり、独《ひと》り言《ごと》をつぶやく者が何人かいる程度で、みな静かに自分たちの席に着いてゆく。

全員の椅子も、しぜんと決まっていた。自分の席に他人が腰掛けていると、暴れたり、泣いたり、病室に逃げ帰ったりする子どももいる。ただし、全員が似たような症状を持っているため、互いに注意していて、新しい患児が入ってきたときくらいしか、そんな騒ぎは持ち上がらない。

病棟内は、服装も基本的に自由のため、派手な色の私服を着ている者もいれば、以前の学校の制服を着ている者、またジラフやモウルのようにトレーニング・ウェアを着ている者、すでにパジャマに着替えている者もいる。

ほぼ全員が席に着いたあと、食堂前方の低い壇上に、病棟婦長が立った。

五十歳前後の、小太りでおっとりとした雰囲気の病棟婦長は、柔らかな笑みを浮かべて、

「今日から新しく、一緒に生活することになったお友だちがいます」と言った。

ジラフとモウルは、息をつめて、食堂前方の入口に目を凝《こ》らした。

3

看護婦に後ろから押され、優希はひとりで食堂へ入った。

ざわついていた食堂内が静まり、幾つもの視線が自分に集まるのを感じた。

彼女は、入院着から、持参したジーンズと黒いトレーナーに着替えていた。両親はまだ残って、食堂の外に立っている。

「小学校六年生の久坂優希さんです」

病棟婦長が、優希を手招き、子どもたちに紹介した。

子どもたちのなかから、

「同じ年だよ」

ささやく声が聞こえた。

優希は声のしたほうを見た。前から二列目のテーブルに、海で出会ったふたりの少年がいた。

彼らは強い視線を優希に向けてくる。ほかの子どもたちの視線は、ふたりほど熱心ではなく、ある者は顔をそむけていたり、自分の指のささくれや枝毛に夢中になっていたりする。

病棟婦長から、

「挨拶《あいさつ》できる？」

小声で訊ねられた。

優希は、首を横に振り、まっすぐ向かいの壁に視線を上げた。

壁には、子どもたちが描いたものらしい絵が飾られていた。森や海の情景を精緻《せいち》に描いた見事な絵もあれば、漫画っぽい絵もあり、不気味な印象の大きな目玉とか、細胞分裂の状態でも描いたかのような抽象的な絵もあった。色使いも様々で、何十色もこまかく塗《ぬ》りわけている華やかな絵もあれば、暗い色ばかりを執拗《しつよう》に塗り込んでいる絵もある。海が赤、山が紫といった、不思議な色使いもある。黒一色に塗りつぶされた画面に、針で引っかいたような光が走っている絵も見られた。

「じゃあみなさん、優希さんと仲良くしてあげてね。困っているのを見たら、親切に教えてあげてください」

病棟婦長が子どもたちに言った。

女子側の、前から四列目のテーブルから手が挙がった。

病棟婦長が名前を呼ぶと、大柄で髪をおかっぱにした、中学生らしい少女が立ち上がり、

「その子に対して、気をつけなきゃいけねえことは？」

と、荒っぽく突き放すように言った。

病棟婦長は、優希を見て、

「何かある？　みんなにこうしてもらいたいとか、こんなことはしないでほしいとか。希望があったら、遠慮せずに言ってみて」

誰からも干渉してほしくない、というのが優希の希望だった。だが、率直にそう口にしてよい場所なのかどうか、まだ判断がつかず、無理には答えなかった。

立っていた少女は、ふんと鼻で息をつき、

「じゃあ、まだ名前はつけられないね」

と言い捨て、席に着いた。

優希は、いったん両親のところへ戻るように、病棟婦長から言われた。雄作と志穂は、これで帰ることになっていた。家族の宿泊は、第八病棟では許されていない。

「規則を守って、先生や看護婦さんの言うことを、ちゃんと聞くのよ」

志穂が念を押すように言った。

「すぐ退院できるさ、大丈夫。外泊許可が出たら、飛んでくるからな」

雄作は、優希の肩に手を置いて、励ますようにほほえんだ。

優希は、両親を送って、玄関まで歩いた。背後に看護婦が付き添っていた。何度もこちらを振り返りながら遠ざかってゆくふたりを、ガラス扉越しに見送りながら、

「くさくない？」

優希は看護婦に訊ねた。

「え……何かしら」

「わたし……くさくない？」

優希は看護婦を見ずに繰り返した。

看護婦は、少し間を置いて、

「匂《にお》わないけど……そんな気がするわけ？」

逆に訊ねてきた。

優希は、答えず、自分から食堂に戻った。

食堂内では、すでに食事が始まっていた。優希は、女子列の前から二列目のテーブルに着くように言われた。

給食は、子どもたち自身が取りにゆくことになっている。優希も、看護婦からうながされて、配膳車から盆ごと取り、テーブルに戻った。唐揚げ定食にジュースが添えてある程度のものだった。

優希は、何度も看護婦たちから勧められたが、ひと口も手をつけなかった。

「具合は悪くないんでしょ？　今日は初日だから仕方ないけど、明日から食べないと、罰点が記録されてしまうわよ。意地悪じゃないの。食生活は、心の健康にも大きな影響があるんだから、あなたのためなのよ」

看護婦のひとりが、さとす口調で言った。

小学校低学年の子どもたちが、しばしば優希のほうを振り返っていたが、三年か四年生くらいの女の子が、優希のそばまで来て、

「食べないの」と言った。

優希は首を横に振った。

女の子は、慰めるように優希の膝《ひざ》をぽんぽんと叩いてから、自分の席に戻っていった。

優希に語りかけてきたのは、彼女だけで、同じテーブルの三人とは、視線も合わなかった。

優希が視線を感じるのは、隣のテーブルの、ふたりの少年たちからだった。気にはなったが、あえて無視しつづけた。

食事時間の終わり近くに、

「もういやーっ」

すぐ後ろのテーブルで、ヒステリックな悲鳴が上がった。看護婦たちが、悲鳴を発した少女のもとへ駆け寄ってゆき、少女は両脇を抱えられて食堂を出た。

だが、優希が驚いたほどには、ほかの子どもたちが動揺した様子はなく、食事は淡々と最後までつづけられた。

病棟規則では、食堂の前方と後方に一台ずつ置かれたテレビを、食後、午後八時まで見ることができる。チャンネル権を決める子ども会は、患児たちの投票で委員長と副委員長が選ばれ、食堂で週一回話し合う運営方法をとっているらしい。

どういった話し合いがおこなわれたのか、看護婦の合図でめいめいが食器を配膳車に戻すと、年少の子どもたちは前方のテレビの前に、中学生らしい年かさの子どもたちは後方のテレビの前に、分かれて集まった。前方のテレビでは、アニメーション番組にチャンネルが合わされ、後方のテレビではニュースが見られるようだった。

なかには、テレビを見ない子どもたちもいて、ことに中学生と思われる少女の多くは、病室へ帰りはじめた。

優希も、その列についてゆく形で、食堂を出た。例の少年ふたりが追ってくるのがわかった。優希は足を速めた。

少年たちも、あまり距離をつめてはこず、声もかけてこなかった。かけられても、何と答えてよいかわからない。

優希は、少年たちを振り切り、病室に入った。男女の病室の行き来は禁止されている。彼らがついてくる気配も消えた。

同室の三人は、すでに病室に戻っていた。優希は、ベッド脇の椅子に腰掛け、彼女たちから目をそらした。

三人とは、食事前に、両親とともに挨拶をすませていた。といっても、優希はただ立っていただけで、お願いしますねと頭を下げたのは、雄作と志穂だった。その際、彼女たちからも言葉は返ってこなかった。

優希の斜め向かいの、窓際のベッドにいる中学二年生の少女は、身長は百五十くらいだと思うが、体重は百キロを超していそうだった。

目はくりっと大きく愛らしいものの、その焦点は定まらず、挨拶したときも誰とも目を合わさなかった。花柄のドレスのような服を着て、いまはベッドに入り、ぬいぐるみや人形たちへ何やら話しかけている。

優希の正面のベッドにいる少女は、やはり中学二年生だった。髪をスポーツ刈りのようにして、袖の短いTシャツに、戦闘服のようなカーキ色のズボンをはいている。中背だが、がっちりした筋肉質のからだをしており、左の太い二の腕には、『殺』とつたない入れ墨があった。もしかしたら、自分で入れたのかもしれない。

彼女は、つねに怒っているように眉《まゆ》をひそめ、挨拶のとき何度も優希を睨《にら》みつけてきた。いまは、拳銃やナイフの写真を貼った壁の下で、息を短く吐きつつ、腕立て伏せを繰り返している。

優希の隣のベッドには、全身がいまにも折れそうなほど細く、顔色の青白い、中学三年生の少女がいた。

目鼻だちは整い、髪を腰のあたりまで伸ばし、もの静かで、はかなげな印象を抱かせる。着ている服もフリル付きのワンピースで、古い少女漫画のヒロインを真似ているかのようだった。

彼女は、机に向かって何やら熱心に書いているらしく、ペンを走らせる音が聞こえていた。いきなり音がやんだ。優希は横顔に視線を感じ、

「音、うるさくないかしら？」

細くかすれた声を耳にした。

ほかに誰も返事をしないので、優希は彼女のほうを振り向いた。

はかなげな印象の、やせ細った少女は、優希にほほえみかけてきて、

「最後まで書かせてくださる」と言った。

優希は、わけがわからぬまま、あいまいにうなずいた。

すると少女は、

「ありがとう。最後の日記だから……これが、わたしの遺書なんだから」

消え入るような声で言い、またノートにペンを走らせはじめた。

優希は、顔を戻し、何も感じないよう自分に言い聞かせて、じっと机に向かっていた。

八時半を回った頃、病室の壁がノックされた。

優希は、自分には関係ないと思っていたが、彼女のベッドに近いところの壁が何度もノックされたため、後ろを振り向いた。病室の出入口のところに、数人の中学生らしい少女たちが立っていた。

「わりと可愛い顔してるよ」

「髪が変、自分で切ったんじゃない」

「すましやがって。少しつついてみる？」

少女たちは、なかへは入ってこず、優希を見ながら話し合っている。大柄でおかっぱ頭の少女が、一歩前に出てきた。先ほど食堂で、挙手をして発言した少女だった。

「新入り」

彼女が荒っぽい口調で呼びかけてきた。優希の持ち物をうかがうように机の上を見ながら、

「おまえ、座布団の使い方わかってんのか」

優希は意味がわからなかった。

相手は、苛立った表情を浮かべ、

「生理の処置だよ。わかってんのか、どうなんだ」

殴りかかってでもきそうな勢いに、優希はかろうじてうなずいた。

大柄でおかっぱ頭の少女は、ひとりだけ病室に入ってきた。ほかの少女たちは外で待っている。病室内の三人も、それぞれ自分の世界での行為をつづけ、何も見ない、聞かない状態を貫く様子だった。

大柄な少女は、優希のそばまで歩み寄ってきて、

「いいか、ちゃんと処置しろよ」

低く押さえつける口調で言った。険しい目で優希を見下ろし、

「ここに来るまで、何も教わってなかった奴がいて、廊下を血を流しながら歩いたことがあったんだ。それを見て、何人かがパニックを起こした。そういうのが、苦手なのが多いんだ。同じことをして、親に汚いって言われた奴とか、学校で笑われた奴、野っ原で突っ込まれたことを思い出した奴もいる……。いいか、誰にも迷惑かけんな。おまえがおとなしくしてるなら、誰も何もしない。言ってみりゃ、互いに地雷みたいなもんだから、へたにさわると、さわったほうにも害が及ぶ」

彼女は急に皮肉っぽい笑みを浮かべた。背後に集まった少女たちをちらりと振り返り、

「このなかにも、ふだんは静かなくせに、気に障《さわ》ることをされると、我を失って、シャーペンで目玉を突くくらいのことは、平気でしでかす奴がいる。おまえも、おとなしそうな顔してても、さわりどころが悪けりゃ、何をされるか……実はこっちも怖いんだよ。さっき食堂で、気をつけなきゃいけないことはないかって、おれが訊いただろ。あるなら、言っときな。言わずにおいて、急に暴れられたら、こっちはいい迷惑だ。言ってること、わかるか？」

優希は、少し考えてから、うなずいた。

相手は、うなずき返し、

「じゃあ、おまえは何をされたくない？」

「……干渉」

優希は答えた。

「干渉されたくないってことか？」

優希はうなずいた。

相手は鼻で笑った。

「それですむなら、別にこんなところに来てやしないだろ。誰も干渉なんてしてほしかないよ。それ以外のことを訊いてんだ」

優希は、自分でもどう言っていいかわからず、言葉が出てこなかった。

大柄な少女は、舌打ちをし、

「まあ、いいや。見てりゃ、おいおいわかるだろ……。おまえが、でかい面《つら》をせずに、静かに生活するんなら、誰も干渉したりしない。そう連絡を回しとくよ」

彼女は背後の少女たちを振り返った。少女たちがうなずき返した。彼女は、優希のほうに顔を戻し、

「みんなも、それぞれに気をつけてほしいことがある。それを、早くおぼえろ。なにより、おまえも人に干渉すんな。人のしてることを邪魔せず、どんなにばかげてることをしてても、笑うな。それから、もし話しかけられたら、相手が誰であっても、無視だけはすんな。答えなくても、見るだけは絶対にしろ。ちゃんと聞いたって顔をしろ。おまえの身のためでもあ

るんだ。わかったか」

優希はうなずいた。

「おれはメアって名前だ」

相手が名乗った。集まっている少女たちや、同室の三人の名前も、優希に告げた。それは、病室の入口脇に掲げられた名札に記されたものとは違い、どうやらあだ名のようだった。

「名前をおぼえな」

メアと名乗った少女は言った。意味ありげに笑い、

「名前がわかったら、辞書を引け。お利口さんなら、気をつければいいことがわかってくるだろ。おまえも長くいるなら、いずれ名前がつくだろうけど、それまではただの新入りだからね」

彼女は、それだけ言うと、詳しい説明はせず、ほかの少女たちを従えて去っていった。同室の三人は、最後まで何も言わなかった。

優希は、まだ事情が呑み込めなかったが、こちらが気をつけていれば、相手方から干渉することはないと言われて、ひとまず安堵《あんど》した。

九時五分前に、消灯時間を知らせる音楽が、スピーカーから流れてきた。同室の少女たちが、自分たちのベッド周りのカーテンを閉めはじめた。

隣のベッドの、青白い肌の少女が、

「さようなら、短いおつきあいだったけど」

と、優希に寂しげにほほえみかけて、カーテンを閉めた。

優希が自分のカーテンを閉めていると、

「どう、大丈夫？」

初めて見る看護婦が、病室に入ってきた。

「一日大変だったとは思うけど、じきに慣れてくるわ。これ、先生から」

看護婦は、水の入ったコップと錠剤を、机の上に置いた。

何なのか、優希が目で訊ねると、

「精神安定剤。眠れるわよ」

看護婦は、優希のベッド周りのカーテンを閉め切り、出ていった。ほどなく病室の電灯が消えた。

優希は、ベッドに横たわり、天井を見上げた。廊下の明かりが洩《も》れてくるが、ほとんど何も見えない。木目が浮いた自宅の天井を思い出し、入院したということを、あらためて実感した。

優希は寝つけなかった。夜中じゅう、隣のベッドから、すすり泣く声が聞こえていたこともある。だが、やはり彼女自身の気持ちが落ち着かなかった。

精神安定剤は飲まなかった。不用心に眠り込みたくはなかった。何かがやってくるのではないかという、漠然とした恐れを抱いていた。

だが誰も来ない。やがて隣のベッドからは寝息が、また向かい側のベッドからはいびきが聞こえた。廊下のほうからは、断続的に子どもの泣き声や、急な悲鳴、それを慰める看護婦の声、駆けてゆくスリッパの音などが聞こえてきた。声や足音が聞こえるたび、優希は身を固くしたが、カーテンを開く者は現れなかった。

長い時が過ぎ、天井がかすかに明るくなってきた。窓を通して鳥の声も聞こえる。誰も来なかった。誰も優希を侵害しなかった。薄いカーテンで囲まれた、ベッドと机があるだけの小さな空間だが、彼女だけの世界だと、人々に認めてもらえた気がした。

心身の緊張がしぜんととけ、短い時間、優希は眠りに落ちた。音楽によって目を覚ましたとき、周囲は完全に明るくなっていた。

枕もとに置いた腕時計を確かめる。六時半だった。周囲の起き上がる気配に合わせ、彼女も起きた。寝不足だったが頭は冴《さ》えていた。すがすがしささえ感じた。集団生活ながら、ひとりだけの場所を認められたことに、満足感があった。

朝食は、パンとスープ、サラダと牛乳といった、ごく簡単なものだった。優希はすべて平らげた。食後、病棟婦長に呼ばれ、プレイルームに入った。

人のいないプレイルームで、丸椅子に腰掛けるよう勧められた。優希の向かい側に、病棟婦長も腰を下ろした。彼女は、おだやかな笑みを浮かべて、

「昨日は眠れたかしら」と訊ねてきた。

優希はうなずいた。

「朝食もちゃんと食べたみたいねぇ、偉いわよ。それで、確認しておきたかったんだけど、月曜と水曜と金曜日は、女子の入浴日なの。四人ずつ入るのが規則だけど、みんなと入っても平気よね」

優希は動揺した。他人と一緒に裸になるなど、とても受け入れられない。

「入りたくない」と告げた。

病棟婦長は、薄くほほえみ、

「ちゃんと言葉で主張できるのね。いいことよ。自宅では、ひとりで入浴してたの、ご家族で?」

「……ひとりで」

「そう。できるだけ、みんなと一緒に入ってほしいのよ。時間の問題もあるし、個人入浴だと、事故も怖いから。どうしてもだめかしら?」

優希は首を横に振った。

「仕方ないわね」

病棟婦長はため息をついた。太い膝をぽんと手で打って、

「じゃあ、この件は、夕方までに先生と相談しておきます。それと、今朝から院内学級に登校することになってますからね。学校までは、同じクラスの子たちに案内してもらって」

優希は、プレイルームを出たあと、ナース・ステーションの前で、ふたりの少女を紹介された。優希と同じ六年生だという。

ひとりは、優希と変わらない背《せ》恰好《かっこう》で、貧乏ゆすりをするようにスリッパのつま先を上げ下ろし、ずっと床を打ち鳴らしていた。

もうひとりは、背は高いが、ひどくやせていた。長袖のブラウスに、かなり短いミニスカートをはいており、枝のように細い脚が、太股《ふともも》のところまであらわになっている。当人は、それでもスタイルが自慢なのか、見下《みくだ》すように優希を見て、

「あなた、少し太り過ぎよ」

優希の耳もとでささやいた。

「うちの病棟では、六年生は、あと男子がふたりいます。仲良くやってちょうだいね」

病棟婦長に送られ、優希はふたりの少女とともに病棟を出た。

養護学校分教室の場所は、昨日渡されたプリントに、院内地図も記されていて、優希にもだいたいわかっていた。

第八病棟からだと、東側に向かって進み、急性疾患専門の第一、第二病棟の後ろを通って、呼吸器系専門の第三病棟と、慢性腎臓病専門の第五病棟のあいだを抜けることになる。

分教室は、病院敷地内の最も北側に建っていた。分教室の向かい側には、中庭をはさんで、心臓病専門の第六病棟、外科治療の第七病棟が並んでいる。病棟の数字に、四は使われていないようだった。

優希は、同級生から、校内の教室は、小学生が一階、中学生が二階に分かれていると聞かされた。小学校六年生のクラスは、一階の最も東側にあった。

優希が教室に入ってゆくと、海で出会ったふたりの少年が、椅子に腰掛けていた。

この作品は一九九九年三月小社より刊行された
上下巻を文庫化にあたり五分冊したものです。

永遠《えいえん》の仔《こ》(一) 再会《さいかい》

天童荒太《てんどうあらた》

平成16年10月5日　初版発行
平成21年1月25日　5版発行

発行者――見城 徹
発行所――株式会社幻冬舎
〒151-0051東京都渋谷区千駄ヶ谷4-9-7
電話　03(5411)6222(営業)
　　　03(5411)6211(編集)
振替00120-8-767643

印刷・製本―中央精版印刷株式会社
装丁者――高橋雅之

幻冬舎文庫

ISBN4-344-40571-4　C0193　て-1-1